2

鳥助 Torisuke

illust. nyanya

TOブックス

CONTENTS

第三章 冒険者ランクE

tensei nanmin syojo ha
shiminken wo ZERO karamezashite
hatarakimasu!

第四章 冒険者ランクD

Illust. nyanya
Design AFTERGLOW

Character

リル・冒険者

難民脱却を目指して、
毎日がんばってお仕事中！

ロイ・少年冒険者

リルと一緒にモンスター退治に
挑戦するよ！

カルー・孤児院の少女

リルのお友だちで、
町の道具屋さんで働いているよ！

ギルドの受付のお姉さん

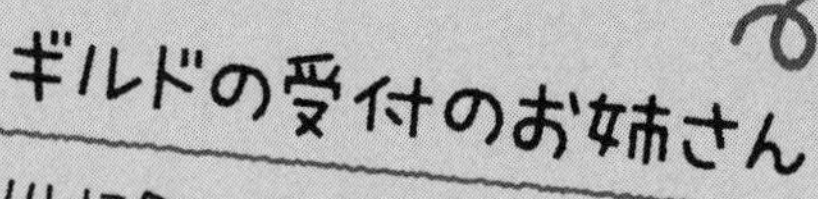

リルにクエストを紹介してくれたり、
わからないことは教えてくれるよ！

冒険者ランクE

tensei nanmin syojo ha
shiminken wo ZERO karamezashite
hatarakimasu!

28　新たな一歩

「今日はどういったお仕事を希望されますか？」

「外のクエストを受けたいと思っているのですが、どういったクエストがあるか聞いてもいいですか？」

受付のお姉さんは冒険者証を確認してから、丁寧に説明してくれる。

「リル様はEランクに上がったばかりで、外のクエストは薬草採取のみ達成している、ということでよろしいですか？」

「はい」

「Eランク冒険者の外へのクエストは主に常設クエストとなっています。内容としては低級魔物の討伐と薬草採取ですね。時々、指定の討伐や採取の依頼がある程度になります」

やっぱりきたか、討伐クエスト。この町の外には魔物がいて、冒険者がそれを討伐している。

「なのでEランクの皆さんはクエストボードに貼ってある依頼をこなすのが一般的です。窓口から出す依頼は時々確認するだけで大丈夫ですよ」

「分かりました。討伐した証明とかはどうすればいいでしょうか？」

「討伐の証明に関してもクエストボードに貼ってある用紙を確認していただければ大丈夫です。あと、リル様の身なりを見る限り討伐のクエストは全くの初めてでよろしいですよね」

「はい」

普通のシャツにズボンじゃそうだよね。武器も持ってないし、そう見られても仕方がない。もしかして討伐クエストは受けられません、て言われないよね。

「初心者冒険者限定の討伐のための講習がありますので、ぜひそちらを受けてください。それと合わせて一万ルタをお支払いして頂ければ、武器を使った訓練も受けることができますよ」

討伐のための講習と武器の訓練か。何も知らない私にピッタリなイベントだよね。

「二つとも受けます」

「了解しました。お金はお預かりした金額から差し引きますね」

これで私も低級魔物を倒せるようになるのかな。ちょっと怖いけど、ここまで来たんだもん。頑張らないとね。

「この後お時間がありましたら講習を受けられますが、どうしますか？」

「受けさせてください」

「武器の訓練は明日の朝からはいかがでしょうか？」

「明日の朝からでお願いします」

「では、待合席のところでお待ちください」

◇

冒険者が増え始めて、活気が出始めた頃だ。こちらに近づいてくるおじさんがいた。

「あー、リルっていうのはお前か？」

「はい」

「これから講習を始めるから、二階の会議室まで行くぞ」

それだけを言うとホールの奥の方に歩き始めた。そのおじさんの後ろには同じ年くらいの少年がいて、その後をついていった。あの子も講習を受けるのかな？

席から立ち上がり、私もその後を追う。奥に行き、階段を上り、廊下を進んだ途中でおじさんはとある部屋に入って行った。

少年が先に入り、次に私が入る。その部屋には長机とイスが並べられていて、部屋の一番前には教壇があった。

「好きな席に座れー」

おじさん教官が教壇に立ち、私は前から二番目、少年は一番前に座った。

「早速始めるぞ。えー、まず冒険者についてだ」

話が始まった。はじめは冒険者についての初歩的な説明からだ。冒険者とはどんな存在でどんな立場であるか。この辺りは私も知っている内容だったので復習のつもりで聞く。

次にクエストについての話になった。常設クエストと依頼クエストの二種類があり、冒険者ランクによって受けられるクエストが違うことの説明だ。また常設クエストなら窓口を通さなくても自由に受けていいらしい。

町の中のクエストと町の外のクエストについても話があった。どちらかというと町の中のクエストの方がランクアップしやすいらしい。魔物討伐よりも、人の役に立つほうが優先度が高いみたいだ。

それなら外ばかりじゃなくて定期的に中の仕事も請け負ったほうがいいのかな？

でも中と外じゃ必要とされる技術が違うから、結局はどっちかに偏っちゃうよね。私はどちらの仕事も興味があるから両方とも頑張ってみたい。

後の話は外のクエストについてだった。討伐の時やキャンプをする時に必要な道具の話。魔物のことを知りたかったら図書室に行くことなど。

最後は冒険者同士についての注意点の話になった。基本的なことで喧嘩をするのはできるだけ避けて、相手に物申したい時はギルド員がいるところですること。獲物の横取り、報酬の盗みは禁止。あとは細々とした説明を受けた。

「よし、だいたいこんなものだ。他に何か聞きたいことはないか？」

聞きたいこと……そうだ！

「あの、冒険に役立つ便利な道具とかありますか？」

「そうだなー、まだお前たちには早いと思って話さなかったが、マジックバッグというものがある」

マジックバッグ？

「マジックバッグは容量、重量、時間経過を軽減してくれる魔法の鞄だ。大きさは手に乗るくらい小さいものから、背中に背負う大きなものまである。数十万する高級なマジックアイテムだからな、初めの頃は手にするのは難しいだろう」

すごい、そんな鞄があるんだ。それ一つあればどんな道具でもコンパクトに軽く持ち運べるってことだよね。んー、出来ることなら先に買っておきたい品物だなぁ。

「クエストを受け続けてお金が貯まるとそのうち買う機会もあるだろう。そうそう、中古品もあるから、初めはそっちを買うのがいいだろう」

中古品があるんだ。それなら装備を整えてから、余ったお金で買う余裕があるかもしれない。

「じゃ、これで終わるぞ」

こうして初心者冒険者の講習は終わった。外の冒険に行く前に色々と知れて良かったな。

さて、次は図書室に行って魔法のことを調べよう。

29 魔力

講習が終わり、図書室までやってきた。やっぱり図書室は静かでひと気が全然ない。それでも受付に視線を向けると文字でお世話になったおじいさんが座っていた。

「こんにちは」

「はいはい、ん？　あの時のお嬢さんか」

「はい、あの時はお世話になりました。無事に文字とかを覚えられて、新しい仕事を受けることができました」

「そうかそうか、役に立ったんなら教えたかいがあったよ」

あの時、おじいさんが教えてくれたから私は無事に文字を覚えることができた。その時の感謝を伝えるとおじいさんは笑って嬉しそうに何度も頷く。

「して、今日はどんな本が読みたいんじゃ？」

「魔法を覚えたいので、魔法に関する本はありませんか？」

「魔法か、分かった。席に座って待ってなさい」

おじいさんは席を立って本を探しに行ってくれた。私は部屋の中央にあるテーブルにつき、おじいさんが戻ってくるのを待つ。

どんな風に魔法を使うのか、今から楽しみだ。属性とかあって、個人で得意なものとか分かれたりするのかな。そうだとしたら自分は何が得意なんだろう。

「待たせたな、まずはこれを読むといい」

おじいさんが戻って来て一冊の本を私の前に置いてくれた。本には「初めての魔法」と書かれてある。厚さは一センチくらいでそんなに厚くない。

「この本は魔法を使う上での基礎中の基礎がのっている。まずはこれをクリアしないことには魔法は使えんから、これから勉強しなさい」

「ありがとうございます」

まずはこれを読んでいれば大丈夫なんだね。よし、頑張って読むぞ。

おじいさんは受付に戻り、私は本を開いて中身を読み始めた。

魔法とは魔力を実現化した力の総称らしい。体内や体外にある魔力を集めて、属性に変換させ、発現させる。そんな内容が本には詳しく書かれていた。
属性も「火」「水」「風」「土」「雷」「時」「光」「闇」の八種類に分けられていて、変換できる力は個人個人で違うらしい。

とにもかくにも、初めは魔力を感じ取ることが何よりも重要。魔力を感じられないのであれば、魔法の適性はないと言ってもいい。

本を閉じて、手を膝の上に置き、目を瞑った。深呼吸をして心を落ち着かせると、意識を集中して魔力を感じ取る。

……何も感じない。意識の仕方が悪かったのかな、もう一度意識を集中して…………ダメだ。

それから、イスに座りながらずーっと魔力を感じ取るために集中していた。でも、どれだけ頑張っても魔力を感じ取れない。もしかして、私って魔法の適性がないってこと⁉

いやいや、ステータスには魔力Cって出ていたはずだし全くないってことはない。特殊な訓練でも必要なのかな、武器の訓練と並行して魔法の訓練とかもできないかな。

「どうしたんじゃ、唸っておったぞ」

わっ、びっくりした。

「えっと、魔力を感じ取ろうとしたんですが全然感じ取れなくて困っていたんです」

「ほうほう、魔力か。魔法に馴染みがなかった者がいきなり魔法を使うのは大変だからな。身近に魔法を使う者はいないか？」

「……いないと思います」

難民の中に魔法を使う人なんて見たことないし、きっといないだろうなぁ。

「魔法を見たり触れたりしていると、それがきっかけになって魔力を感じ取れるようになるんじゃが」

「だったら、誰かに魔法を見せてもらえれば私も魔力を感じ取れるようになりますか？」

「見るって言ってもそれこそ何十回とか必要じゃぞ。今の状況では現実的ではないじゃろうな」

魔力を感じるために何十回も魔法を見ないといけないなんて、見せてくれる人は誰もいないよね。だったら、どうすればいいんだろう。魔法を諦めたくない。

「そうじゃのぅ、一つだけ簡単に魔力を感じ取る方法がある」

「えっ、なんですか⁉」

「クエストを出すことじゃな」

ど、どういうことだろう。クエストを自分で出して何をするんだろう。

「クエストで魔力感知のお手伝いという依頼を出せばいい。お前さんがお金を出して、魔法を使える冒険者を雇うんじゃよ」

「そ、そうですね。その手がありましたね！」

「詳しいクエストの内容はギルド員に聞けばいいじゃろう」

「分かりました、早速行ってきます。今日もありがとうございました」

なるほど、その手があったか。一人で感知できるか分からない魔力と格闘するよりは、お金を払ってでも早く感知できるようになったほうがいいよね。

おじいさんに勢いよくお辞儀をすると、足早に図書室を後にした。

◇

一階に降りてくると、すでに冒険者は出払っていて閑散（かんさん）としていた。私は誰もいない受付に並ぶと、すぐに受付のお姉さんが対応してくれる。私は冒険者証を差し出した。

「どうされましたか？」

「クエストを出したいのですが、いいですか？」

「はい、大丈夫ですよ。どういった内容のクエストですか？」

「魔力感知のお手伝いです」

受付のお姉さんは紙を出してメモを取り始めた。

「リルさんが魔力を感知したい、という内容で間違いないですか？」

「はい。それでいくらぐらい出せばいいのか分からなくて」

「そうですね、この内容だと一万五千ルタから二万ルタがいいと思います。ですが、いい人に当たりたいという気持ちがあればそれ以上を出したほうがいいと思います。また、ギルドの仲介料として出していただいた金額の一割を頂くことになりますので、それを含めて考えてください」

そっか、ギルドは依頼人から依頼料をとっているんだ。一割取られるっていうから、それを含めていくらがいいかな。できればいい人に当たりたいし、優秀な人に出会う為には高い金額のほうがいいし。

よし、決めた。

「三万ルタでお願いします」

「分かりました。それではお預かりした金額から差し引きますね」

残り百十八万ルタか、それと手持ちに一万ルタ以上ある。うん、装備品を買えるお金は残っているから大丈夫。受付のお姉さんが後ろを向いて作業をすると、再びこちらを向いて冒険者証を渡してきた。

「冒険者証をお返しします。一週間の内に適任者に声をかけておきますね。一週間前後で一度ギルドにお越しください」

「分かりました、よろしくお願いします」

こうして初めてのクエスト依頼は終わった。予定外の出費があったけど、お金には余裕があるので大丈夫。あ、でもマジックバッグを買いたいなぁ……お金足りるよね、大丈夫だよね。

それから外で遅めの昼食を食べて、夜ご飯用の百ルタのパンを買い、まだ明るい内に薬草を採取しながら集落に戻った。今日も何事もなく終わるはずだったんだけど、集落につくと広場で女衆が集まって話していた。

なんだろう、と横目で見ていると女衆がこちらに気がついて少し慌てたように近づいてくる。な、なんだろう。

「ちょっと、リルちゃん」

「は、はい。どうしたんですか？」

「今日、配給がきたんだけどあんたの両親、村に移住を希望したのよ」

な、なんだって……あの両親が？

「しかも、リルちゃんを置いていくらしいわ！」

私を置いて、村に移住を希望？　どうしていきなりそんな話になるの？

30　訓練

まさか、あの両親が村への移住を希望するなんて思ってもみなかった。集落に来てからろくに働いたことがないあの両親がだ。どういう風の吹き回しなんだろうか。

いや、あの両親のことだから細かいことは考えていないんじゃないか？　村の仕事が重労働で大変で、村によっては閉鎖的であって、もしかしたら誰も協力してくれる人がいない状況に陥るかもしれないのに。

……絶対にそこまで考えているわけじゃないと思う。でも、移住を考えるきっかけがあったのかな。

一人で悶々としながら自分の家に近づくと、中には両親がいた。絡まれないように視線を逸らして、奥の部屋に入ろうとすると――。

「おい」

声をかけられた。おそるおそる振り向くと、人を小ばかにしたような顔をしてニヤニヤしている。

「俺たちは数日後にこの集落を出て行くんだ。もちろん、お前は置いてな」

「あなたは一人で働いているんだから、私たちに付き合わなくてもいいわよね」

集落を出て村に行く話は本当だったらしい。まるで一人になる私を見下しているような視線に呆れてしまう。それで優越感にでも浸っているのか。

「俺たちは村で悠々自適に暮らしていくんだ。羨ましいだろう、だがお前は連れて行かない」

「泣いたって連れて行かないんだからね。これから一人で生きていきなさい」

……本当にこの両親はどうしようもない。何が悠々自適だ、村の仕事がそんなに簡単なものじゃないって考えたら分かるのに。

分かった、集落に居づらくなったから出て行くんじゃないのかな。集落の仕事が嫌になって村の仕事に逃げたってことだよね。その程度で大事なことを決めちゃうなんて、救いようがないな。

◇

翌日、冒険者ギルドにやってきた。昨日採取した薬草を換金して、待合席で待つ。今日は武器を使った訓練の日。一万ルタも支払ったんだから、学べることは学んでおかないとね。

「おっ、昨日の子」

声がして振り向くと、そこには昨日のおじさん教官がいた。

「そうか、訓練を希望したのはお前だったんだな」

「はい、今日はよろしくお願いします」

「おう、よろしくな。詳しい話は場所を移ってからにするぞ。とりあえず、ギルドの裏に行こう」

教官はギルドの出入口から出て行き、私もそれを追う。ギルドを出てグルっと回り込んで進むと、そこにはギルド掃除の時に見た広場があった。本当にここは訓練のための場所だったんだね。

「さてと、見たところ武器を一度も持ったことが無いって感じだが、どうなんだ？」

「持ったことが無いです」

「なら、武器選びから始めようか。ちょっと来い」

そこから一緒にやってくれるのか、すごい助かる。教官に連れられて広場の隅にあった小屋に近づく。教官が小屋の鍵を開けて、扉を開ける。中には色んな武器が立てかけられていた。

「希望する武器はあるか？」

「片手剣です」

「よし、じゃあ片手剣で訓練を始めるぞ」

私の使用武器が決まった、普通のを選んだけど大丈夫だよね。初めてだから全部が手探りで分からない。もし、使っていてしっくりこなかったら変えてみようかな。

「まずは片手剣を構えて、次に切りつける。この二つが合わさった型をいくつか実践していく。型を覚えたら、今度は回数をこなして訓練するぞ」

教官も片手剣を持ち、構えを披露した。本格的な訓練が始まった、気合入れて頑張ろう。

片手剣を構えて、縦に切りつける。まだ剣が重くて太刀筋は弱弱しいものだ。

片手剣を構えて、横に切りつける。腕がプルプルと震えて剣を振るだけで精一杯。

片手剣を構えて、前に突き出す。肩がガクガクと震えていて、剣先がブレている。

……はぁ、全然力が足りないよ。剣を構えるのもフラフラしているし、一歩が中々踏み込めない。剣を振れば、剣の重みで体の重心がずれる。振ったとしても体勢を堪えるだけで体が震えた。

「うん、こんなもんか」

「えっ、こんなので大丈夫ですか？」

「はじめはこんなもんだ。あとは地道に訓練をして、力をつけるしかないだろう」

そっか、こんな感じでいいのか。あとは回数をこなしていけば、そのうち力もついてくるかなぁ。

まだ剣を買っていないから、集落で訓練はできないし。筋トレでもしておこうかな。

「もし、魔法が使えるんなら身体強化っていう魔法を習得すれば楽になるぞ」

「魔法で身体強化、ですか？」

「魔法っていうか魔力を体に纏わせて身体的能力を引き上げる術みたいなものだ。それができれば重たい物を持つ力になったり、素早く移動できる力にもなる」

身体強化ってそんなことができるんだ。これはますます魔力感知のクエストが重要だっていうことだよね。良かった、少し多めにお金を出しておいて。いい人に当たればいいなぁ。

「もう少し訓練して今日は終了だな。続きは明日だ」

「今日以外も訓練してくださるんですか？」

「訓練生の力量を見てから決めているんだ。リルの場合はあと二日くらい訓練した方がいいだろう。戦闘で必要な動きもやっておきたいしな」

「そんなに沢山してくれるんですね」

「ギルドの訓練だからな。安くないお金を貰っているんだ、しっかりと訓練してもらって、しっかりと生き延びる術を身に付けてもらうぞ」

一万ルタを支払ったかいがあった。戦闘に必要な動きを教えてもらえるのは本当に助かる。少しでも危険が減るのはいいよね、後は私の頑張り次第だね。

「さて、再開するぞ。何かおかしいところがあったら指摘するからな」

「はい、お願いします」

教官の掛け声で訓練を再開した。少し不安が取り除かれた私は訓練を集中して行うことができる。

今は辛いけど、乗り越えられないことはないから頑張ろう！

◇

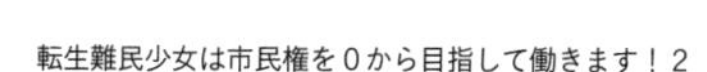

あっという間に訓練最終日がやって来た。今日はどんなことをやるのかな？

「今日は実戦形式で訓練を行う。魔物の大きさは様々なので、それに対応した剣捌きの訓練だな。俺が指示した場所に剣を打ち込んでいくんだ、分かったな」

「はい」

木剣を渡されるかと思いきや、本物の剣を渡された。実戦形式ってそういうこと？

「なんだ、心配そうな顔をしているな。大丈夫だ、その剣の刃は潰してあるし、何よりも初心者のお前の剣は経験者の俺には通じないからな」

そっか、そういうことなら大丈夫だよね。私の剣が教官に当たることなんてないだろうし、ここは気にしないで全力で剣を振るってしっかりと訓練をしよう。

「まずは俺の膝から足元の高さだ。この位置だとホーンラビット、スライム系、スネーク系などを相手にする高さだな。低い位置だから腰を落として剣を構えるといい」

「その魔物はランクEでも倒せますか？」

「うむ、その通りだ。じゃ始めるぞ」

教官が腰を落として剣を下段に構える。私も同じ構えをして教官と対峙した。一呼吸の後、地面を蹴って教官に向かっていく。下段に構えた剣を横にスライドさせて薙ぎ払う、と簡単に防がれた。

何度か剣を振るうと一旦距離を取る。また構え直してから、もう一度切りかかる。教官の脛や足元を狙って剣を振るが、全て教官の剣によって防がれてしまっていた。

「その調子だ。一旦距離を取るのもいいぞ。あとは剣に力が込もっていたらいいな。力を温存するのはいいが、魔物を一撃で倒せる力を込めないとダメだ」

剣の太刀筋が弱いことを見切られていた。次の攻撃が必要もないくらい強い力を入れないとダメみたい。剣を握る手に力を込めて、何度も剣で切りつける。

しばらく剣を打ち込んでいくと、息が上がり我慢できずにその場にへたり込んでしまった。そこで休憩となり、私は息を整えていく。

息が整い、体が動くようになると早速次の訓練が始まった。

「次は俺の腹から太もも辺りの高さだ。この位置だとゴブリン系、ウルフ系だな。今度はこの間やった構えをしながら、力一杯切りかかってこい」

少しだけ腰を落として剣を構えた。二日前のおさらいでもあるので切りかかりやすそうだ。地面を蹴って教官に向かっていき、縦に切りかかった。

それから何度も切りかかり、少し息が上がってきたら離れる。離れている間も相手を見て動きを観察しながら、再び切りかかっていく。

「いいぞ、自分の体力の限界を見極めて離れ、離れている時は相手を観察する。魔物との戦闘では終わらない限り気が抜けない。ずっと気張っていけ」

教官に剣を打ち込んでいく。先ほどよりは剣を振るいやすいが、敵が大きくなっているので油断大敵だ。できるかぎり力を込めて打ち込んでは離れて、息を整えながら相手を見極めていく。

訓練は私の体力がなくなるまで続いた。

◇

「ありがとうございました」

「おう、お疲れさん。訓練を見た限り動きは問題なさそうだ。後は力と体力をつけることだな」

訓練が終了して、少しの休憩の後に解散となった。まだ体力が回復していない私はフラフラとした足取りでギルド内を歩いていた。待合席で少し休ませてもらおう。

「そうだ、ここでちょっと待ってろ」

待合席に座ったらそんなことを言われた。まだ訓練が終わってなかったのかな？　でも、さっきお疲れって言われたし、なんの用事なんだろう。

座りながら待っていると、教官が片手に紙を持って戻ってきた。

「待たせたな。この紙におすすめの武器屋や道具屋を書いておいた。ここに行って必要なものを買い揃えて来い」

「助かります。正直、どこに行ったらいいか悩んでいたので」

「初めは誰だってそうだからな、少しでも力になれたんなら良かった。じゃ、なんか困ったことがあったら声かけてこいよ」

「はい、ありがとうございました」

教官は紙を手渡して、片手を上げてそのまま受付の奥に姿を消してしまった。最後の最後までお世話になっちゃった、いい人に出会えて本当に良かったなぁ。

貰った紙を見てみると、オススメの武器屋の名前と通りの名前が書かれてあった。道具屋は……こ、これカルーが働いている道具屋の名前だ！

店に顔を出す予定だったけど、いいきっかけになって良かったな。カルーに会えるのは楽しみだ。

明日は集落のお手伝いをして、ついでに訓練の続きもしよう。明後日にギルドに来て、魔力感知のクエストの進捗を聞きに来よう。

明日は町に来ないからパンを多めに買っておいて……ふふ、カルーに会える日が楽しみだな。

31　装備品を整えよう

「魔力感知のクエストを受諾した冒険者がいました」

冒険者ギルドに顔を出すと受付のお姉さんに依頼したクエストの結果を聞くことができた。

「町からの依頼を受けてゴミの焼却に携わっている魔法使いです。魔力に関しては十分に保有する方で、魔石に魔力を補充する仕事も請け負っております。なので魔力を放出することに関しては適任の方です」

まさかゴミの焼却をしている魔法使いさんに教えてもらえるとは思ってもみなかった。魔力を注ぐ仕事もやっているなら、魔力を放出して感知させることも得意そう。

魔法や魔力に関して詳しいことは分からないけど、魔法使いっていうんだから任せても大丈夫だよね。うん、この人にお願いしたい。

「この方はいかがでしょうか？」

「その人でお願いします」

「かしこまりました。その方のお話ですと二日後のお昼すぎにお時間ありますか、とのことですが」

「その日時でお願いします」

「承りました。必ずお伝えいたします」

受付のお姉さんにお願いしてその人に受けてもらうことにした。

その話が終わると、教官に教えて貰った武器屋へと向かう。入り辛くない武器屋だったら嬉しいな。

大通りを進み、途中で脇の通りを進むと武器屋がある。紙に書かれた店名と看板に書かれた店名を確認したら、そこで合っていた。

ゆっくりと重い扉を押して中へと入って行く。

「すいません」

「へい、らっしゃい」

声をかけるとすぐに返事が返ってきた。中を見てみると壁にかけられた無数の武器が見えて、その奥にあるカウンターには一人のお兄さんがいるのが見える。

お兄さんは人の良さそうな笑顔を向けて、人懐っこい感じで話しかけてきた。

「お嬢さんは武器を買いにきたのかな？」

「はい、あの片手剣を見せてもらってもいいですか？」

「いいよ、ちょっと待っててね」

お兄さんはカウンターからこちら側に移動すると、立てかけられた武器を見繕っていく。一本ずつカウンターの上に置いていき、合計で三本の片手剣が揃った。

「まずは初心者向けのショートソード。低級魔物を相手にする事ができる程度の片手剣だよ」

見たことのある片手剣が紹介された。刃渡りが五十センチくらいあって、そこそこ太く真っすぐな形をしている。

「次はレイピア。これも低級魔物を相手にするには丁度いいものだ」

細長い刀身の剣だ。ショートソードよりも長くてかなり細い刀身で、突きの攻撃がしやすそうな感じだ。

「最後にサーベル。ちょっと重たいけど、その分魔物に与える一撃も重くなる武器だよ」

刀身が湾曲した片刃の剣。刃の先に行くほど太くなっていて、私が振り回すのは大変そうな印象だ。

「とりあえず、試しに持ってみたら?」

「はい」

お兄さんに言われた通りに剣を持ってみる。まずはショートソードだ。訓練の時にも使っていた馴染みの武器でちょっと重い。大きな魔物には不向きだけど、低ランクで低級魔物を討伐するには適していそうだ。

次にレイピア。ショートソードよりも軽いが、やっぱりちょっと重たい。刃が長いから重心の取り方が難しそうな印象だ。あと一点集中の突きの攻撃が果たして自分に合っているのかが分からない。

最後にサーベル。持った瞬間ずっしりと重くて膝が曲がった。お兄さんの言った通り一撃は重そうだ。だけど、力が弱くて想像した通りに振り回すのは大変そう。

「どれも十万ルタから十八万ルタのお買い得商品だよ。そういえば、予算はいくらくらいを予定しているの?」

「えっと、四十万ルタくらいを」

「えっ、そうなの⁉　ちょ、ちょっと待ってて！」

しまった、とっさに総予算の金額を言ってしまった。すると、お兄さんは驚いた顔をして店の奥に引っ込んでしまう。

まさか高額商品を売りつけるつもりで品物を取りに行ったのかな。戻ってくるのがちょっと怖い。んー、でもしっくりきた武器はなかったし、いい武器だったら購入するか考えようかな。

「お待たせ。ちょっとこの剣を見て」

お兄さんは布に包まれた一本の剣をカウンターに置き、布を取った。中には一本の片手剣があったのだが、その刀身は鉄とは違う素材でできているためか青白い輝きをしている。

「これはオファルト鋼っていう鉱物でできている剣なんだ。特徴は鉄と比べて青白く、軽く、丈夫っていう良い点がある。他にも魔鉱成分も含まれているから、魔法伝達の力もあって、魔法との相性がとてもいい素材だ」

「……持ってみてもいいですか？」

「もちろん」

おそるおそる柄を握って持ち上げると、なんとレイピアよりも太いのに軽かった。刀身の長さは六十センチ以上あり、刃は少し湾曲している。性能もそうだが、刀身がすごく綺麗でツルツルしていて切れ味も良さそうだ。

「オファルト鋼を使えるのは冒険者ランクCくらいが一般的なんだ。でも、そのランクに上がると他にも選択肢がある。良い鉱石で作られた武器が他にもあるし、このくらいの長さの武器は中々売れないんだよね。あ、品質には全然問題ないよ」

この武器は上位の冒険者が使うランクのものらしい。多分だけどそこまでランクが上がると武器の幅が広がっていくんだろうな、と思う。討伐する魔物も大きくなれば、武器だって自然と大きくなるはず。だから、小さな武器は売れ残る。

手に持って構えると、剣の軽さに手が馴染んでいるのが分かる。ちょっと重いけど、問題のない重さだ。しかも魔法にも適応しているという話だから、今後魔法を使う戦闘をする私にとって最適な武器だろう。

問題は……値段。

「この武器が気に入ったんですけど、そんなに高いと買えないので……その、安くなりませんか？」

「もちろん、そのつもりさ！　こいつ、何年も売れなかったから、どうしようかと悩んでいたところなんだよ。本当は五十万ルタするんだけど、四十五万ルタで売ろう。それだけじゃなくて初期の調整代、鞘代、鞘ベルト代は無料！　それで四十五万ポッキリだ」

四十五万ポッキリにサービス品か、魅力的だ。それに武器も良いもので、力と体力がない私にとっては救いの付加価値になりそう。よし、ちょっと高いけどこれに決めよう。

「これを買います」

「ありがとう、毎度あり！」

「お金は商品の引き渡しの時でいいですか？」

「いいとも。じゃ、鞘ベルトの調節のためにサイズ測るから」

高かったけど、私は丁度いい武器が見つかって良かったな。あとはマジックバッグがどれだけの値段になるのか心配だ。そんなに高くないといいなぁ。

◇

武器屋で武器を買った後は革の防具屋に立ち寄った。店の中に入ると様々な革製品が並んでいて、どれを選んだらいいか分からない。そこでここでも店員の人に見繕ってもらうことにした。

「あの、すいません」

「ん、どうしたんだい？」

「革の防具が欲しいんですけど、どれを選んだらいいか分からないんです」

「そうかい、なら一緒に選んであげようか」

受付にいくとおばさんがニッコリと笑って対応してくれる。

「武器はなんだい？」

「片手剣です」

「戦闘スタイルはどんな感じだい？」

「敵の攻撃をかわして攻撃するタイプです。力と体力には自信がないです」

「じゃ、動き回って敵をかく乱する感じだね」

おばさんは一つずつチェックしていき、ふむふむと何かを考えている。

「予算はどれくらいだい？」

「七十万くらいなんですが、中古でマジックバッグや冒険に必要な道具を買わないといけないです」

「マジックバッグは中古品だと二十万から三十万くらいで買えるから、他の雑貨も合わせたら最大三十五万くらいは出せるってことだね」

中古のマジックバッグ、それくらいするんだ。結構高いけど買えない金額じゃないね。

「革の鎧は必要かい？」

「すぐには必要ない気がします」

「革の鎧もそこそこ重いからね、今の状態じゃ戦闘スタイルに支障がでちまうね。なら革のグローブと革のブーツがオススメだ」

攻撃を避けるために身軽な方がきっといいはずだ。あってもいいけど、避けるのならなくてもいい。低級魔物しか相手にしないから、そこまで防具に拘（こだわ）らなくても大丈夫そう。

「その二点をお願いします」

「ちょっと金銭的に余裕がありそうだから、普通の革よりもちょっと上の革をお薦めするよ。ブラッ クリザードっていう山岳地帯にいる魔物の革なんだ。普通の革と比べると強度もあって、伸縮性もあって、摩擦や熱にも強いっていう品物さ」

おばさんは棚から黒いブーツを取り、私の前に差し出した。茶色の革よりも光沢があり、触ってみるとざらざらと固い印象がある。だけど引っ張ってみると伸びたり縮んだりして、固いのに伸縮性があって不思議な感じだ。

「動き回るタイプだったらこの素材がいいと思うんだよね。グローブは肘下まで、ブーツは膝下まで。だけど肘と膝をガードする部分もつけるよ。値段は十六万ルタだ。普通の革製品だとこれくらいで九万ルタくらいなんだが、どうだい？」

またしても上位ランクの素材だね。でも買えない値段ではないし、何よりも力と体力に不安がある私にとって動きを阻害しなさそうだ。伸縮性があるってすごく魅力的だ。

「ブラックリザードの革でください」

「はいよ、毎度。ここはオーダーメイドで作るから、作るのに数日貰うよ。さて、サイズを測るから奥のイスに座ってくれないかい」

買ってしまった、また上位ランクの素材でお願いしてしまった。しかもこの後にマジックバッグも買わないといけないのに、なんだか高い買い物ばかりしているから不安になってしまう。

イスに座って少し挙動不審になりながらサイズを測ってもらった。

革防具屋を出て行き、次の目的地でもあるマジックバッグ屋に向かう。どうやら新品も中古品も一緒に取り扱っているらしい。

えっと、貯金が百十八万あって今日六十一万使ったから、残りが五十七万だね。あんまり使いたくないけど、いい商品があったら買いそうで怖いな。うぅ、気を付けないと。予算は最大三十五万までにしよう、絶対にこれ以上のお金は出さないぞ。

お金のことを考えながら歩いているとあっという間にマジックバッグ屋に辿り着いた。高級品があるせいか店の佇まいも綺麗な感じで、入るのを少し躊躇(ちゅうちょ)してしまう。

一呼吸をすると、ゆっくりと中に入って行く。

「いらっしゃいませ」

入るとすぐに声をかけられてびっくりした。扉の向こう側、奥の方にカウンターがあって、そこに座っている仕立ての良い服を着たお兄さんが話しかけてきたようだ。

て行って一つずつ商品を見ていく。

「マジックバッグをお求めですか？」
「はい。中古品のマジックバッグも置いているって聞いたんですけど」
「それでしたら右側の棚になりますので、ごゆっくりごらんください」
右側の方を見てみると棚の上のほうに中古品と書いてあった。うん、私はこっちだな。棚に近づいて行って一つずつ商品を見ていく。

まず、マジックバッグの機能には重量軽減、容量軽減、時間減速の三つの項目があった。教官の話だと超高級品は重量が無かったり、すごい量の品物を入れられたり、時間経過がなかったりするものもあるらしい。

私はまだEランクの低級冒険者だから、高級品は要らない。予算の三十五万ルタで収まるマジックバッグが見つかればいいんだけど。早速一番安いマジックバッグを見てみよう。

一番安いマジックバッグは十七万ルタ。えっと、重量軽減が低ランク、容量が一立方メートル、時間軽減が低ランクか。大事な容量がそんなに入らないような気がするから、パスかな。

次に安いマジックバッグは二十三万ルタ。重量軽減が中ランク、容量が二立方メートル、時間軽減が低ランク。これくらいでもいい気はするけど、予算はあるからもうちょっと高めでも大丈夫そうだな。

次のランクはっと、三十一万ルタだ。重量軽減が中ランク、容量が三立方メートル、時間軽減が中ランク。うん、これくらいだと予算内で収まりそうだし、機能に中ランクがあるからイイ感じだね。

もうちょっと上のランクはどんな感じかな、四十三万ルタ。重量軽減が高ランク、容量が五立方メートル、時間軽減が中ランク。予算はオーバーしちゃうけど買えなくはない、でも低ランクの冒険者に必要な機能なのかは謎だ。

あー、どうしよう困っちゃう。今はこんな機能無くても大丈夫だけど、買えなくはない金額なんだよね。いや、今回は今の自分に見合ったマジックバッグを買うんだ。

「お客様、何かお困りですか」

しまった、すごく悩んでいたから店員のお兄さんに声をかけられた。

「こっちとこっちで悩んでいて」

「あー、悩みますよね。でも、こちらのマジックバッグはですね」

そう言ってお兄さんは高い方のマジックバッグを手に取り、説明を始めた。

「マジックバッグとしての機能以外にも高機能なんですよ」

「機能以外？」

「大きさはあちらのマジックバッグよりも小さいだけでなく、入口が広がるんです」

高い方のマジックバッグは三つに折り畳まれていた。店員のお兄さんはその入口を広げてみせると七十センチ以上の長さのある形に変形する。

「普段は折り畳んで体に括りつけて、物を出し入れする時は入口を広げて物の出し入れがしやすいようになっております。もちろん、折り畳んだまま物の出し入れもできます」

「むむっ」

「おっと、この値段はちょっと間違えていました。申し訳ありません。四十一万ルタでいかがでしょうか？」

くっ、ここにきて値下げされるとは。いや、元々の値段が四十一万ルタだった可能性はあるわけで。迷っている客がいたらすかさず値引きをしたように見せかけているのかもしれない。

でも、でも……。

「こちらの商品をください」

「毎度ありがとうございます」

負けた、お兄さんの勝ちだよ。付加価値のあるものに私は弱いんだよー、悔しいけどいい買い物ができたー。

現金がないため一週間の取り置きをしてもらい、私は店を出る。夕暮れが迫ってきて、今日の買い物は終了した。

32 魔力感知

今日は魔力感知のクエストの日。待ちに待った日が嬉しくて、居てもたってもいられず午前中は薬草採取に精を出す。合計で十個以上見つけられて、二日分の食事代くらいにはなった。

受付のお姉さんに言われて待合席で待っていると、黒いローブと黒い帽子を被った人が近づいてきた。もしかして、あの人なのかな？

「あ、あの……リルさん、ですか？」

「はい、リルです。もしかして魔力感知のクエストを受けてくださった魔法使いさんですか？」

「は、はいっ。きょ、今日はよろしく、お願いします」

なんだか挙動不審なお姉さんだなぁ、大丈夫かな？

「では、ギルドの裏に行きましょう」

「そ、そうですね。ぜひ、行きましょう！　人が少ないですし、その方がやりやすいですし」

もしかして、人がいるところが苦手なのかな？　余計な詮索はしないでおこう。

私はお姉さんを引きつれてギルドを出ると、グルッとギルドを回り込んで進み、裏の広場までやってきた。その広場の片隅にあるベンチに腰掛けると、お姉さんも力が抜けたようにベンチに座る。

「ふへ～、ギルドの中は人がいっぱいいるから緊張したー」

「あ、やっぱり人がいるところが苦手なんですね」

「えへへ、ごめんなさい、そうなんです。だから、人とあんまり関わらなくても済むゴミの焼却とか魔石への魔力充填の仕事ばかり受けてて」

私と話すのは大丈夫なんだね。どうしてだろう、子供の女の子だからかな？

「あらためて、今日は魔力感知のクエストを受けてくださってありがとうございます」

「こちらこそ、依頼出してくれてありがとう。今日は依頼者でもあるリルさんに満足していただけるように頑張りますね」

簡単な挨拶をすると魔法使いさんも返してくれる。良かった、私には本当に大丈夫そうだ。

「ちなみに魔力感知の後はどんな魔法を使いたいんですか？」

「外の冒険に行くのに必要な身体強化の魔法を使えるようになりたいです。その後に色んな属性の魔法も使えるようになればいいなって考えてます」

「子供の女の子でも外の冒険に行くのね。なら、私がしっかりと教えます」

むん、と両手を握ってやる気のアピールをする魔法使いさん。いい人に当たったようで良かったなぁ。

「まずは両手を貸してください」

「こう、ですか?」

「そうです。そして、目を閉じて集中します」

魔法使いさんは私の両手を握った。言われた通りに目を瞑り、意識を高めていく。

「今から私が手を通じて魔力を流し込みます。それを感じ取ってください」

「はい」

「いきますよ」

意識を手に集中させる。始めは何も感じなかったが、少しずつ魔法使いさんの手が温かくなってきた。じんわりとした心地いい熱が指先に広がっていくと、その熱が私の手に移動してくる。

ゆっくりと伝うように移動してきた熱はあっという間に私の手に広がった。

「今、リルさんの手に魔力を流し込みました」

「これが魔力」

「もう少し流し込みますね」

魔法使いさんはそう言うと熱みたいな魔力を流し込み続けてきた。熱は手首を越え、肘を越え、肩まで移動する。

「この状態で自分自身の魔力を引き出してください。体の真ん中に小さな熱が出てくるはずです」

「はい」

この熱と同じ熱を探す。体の中心の熱、意識を集中して感じ取っていく。腕に広がった同じ熱よ出てこい、出てこい。中々出てこない。

「もう少し魔力を送り込みますね」

魔法使いさんがそういうと肩まで止まっていた魔力がだんだんと広がっていく。その間に私は意識を集中して自分の魔力を探す。しばらく意識を集中させると、自分の中の一点がほんわかとした熱に侵された。

「今、ちょっと小さな熱が出てきました」

「そう、それが魔力よ。その熱を引き出すように意識を集中していきます」

現れた小さな熱を逃がさないように意識を高めていく。だんだんとじんわりと温かかったものの温度が増してくる。それはゆっくりと体に広がっていった。

「私もリルさんの魔力を感じ取れました。手を離すので、そのまま体中に魔力を行き渡らせてください」

「はい」

魔法使いさんが手を離すと温かい魔力がなくなって、私の小さな魔力の熱だけが残った。その熱、魔力を消さないようにさらに意識を集中させて引き上げていく。

すると、魔力がどんどん広がってきた。胸辺りまで広がっていくのに時間はかからなかった。

「今、胸辺りまで広がりました」

「じゃ、指先とか足先まで行き渡らせてください」

一度深呼吸をして心を落ち着かせると、体の中心にあった魔力を更に引き出して広げていく。一度魔力を感知すると簡単に魔力を広げることができた。水が染みていくような感じでどんどん魔力が広がっていく。

意識を集中させ、指先や足先まで魔力を行き渡らせることができた。

「できました」

「なら、目を開けてそのままを維持するように走ってみてください」

魔法使いさんの言葉に従って目を開ける。それから意識を集中したまま私は駆け出した。

「⁉」

突然体が加速して、今まで以上の速度で走ることができた。ここで意識が途切れないように集中しながら走る。やっぱり、とてつもない速さで動くことができてしまった。

一通り走ると魔法使いさんの所に戻ってくる。

「はい、今の状態が身体強化です」

「これが身体強化」

まさか、身体強化の魔法を教えてもらえるなんて思ってもみなかった。驚いた顔で魔法使いさんを見てみると、頷きながら笑っている。

「魔力感知が出来たので、次の段階まで教えてみました。迷惑でしたか？」

「いいえ、とても助かりました。報酬とか上乗せした方がいいですか？」

「ふふ、そこまでしなくても大丈夫です。私にとって破格のクエストだったので、逆にこちらが恐縮してしまったくらいですから」

なんていい人なんだ。まさか身体強化を教えてくれるなんて思ってもみなかった。これで力と体力が不足している部分を補えるよ、外の冒険に行く前に身体強化ができて本当に良かったよ。

「まだ時間もありますし、魔法の発現のやり方もちょっと教えましょうか？」

「是非、お願いします」

「と言っても私が得意な火と雷の属性だけになるんだけどいいですか」

「もちろんです」

魔法まで教えてくれるの、すっごい助かる！　私はウキウキしながらベンチに座って魔法使いさんの言葉を待った。

「魔法の発現の仕方はイメージです。火なら熱い、雷ならビリッとした痛み。それらを魔力で表現していく感じですね」

「魔力でイメージ」

「まず指先に魔力を集中させて、集中させた魔力を変換したい属性をイメージしながら表現、そして魔力を開放して発動です」

人さし指を立てて、魔力を集中させていく。だんだん魔力が集まっていくと、それを変換したい属性をイメージしながら表現。火、火、火。燃える、熱い。それから魔力を開放して、発動！

ボッ
指先から小さな火が灯って、すぐ消えた。

「やりましたね、発動成功です。継続して出したい時は魔力を放出し続けることが大事ですよ。このまま雷の属性もやってしまいましょう」

「はい」

呼吸を整えて、また魔力を指先に集めていく。魔力が集まっていくのを確認すると、雷のイメージを頭に思い浮かべながら。静電気のようなパチッとしてビリッとする感覚で、魔力を開放して発動！

バチッ

指先から小さな電気が流れて、すぐ消えた。

「わぁ、すごいですね雷の魔法も発動しちゃいました」

「あの、こんなので良かったんですか？」

「はい、大丈夫です。魔法の効果を高めたいのであれば、魔力を引き出す力、魔力を開放して発動する力を鍛えていってください。これは回数をこなさない限りは難しいのでコツコツ頑張りましょう」

これからコツコツ魔法を発動していって鍛えていけば、魔物を討伐できる魔法を使えるようになるよね。今は小さな魔法だけど、発動ができて嬉しいな。

魔法使いさんのお陰で私は身体強化と魔法の発動ができるようになった。自分一人で悩んでないで、お金を使ってでも解決する方法をとって正解だったと思った。

33　冒険前の準備

訓練をして戦い方を学び、装備品を買って冒険の準備をして、魔力感知のクエストで身体強化と魔法の発動ができるようになった。あとは冒険に必要な細々としたものを買うだけ。

今日は装備品を全て受け取りに行きお金を払い、後は残った買い物を終わらせる予定だ。それともう一つ忘れてはならない出来事がある。両親が移住する日だということ。

朝起きると、すでに両親は起きていて身支度を済ませていた。身支度と言っても髪の毛を整えるくらいしかできないんだけどね。

「今日でリルともお別れだな。後で寂しくて泣いても戻ってやらないからな」

「あなたが悪いのよ。しっかりしないからこんなことになるのよ、自業自得だわ」

相変わらず私の両親は何を言っているのか全然分からない。去る優越感からなのか不遜な態度でこちらを見下ろしてくる。ちょっとだけムカッとした。

「そっちだって、帰ってきたくても帰ってこられないんだからね」

ついつい、捨て台詞を吐いてしまう。集落を出ていくことがどんなに大変なことなのか知りもしないで、調子づくことができるのは今のうちだけだよ。

私の捨て台詞が負け犬の遠吠えに聞こえたのか、二人は顔を見合わせて笑っている。ふっ、笑えるのは今のうちだよ。絶対に苦労するのは両親のほうなんだからね。

でも、これでこの家には私一人になるってことだよね。ということは、草のベッドの上にシーツを被せて寝る事だってできちゃう。一人の天下だ、やっほーーい！

両親はさっさと家を出ると、私は少し遅れて家を出た。別に見送りなんてしない、朝の配給を食べにいくだけだ。

いつものように広場に行って朝の配給をいただく。その時、女衆から話しかけられた。

「とうとう、あんたの両親が移住するね」

「本人たちが決めた事なので仕方ないです。あ、家はそのまま使ってもいいのでしょうか？」

「そのことについては何も話が出てないから使ってもいいと思うよ。何か困ったことがあったら遠慮なく言うんだよ」

「はい、いつもありがとうございます」

どうやら今日両親が移住する話は広まっているようだ。私は全然問題ない。というか、両親よりも他の難民たちのほうが家族みたいだよね。うん、みんなのことを大切にしていこう。

それから町へ行き、冒険者ギルドに寄ってお金を引き出すと、取り置きしてもらった装備品などを受け取りに行った。

最後に残ったのが道具屋、カルーが働いているところだ。久しぶりに会えるのが嬉しくて、足取りは軽かった。

通りを進んでいくと目的の道具屋の看板が見えてくる。早速扉を開けて中に入ってみた。

「すいません」

「はーい、いらっしゃい……ってリルじゃない！」

「久しぶりです、カルー」

奥のカウンターにカルーの姿を発見した。カルーも私の姿を見ると声を上げて反応してくれる。私がカウンターに近づくと、カルーは笑顔で対応してくれた。

「元気でやっているのね」

「はい。冒険の準備があらかた終わったので、最後に道具を買おうと思ってここに来ました」

「そう、もう外の冒険にいっちゃうのね。ここで必要なもの全部買いそろえちゃいなさい」

外の冒険に行くことを伝えるとカルーは少し寂しそうに、だけど心配するような表情を向けてくれる。そんな優しいカルーを心配させないためにも必要な物を買わないとね。でも、何が必要なんだろう？

「あの、カルー。冒険に必要な物ってなんですか？」

「リルったら図書室で調べなかったの？」

「えへへ、忘れてました」

「もう。そういうことなら私に任せなさい。こういう時のメモがあるのよね」

そういったカルーはカウンターの裏からゴソゴソと何かを出してきた。台帳みたいな冊子を取り出すと、中をペラペラとめくる。

「まずは、冒険の中で外で泊まる事はあるかしら」

「今は泊まる事はないです」

「マジックバッグは持っている？」

「持ってます」

「ならこれね、えっとまず水を飲む水筒、水入れのタル、傷薬、包帯、傷口のあて布、ナイフ、素材入れ袋五つ、余裕があればポーションね。ちょっと待ってて、今見繕ってくるから」

カルーがカウンターから出てくると、店内を動き回り始めた。一つずつ見つけてきてはカウンターの上に並べていく。あっという間にカウンターの上が荷物で一杯になった。

「結構大荷物になったけど、お金の方は大丈夫かしら？」

「値段次第だけど、いくらくらいになるんです？」

「ちょっと待って計算するわ。あ、ポーションも入れていいの？　傷の回復用と体力の回復用一本ずつなんだけど」

「入れてもいいです」

カルーは品物の値段を見つつ、ゆっくりと計算していった。時々指を使いながら計算をしてくれて、ちょっと可愛いなって思ってしまう。いやいや、真面目にやってくれているんだからそんなことを思ったら失礼だ、うん。

しばらく待っていると、俯いていたカルーが顔を上げた。

「お待たせ。全部で一万七千五百ルタよ」

「分かりました、今出しますね」

まとめて買うとそこそこの値段になってしまった、でも払えない金額ではない。硬貨袋からお金を取り出してカルーに手渡した。

今持っている金額はえーっと、残りは十二万ルタだね。うぅ、働いたお金ほとんど使っちゃった。

「買って早々、なんでそんなに落ち込んでいるのよ」

「ちょっと出費が多くて」

「落ち込むリルって珍しいわね。大丈夫よ、それだけいい物を買い揃えたってことでしょ。外の冒険で簡単に取り戻せるわよ」

カルーに肩を叩いて励まされた。うん、そうだよね。きっと外の冒険が上手くいって、簡単に取り戻せるよね。

とうとう外の冒険に出られるんだから、落ち込んでいられない。頑張って行こう！

34　目的地を決めよう

一人の起床はいいものだった。親がいなくなったのでシーツを買って敷いて寝てみたら、とても気持ちが良かった。物を買っても奪われる心配がないから、お金が貯まったら少しずつ物を揃えていこう。

冒険用の衣服に着替えて、グローブとブーツを履く。シャツの上からマジックバッグをかけて、その上にショート丈の革コートを羽織る。あと戦闘する時、髪が邪魔になるので二つ結びにした。そして、腰に剣のベルトをつけて冒険の準備が完了した。

朝の配給を食べに行った時、いつもとは違う装いだったので色んな人に驚かれ話しかけられた。外の冒険に行くと話すとみんな心配そうにしてくれて、心が温かくなったなぁ。

それから町に行き、冒険者ギルドの中に入る。事前に外のクエストの受け方は聞いていたので、真っすぐとボードの方に向かった。

Eランクになったばかりだけど、討伐依頼はFランクのものを受けようと思う。だって初めてだから、段階を踏んでいってからのほうが危なくないしね。

Fランクにはいくつか張り紙が貼ってあり、お目当ての常設の討伐依頼が張り出されていた。ホーンラビット、緑スライム、小スネークの三種類だ。

ホーンラビット、討伐料三百ルタ、討伐証明・角、肉買い取り三百ルタ前後、森に生息。

緑スライム、討伐料二百ルタ、討伐証明・核、森に生息。

小スネーク、討伐料二百ルタ、討伐証明・頭、肉買い取り百ルタ前後、頭付きで無傷の場合四百ルタ、森に生息。


Fランクなので討伐料は安めだが、肉の買い取りを合わせると中々いい金額になりそうだ。初めての戦闘だから無理はせずに低級だけを相手にしていこう。まずはどこの森に行くか決めないとね。

こういう場合は図書室に行ってみよう。朝早い時間だけど開いているといいな。

私はギルドの奥へと進み、階段を上って三階の図書室の前に来た。ドアノブを握って押すと簡単に開けることができた。良かった、開いていたみたい。

中に入ってカウンターを見ると、いつものおじいさんと目があった。

「こんなに朝早くに誰かと思えば、お前さんだったか」

「おはようございます。冒険前に調べたいことがあって来ました」

「ほう、とうとう冒険にでるのじゃな。して、何を調べるんじゃ？」

「魔物の分布図みたいなものありませんか」

「おお、あるぞ。低級魔物じゃな、ちょっと席に座って待ってなさい」

おじいさんに話すだけで欲しいものが見つかる、本当に助かるなぁ。お言葉に甘えて席について待っていると、おじいさんが大きめの紙と手作り感満載の本を持ってきた。

「この大きな紙が周辺の地図じゃ。で、この本が低級魔物について詳しく書かれたものになるの」

大きな紙をテーブルに広げると、町を中心にした周辺の地図が書かれてあった。町を中心に東と西と南には森があり、北にはちょっとした丘のある平原が広がっている。ちなみに集落があるのは西側の森だ。

ということは、残りの森に今回の目標となる低級魔物がいることになる。おじいさんから本を受け取ると、本をめくって目的の低級魔物を探す。

そこには魔物の絵と共に様々な情報が記載されてあった。よくよく読んでみると目的の低級魔物は東の森に多く生息していることが分かった。という訳で、目的地は東の森に決まる。

「どうじゃ、欲しい情報はのっていたか？」

「はい。目的の低級魔物は東の森に多く生息していることが分かりました」

「うん、そうじゃな。東の森は低級魔物が多くいて、初心者の森とも言われている危険度の少ない森じゃ。初めはそこにいくのがよかろう」

良かった、東の森であってたみたい。

「しまうのはわしがやっとくから、行ってきなさい。無事に戻ってくるんじゃぞ」

「はい、ありがとうございます」

おじいさんの優しさに感謝しつつ、私は図書室を後にした。東の森に行こう。

35　初めての戦闘

東の門を抜け、三十分歩いた先に東の森はあった。少し離れたところから見た感じ、東の森の入口は木がまばらに生えていて明るい感じがする。きっと奥に進むと木が密集してくるのだろう。

いきなり奥へは行かずに入口付近で魔物を探してみよう。森の手前、草むらで周りを見回っていると遠くの方で草むらが動いたのが見えた。すぐにその場にしゃがみ込んで観察をする。

草むらがユラユラと揺れていると、ピョンと何かが跳んだ。弾力のある緑の体、スライムだ。スライムはポヨンと飛び跳ねると草むらに隠れ、地面を這うように進むと草むらが揺れた。

丁度いい敵が現れた。腰からぶら下げた剣を抜き、体勢が低いままゆっくりとスライムとの距離を縮める。

スライムににじり寄りながら考えるのは、今朝見た本に書かれていた魔物の詳細。スライムの体はもろく打撃も剣撃も簡単に通す。だが、中心の核を壊さないと液状の体がついている限り動き続ける。

まずは身体強化なしで戦ってみよう。今の力でどれだけできるか確認をして力量を測るのが目的だ。

初めは慎重に近寄って、気づかれないように。スライムはこちらに気づきもせずに草むらを跳ねたり移動したりしていた。背後に回りたいけど、どこが正面なのか分からないので真っすぐに進んでいく。

近づくたびに緊張でドキドキしてきた。剣を握る手に力がこもって、じんわりと汗が滲み出る。このままではダメだと深呼吸をして心を落ち着かせた。

そして、あと数歩でスライムに剣が届きそうになるまで近づくことができた。まだスライムはこちらには気づいていないようだ。

ギュッと剣を強く握りしめると、私は勢い良く飛び出した。剣を構えて、上から振り下ろす。

「はっ！」

スライムはその場から動くことはなかった。そこに剣先が振り下ろされたが、核を外してしまう。体を切られたスライムはブルブルと震えるが、それ以上なにもしてこない。

すぐに剣を振り上げ、今度は核を目がけて剣を振り下ろす。今度は核に当たった。硬いものにヒビが入る感触が剣から伝わってくる。すると、スライムはビクッと痙攣すると体は液状になって溶け出した。

スライムの体が全て液状になるのを見届けると、ようやく私は緊張を解く。残された核を剣先でツンツンと触るが特に何も起きない。ということは、初戦闘は勝利だ。

「やった、初勝利！」

嬉しくて、万歳と剣を高く掲げる。初めての戦闘は呆気なく終わったが、それでも勝利の余韻は残っていた。

早速マジックバッグから袋を取り出して、その中にスライムの核を入れる。これが一つで二百ルタだ。小さな金額かもしれないけど、積み重ねればきっと大きな金額になるはず。

心に余裕をもって、周囲を見渡した。ジーっと目を凝らして見てみると、遠くの方で草むらが揺れる。見た感じスライムが跳ねたような気配はない。もしかしたら違う魔物かもしれないな。

少し警戒しつつ、草むらが揺れた方向に歩いて行った。歩いている最中もスライムが跳ねた光景はなく、違う魔物の可能性が高くなる。

ちょっとドキドキしながら近づき、草むらを覗く。地面には細長い体が見えた、一メートルくらいのスネークだ。これがFランクの魔物。

スネークは近づくとこちらに気づき、動きを止めた。お互いにジッとして動かないでいると、スネークは口を開いてシャーと威嚇をしてくる。

このまま倒してもいいけど、確かスネークは頭がついていれば高い買い取り額になる。できることなら、頭を切り落とさずに倒したい。スネークが威嚇している最中に考える。

「あっ、雷」

ふと、思い出した。雷を剣で纏わせて、電気ショックを与えれば倒せるんじゃないか、と。物は試しだ、剣を握った手に魔力を込めて、雷のイメージをして魔力を変換する。魔力は無事に雷に変換され、刀身に雷を纏わせることに成功した。

あとは平らな部分でスネークを叩けばいい。傷つけないように剣先を近づけるが、スネークは体をくねらせて避けてしまう。何度も剣先を近づけていると、スネークが我慢できなかったのか牙をむき出しにして剣に噛みつく。

バチンッ
その瞬間雷が弾けた。スネークの体がビクンッと大きく揺れると、力なく地面に横たわる。

「いけたのかな?」

雷を消してから剣先で突いてみた、反応がない。今度はしゃがみ込んで手で突いてみた、反応がない。どうやら無事にスネークを討伐できたみたいだ。

首を掴んで持ち上げると、スネークの体は力なく伸びている。マジックバッグから袋を取り出して、その中にスネークを入れ、腰のベルトにそれを括りつけた。

「今回も手ごたえがなかったな。い、いいのかな」

魔法を使ったから簡単に倒せたのだろうけど、ここまで簡単だと驚いてしまう。いや、これはきっと作戦勝ちなのだ。決して相手が弱すぎるっていうわけじゃない、ないよね？

こうなったら数をこなしてみよう。歩きながら草むらを足でかき分けて進むと、今度はとぐろを巻いているスネークを見つけた。こっちを見てはいるが、まったく反応がない。

再び剣に雷を纏わせると、刃のない部分で蛇の頭を叩く。

バチバチッ
音を立てて雷がはぜた。スネークは一瞬体を硬直させ、雷が流れた後にぐったりと地面に横たわる。剣から雷を無くして、剣先で突くが反応がない。しゃがんで突いても、反応がない。また成功だ。

「はー、雷の魔法って凄いんだなー」

きっと雷の魔法のお陰だよね、あと作戦勝ち。スネークを掴んで袋に入れる。えっと、討伐料四百ルタと肉の買い取り八百ルタだから合計千二百ルタだね。

パン屋で働いていた時の日当にはまだ届かないけど、順調にいけばそれくらい稼げるようになるかも。よし、まだまだ頑張るぞ。

◇

マジックバッグから袋に入ったパン二つ、大きな葉に包まれた肉串焼き一本、革の水筒を取り出す。

折り畳まれた葉を開けるとほんのり串焼きが温かかった。マジックバッグの時間軽減・中が効いているみたい。串を手に持って一欠片を噛むと温かい肉汁がジュワッと染み出してくる。

今度はパンだ。串を葉の上に置いてから袋からパンを取り出す。パンも串焼きほどではないがほんのりと温かい。手で簡単に裂くことができた。鼻を掠める小麦の香ばしい匂いを嗅ぎながら、パンを頬張る。変わらずに美味しいパンだ。

一人で開放的な場所で食べているからか、いつも以上に美味しく感じる。美味しい空気の中で食べるご飯ってやっぱりいいなぁ。

食事はどんどん進みあっという間に平らげてしまった。最後に水筒の中の水を飲んで、ふぅ……お腹がいい感じに膨れた。

少し休憩するようにボーっと空を見上げる。青空が広がっていて、雲がゆっくりと流れていく。時折、気持ちのいい風が吹いては頬を撫でていった。

心地いい時間が過ぎていく。先ほどまで魔物を討伐していたのが嘘のような穏やかな時間だ。最近、冒険に出る前の準備で忙しかったから、穏やかな時間が余計に心と体に染みる。

何気なく景色を楽しんでいると、視界の端で白い何かが動いたのを見つけた。目を凝らして見ていると、長い耳と角みたいのが草むらから出ているのを見つける。

「もしかして、ホーンラビット?」

姿勢を低くして眺めていると、その白い物体が上半身を起こした。まぎれもなくホーンラビットだった、本の絵で見たまんまの姿をしている。

ようやく現れた標的を前にして、まずは片づけから始めた。出したものを全てマジックバッグにしまうと、中腰になって立ち上がり剣を抜く。

ホーンラビットは立ち止まっては進んでを繰り返していた。周りを警戒しているのだろうか、今までのスライムとスネークとは感じが違う。

初めての遭遇なので慎重に近づいてみる。できる限り背後のほうに忍び寄って、姿勢を低くして近づいていく。

しばらくは何も起こらない。もう少し速い足さばきで近づいていくと、ホーンラビットの耳がこちら側に向くのが見えた。すると、姿勢を高くしてこちらを見る。

見つかった。だが、見つかっても初めはお互いに見ているだけで行動には移さない。しばらく見合っていると、ホーンラビットの顔が歪んだ。

「シャーッ」

小さな牙をむき出しにしてこちらを向き、姿勢を低くして身構えた。私はとりあえずホーンラビットを観察する。まずは動きを見てから、自分がどう動けばいいか考えるつもりだ。

ホーンラビットは威嚇をすると、今度はこちらに向かって走り始めた。速度は私の走る速度よりは遅い、それほど脅威ではない。真っすぐとこちらに向かってくると、地面を蹴り上げて大きく跳んだ。

ホーンラビットの攻撃は跳んでから角で刺す、本で見た通りだ。私は慌てずに半身を引いて角を避けた。

避けられたホーンラビットは地面に着地したが、勢いに負けて大きく姿勢を崩す。コロコロと転がった後、すぐに体を起こして身構えるとまたこちらを威嚇してくる。

どうやら角の攻撃をした後に大きな隙ができるみたい、攻撃をするならそこだ。剣を構えて次の突撃を待つ。

ホーンラビットは威嚇をした後、また走り始めた。少し走ると、地面を蹴って跳び上がる。それを避けながら、目で姿を追う。ホーンラビットが地面に接触した瞬間、私は動き出した。

後ろを振り向き、転がっているホーンラビットに向かう。剣を振り上げて全力で地面を踏んで駆け出す。柄を握る手に力を込め、ホーンラビット目がけて剣を振り下ろした。

剣先は体を捉える。血が飛ぶと、ホーンラビットは悲鳴を上げながら地面の上に仰向けに倒れた。まだ足がピクピクと動き、体もモゾモゾと動いている。トドメを刺すために、首に剣を刺し込んだ。

「ふぅ」

初めての肉を断つ感触にちょっと手が震えた。動いていた時はなんでもなかったのに、いざ終わってみると緊張がドッと押し寄せてきたみたい。石オノで穴ネズミやウサギを狩っていたのに、動物と対峙するのと魔物と対峙するのとでは違うのかな。

弱気になりそうな心を元気づけるために、ペチペチと頬を叩く。大丈夫、大丈夫。無事に討伐できたんだから、怖くない。

自分を励まして深呼吸をすると、だんだん落ち着いてきた。手の震えもなくなり、握ってみると力がしっかりと入る。

「よし！　討伐の続きをしよう！」

怖い気持ちなんて吹き飛んだ。こんなところで立ち止まってはいられない。倒したホーンラビットをマジックバッグに入れると、周囲を見渡し始める。

先ほどまでいなかったのに、またホーンラビットが見つかった。緊張は……大丈夫。剣を構えるとホーンラビットに向かって駆け出した。

夕方になる前に冒険者ギルドに帰ってこられた。受付にいくと早速持ち込んだものをマジックバッグから出す。スライムの核が十個、小さいスネークが五体、ホーンラビットの本体が三体だ。

「お疲れさまでした。討伐証明か本体をお出しください」

「はい」

カウンターに並べると受付のお姉さんが確認を始める。

「スライムの核、スネークは頭付き、ホーンラビットは本体ですね。合計金額は六千八百ルタです」

惜しい、七千ルタを超えなかった。

「六千ルタを預かりでお願いします」

「かしこまりました。只今手続きをしますので、お待ちください」

残金は十二万六千ルタ。ここからまた地道にお金を貯めていこう。

お姉さんとのやり取りを終え冒険者ギルドを出る。夕暮れ前の景色に染まっていて、今日も一日が終わりそうだ。

初めての討伐は意外とあっさりと終わったと思う。途中魔物との対峙が怖くなっちゃったけど、なんとか乗り越えられた。討伐を始めたばかりだから、最初はゆっくりと馴染ませていこう。

今日は初討伐記念に晩御飯はお店で食べようかな。今日頑張った自分にご褒美と、明日からまた頑張る自分へのご褒美だね。さーて、何を食べようかな。

36　討伐のやり方

一週間同じやり方で討伐をしてみたが、なんだかしっくりと来なかった。スライムはすぐ倒せるし、スネークは剣で触れさせることで十分だし、ホーンラビットだけが訓練の相手になっているみたい。悶々とする日々を送っていた。

今日も森の入口付近で魔物を探す。一度森の中でやったことはあったが、見通しの悪さで思ったよりも魔物を狩れなかった。まだ見通しの利く、森の入口付近のほうが遭遇率は高い。

辺りを見渡していると、木の陰から緑のスライムが出てきた。小走りに近づいて、剣を振り下ろす。一撃で核を壊すと、体は液状になって地面に溶けて広がった。

壊れた核を拾うと腰ベルトに括りつけていた袋に入れる。それからまた周囲を見渡して歩き始めた。辺りをウロウロと歩き回り、魔物がいないか確認する。

「ん？」

木の向こう側に隠れているスライムの体が見えた。確認するために木を避けて進むと、同じ場所にスライムが三体もいたのをみつける。

「こんなの初めて。何しているんだろう」

スライムはお互いを押し合い、うごうごと体を揺らしていた。何かに夢中になっているようだが、こちらからは何も見えない。剣を握り直すと駆け足でスライムに向かっていく。

すぐ傍までやってくると、剣先を下にして核目がけて落とす。見事三回連続で命中するとスライムは液状になって溶けて広がった。

一度剣を鞘に納めてスライムの中心を見てみる。すると、そこには頭のないスネークの体があった。体は無残に裂けていて、売れないと思った冒険者が捨てていったものだろう。

よくよく見てみると表面が少し溶けかかっている。

「もしかして、スライムが食べていた？」

本で読んだ内容を思い出す。スライムは獲物を獲ると、体内に入れて溶かしながら食べる。確かそんな感じで書いていたはずだ。だからスネークが溶けていたのはスライムが食べていたから。

だったらスネークの体を求めてスライムが集まってきた、ということなのかな。

「あっ」

そうだ、スネークの体が餌の役割になっていて引き寄せられたんだ。だから三体ものスライムが同じ場所にいた。

このやり方を真似すれば、魔物を集められるんじゃないかな。そうしたら、探すよりも高確率で魔物と遭遇するかもしれない。

丁度スネークが二体あるから二か所に設置して魔物が集まったところを討伐してみよう。そうと決まれば、どこに設置するのがいいだろうか？

森の入口付近と森の中、二か所に設置しよう。スネークはまず頭を切り落として、頭は討伐証明だから袋に入れておく。血の匂いでおびき寄せられるかもしれないから、ナイフで体を裂いてみる。

細い枝を木から切り落として、それを地面に刺す。分れた枝の上にスネークの体をぶら下げれば完成だ。地面よりも高い位置にあるから血の匂いを風が運んでくれるだろう。

もう一か所設置したら、待っている時間でお昼ご飯を食べよう。

「さてと、魔物の餌作戦はどうなってるかな」

サクサクと草をかき分けて進んでいくと、魔物の餌を設置した場所が見えた。そこには遠目からでも魔物が集まっている光景が分かる、どうやら作戦は成功したようだ。

目を凝らしてよく見てみると、スライムとホーンラビットの姿は確認できた。ただ単に見えないだけでもしかしたらスネークもいるかもしれない。これは大収穫だ。

駆け足で近寄っていく。はっきりと魔物の数が捕捉できた、スライムが二体、ホーンラビットが一体、スネークが二体だ。

まずはじめに動き回るホーンラビットから討伐することにする。草をかき分ける足音に気づいたのか、ホーンラビットがこちらを向き威嚇してきた。

すぐにホーンラビットが駆け出し、突進してくる。私は立ち止まり避ける準備をした。至近距離まで来たホーンラビットは地面を蹴って飛び出すが、簡単に避けられて地面に転がる。

そこをすかさず剣で襲い掛かった。首元目がけて剣を振ると、短い悲鳴と共に血が飛んでホーンラビットは痙攣して動かなくなる。

これで邪魔者が消えた。残りの魔物を討伐するべく駆け足で近寄り、真っ先にスライムに剣先を二度落として核を破壊する。

スライムが液状化したのを見届けると、今度は雷の魔法を発動させて刀身に雷を纏わせる。剣先をスネークの前に突き出すと、スネークは牙をむき出しにして剣に噛みついてきた。

バチンッと雷が弾ける音がすると、スネークは仰向けに倒れて動かなくなる。もう一体の方も剣先をチラつかせて、噛ませて討伐した。

「これ、いい感じじゃない。やった」

思わず嬉しくなってこぶしを握った。このやり方だったら一々探す手間も省けるし、普通に探しただけじゃ見つからない数の魔物と遭遇できる。

このやり方で討伐しようと思った。これだったら討伐数も稼げるし、ランクアップの足しにはなるはずだ。しかも、一度に複数相手にするので訓練にもなる。

「よし、次に行こう！」

討伐したものをマジックバッグにしまうと駆け足で別の設置場所に急いだ。

その先にはスライム二体、スネーク一体、ホーンラビット三体が待ち構えていた。この作戦は大当たりだ。

37 RTA（リアルタイムアタック）

身体強化を使って森の中を走って進む。景色がすごい速さで変わっていった。目の前に迫ってくる木々を縫うように避けていき、目的の場所へと向かっていく。

目的の場所が見えてきた。すぐに身体強化を切り、茂みに入って身を隠す。呼吸を整えると、その茂みの中から餌を設置した場所を覗き見る。

スライムが一体、スネークが一体、ホーンラビットが二体いた。動きの速いホーンラビットから討伐することにする。

茂みから飛び出すと、魔物がこちらに注目する。だけど、相手には先制させない。ホーンラビットのいる方向に手をかざす。瞬時に魔力を引き出して、手に魔力を集中させ、火の魔法をイメージして発現させる。

ゴォォォッ

手のひらから火が噴射した。それは二体のホーンラビットの顔面に届き、驚きと熱さでひっくり返る。そこをすかさず剣で襲い、二体のホーンラビットを倒すことができた。

次にスライムを狙う。プルプルと震えているスライム目がけて剣で突く。一発で核に当たり、スライムの体は液状になって溶け出す。

残ったのはスネークだ。スネークはこちらを見ながら威嚇をしている。そこに雷を纏わせた剣で叩くと、バチンッと雷が弾ける音が響いてスネークの体は地面に横たわった。

ここでの戦闘が終了した。そこでようやく一息つくことができる。

「はぁはぁ、走るの結構大変だった」

腰を屈めて膝に手をついて呼吸を整える。まだまだ身体強化に慣れていないから、体に負担がかかっていた。そんな負担がかかっている間に討伐をするのはいい訓練にもなっている。

体をしばらくクールダウンさせる。マジックバッグから水筒を出して水を飲み、呼吸を整えるために深呼吸を繰り返す。そうしていくと次第に体にかかっていた負担が軽くなる。

今度は散らばった討伐した素材の回収だ。ホーンラビットはそのままマジックバッグに入れる。スライムの核とスネークは袋に入れてから、マジックバッグに入れた。これで準備完了だ。

「よし、そろそろ行こう」

意識を集中させて魔力を体中に巡らせる。体が魔力で包まれると身体強化の完成だ。今度の目的地を目指して再び走り始める。

しっかりと前を見据えて森の中を進んでいく。木々を避け、茂みを避け、まっすぐに走っていった。身体強化の速さに大分慣れたが油断は大敵だ、気を緩めることなく身体強化を練って使う。

この移動は身体強化の使用と速度に慣れるため以外にもいいことがあった。体を動かしながら魔力を練るという訓練にもなり、戦闘中に身体強化を使い続ける事前の訓練にもなっている。だから手先や足先まで集中を維持しながら身体強化を使っている。きっとここで頑張っておけば、後々のためになると信じているから。

そうして、集中力を切らさずに次の餌場へと辿り着く。また身体強化を切り、茂みに身を隠す。茂みから餌場を覗くと、スライム三体とホーンラビットが二体いた。

鞘から剣を抜き、茂みから飛び出していく。重たい体に力を入れて、まずはホーンラビットに向かう。ホーンラビットはこちらを向いて驚いたような反応をしている。そこにすかさず手をかざして火魔法を使う。

ゴォオオオオッ
手のひらから一メートル以上の火を噴射する。その火はホーンラビットの顔面に降りかかり、驚いてそこら中を駆け回る。その後を追うように走り、一体ずつ仕留めていく。

ジグザクに逃げ回るから追うのが結構大変だ。目でよく見て逃げる方向を先読みして、剣を振り下ろす。ホーンラビットはその一撃で倒れた。もう一体も同じように倒す。

ホーンラビットを討伐すると残りはスライム三体だけとなる。プルプル震えるスライムに近づくと、核目がけて剣を突き立てた。一撃で仕留めると、スライムの体が液状になってドロッと溶ける。

「ふー、完了っと」

戦闘が終了して一息をつく。今回も手早く討伐できたと思う。剣を鞘に納めるとマジックバッグから水筒を取り出して、休憩がてら水分を補給した。

今日も順調に魔物と戦うことができている。少しずつだが魔法も体も強くなっていっている気がした。このまま鍛えていって、Eランクの魔物と対峙する前には初心者の域を脱したい。

一通り休憩すると、落ちていたスライムの核とホーンラビットを回収する。これでしばらく置いておけばまた魔物が現れてくれるだろう。

私は再び他の餌場に向かって走り始めた。

38　討伐RTA一か月の成果と次のステップ

魔物の餌を三か所に展開して魔物を討伐するやり方にして一か月が経った。

スライム、スネーク、ホーンラビットのFランクの魔物をひたすら倒す日々だったが、様々な成果を得られた。それは私の予想を超えていて本当に驚いた。

まず一番の成果はステータスだ。一か月の討伐ＲＴＡで体と魔力が鍛えられて、上がりづらいとされているステータスがいくつか上がった。

まぁ、元は低いステータスからだったから、上がるのは楽な方なんだけどね。それでも、訓練の成果が目に見えて得られたことがとても嬉しかった。

私のステータスはこう変わった。

【力】Ｄ↓Ｄ＋
【体力】Ｄ＋↓Ｃ
【魔力】Ｃ↓Ｃ＋
【素早さ】Ｄ＋↓Ｃ
【知力】Ｃ＋↓Ｂ
【幸運】Ｂ

幸運以外は全部一段階アップした。Ｄが平均値で、Ｃが平均よりも優れているっていう認識らしい。だから、私の体は平均よりも優れているくらいにまで鍛えられたみたい。

でも訓練で知力も上がったのは驚いたな。色々と考えながら討伐していたから、その分が加算されて上がった感じなのだろう。以前よりは頭の回転が速くなった気がする。

ステータスで心もとないのは力かな。できればＣになってほしかったけど、今回の訓練では無理だったみたい。あんまり力のいる討伐じゃなかったから仕方ないのかな。

まぁ、それを補うための身体強化なんだけど。身体強化と魔法を使ったおかげで魔力も上がったし、使える魔法の威力も少し上がったのかな。ステータスで詳しく分からないのが残念だ。

訓練は成功して、ステータスは見違えた。体が鍛えられた感じはするし、魔力も上がったような気がするしね。ともかく、次の段階に進む準備ができて本当に良かったな。

身体強化の魔法にも体が慣れてくれたと思う。初めは辛かった体への負担も和らいでくれた。速度にも体が慣れてくれたお陰で、同時に動体視力も鍛えられたみたいだ。

雷と火の魔法は発動速度が上がったし、魔力が上がったお陰なのか威力も上がった。今度は違う形で魔法を発動させたいな。どんな風に発動させようかな。まず、次のランクの魔物を見てから考えよう。

剣の方は順調に使いこなせていると思う。最初は剣を振るのさえちょっと重くて振り辛かった。けど、今ではスムーズに剣を振ることができている。

さて、次はお金だ。普通に倒していた時は一日の収入は七千ルタぐらいで頑張っても八千ルタぐらいだった。

だけど、魔物の餌作戦で一日の収入が一万二千ルタぐらいまで上がってくれた。それを一か月続けると貯金も増えてくれた。

今の貯金は四十万ルタだ。戦う前は十二万ルタまで減ってしまった私の貯金が少し復活していてとても嬉しい。よーし、まだまだ頑張ってランクを上げたり、お金を貯めたりするぞ。

あと、少し変わったことがあった。毎日すごい量のFランクの魔物の討伐証明を行っているからか、周りの人から注目を集めてしまう。

金額は周りに比べるとそんなに多くないと思うのに、注目されちゃってなんか変な感じだ。中には直接話しかけてくる人もいたからビックリしたほど。

まだまだ低ランクの冒険者なのに変な注目を集めてしまいドキドキしてしまった。できればひっそりと冒険者稼業をしていたいんだけど、どうしてこうなったんだろう。

まぁ、訓練も完了してから、とうとう次のステップに上がることにした。今度はEランクの魔物だね。しっかりと事前に情報を手に入れなければ。

まずは常設討伐のクエストの確認だ。張り紙の所にきて、対象となる魔物を調べる。

ゴブリン、討伐料八百ルタ、討伐証明・右耳、森に生息。
ドルウルフ、討伐料千ルタ、討伐証明・右耳、森に生息。
ポポ、討伐料四百ルタ、討伐証明・頭、肉買い取り六百ルタ、森に生息。

ゴブリンは分かる、子供のように背の低い人型の魔物だ。ドルウルフは狼として、ポポってなんだろう。なんだか可愛い名前だけど魔物なんだよね。うーん、これは調べる必要があるね。

というわけで、私はまた図書室にやってきた。おじいさんにEランクの魔物の図鑑をお願いすると、すぐに出してくれた。司書みたいな人がいると本当に助かるなぁ。

まずはゴブリン。説明では一メートルくらいの背丈で体の色は緑、長い耳と突き出した鼻が特徴となっている。また手には粗末な武器を持っていることが多いらしい。

力が子供並みで一対一なら苦戦することのない魔物。だが、集団だと厄介な魔物だと書いてある。

あと、森の奥のほうに生息しているみたいだ。

次にドルウルフ。茶色の毛並みをした小さな狼らしい。牙と爪があり、噛みつきと切り裂きが攻撃方法だ。でも、体が小さいからか力と素早さはそんなに高くないみたい。

こちらもゴブリンと同じで一対一なら苦戦することはない。だが、集団でも行動するので注意が必要だ。

最後にポポ。どうやらポポは飛べない鳥の魔物だそうだ。黄色いくちばし、丸く太った灰色の体と細長い首、強靭な足とかぎづめが特徴。主にくちばしでつっつく攻撃と、かぎづめでひっかいてくるらしい。

こちらは集団で行動することがない魔物。あと肉は食用になるらしいから、持ち込み前提で討伐したい魔物だね。

一通り魔物のことを調べられた。魔物の特徴は分かったし、あとは実戦あるのみだよね。

おじいさんに挨拶をして、図書室を後にした。

◇

町を出ていつもの森へと向かう。今日は森の入口付近ではなくて、奥の方へと進んでいく。今まで踏み入ったことのない森の奥だからドキドキしてきちゃった。

森の入り口付近は太陽の光が結構当たるからとても明るい。だけど奥の方に行くと木が密集しているせいかちょっと薄暗かった。

きっと薄暗くなったところからが森の奥になるんだろう。剣を鞘から抜いて戦闘態勢を取り、辺りを見渡していく。耳を傾けながら進んでいくと、草を踏む音が聞こえた。

その場に立ち止まって音が聞こえた方向を見る。木々の隙間の向こうに灰色の何かが動いているのが見えた。目を凝らしてよく見てみると、それは図書室で見たままの姿をしたポポだった。

ポポはこちらにまだ気づいていないのか、辺りを警戒しながら歩いている。これはチャンスだ。ポポの背後に回るように移動して、ゆっくりと近づいていく。

確か討伐証明は頭だったから、最初の一撃で首を刎ねよう。それで倒せなかった場合は対峙することにした。

そろり、そろりと近づく。ポポはまだ気づいていない。ポポまであと五歩、というところで私は一気に駆け出した。

「ポッ!?」

剣を振り上げると、ポポがこちらを振り向く。だけどもう遅い。振り下ろした剣がポポの首をさっくりと切り飛ばした。ポポは何もできずにその場にゴロリと転がる。

「ふぅ、不意をつけば簡単だったな」

初めてのEランクの魔物との戦闘は難なく終わった。この調子でゴブリンとドルウルフも討伐できたらいいな。

◇

無事にポポを倒した私はポポの頭を袋に、ポポの体をマジックバッグに入れて、再び歩き出した。森の入り口付近とは違い見通しが悪く、目で魔物を見つけるのは困難だ。

目で魔物を見つけるのが難しかったら、耳で探ってみるのはどうだろう。歩いては止まり、耳を澄ましてみる。うん、それらしい音は聞こえない。

もうちょっと耳が良かったら遠くの音に気づけるようになるのかな。もっと耳が……そうだ、身体強化の魔法を使って聴力を強くしてみるのはどうだろう。

早速、意識を高めて聴力が良くなるように魔力を高めていく。だんだん魔力の熱が耳に集まってくるのが分かる。さらに意識を集中させていくと、音がだんだん大きく聞こえ始めた。

聴力だけの強化が成功した。そのまま魔力を維持して周囲の音を聞いていく。耳に手を当てて音を拾っていくと、自然の音ではない音を拾った。

「ギャギャッ」という濁った音だ。それは何かの話し声のように連続で聞こえていて、その音に混じり草を踏む音も同時に聞こえる。

音のする方向に歩いていく。近づいているのか、微かにしか聞こえなかった音がだんだん大きく聞こえるようになってくる。

しばらくそのまま歩いていく。数分くらい歩いただろうか、音が大きく聞こえ始めたので聴力の身体強化の魔法を切ってみる。すると、普通の耳でもその音が聞こえていた。

ゆっくりと剣を抜き、姿勢を低くして音が聞こえたほうに歩いていく。丁度目の前に茂みがあったので、そこに身を隠して音が聞こえた方を覗き見た。

そこには三体のゴブリンがいた。粗末な腰布をつけて、手にはこん棒を持っている。ゴブリンは何かを話しているようだが、「ギャッ」しか聞こえないので何を言っているのか全然分からない。

ゴブリンの容姿は図書室で調べた通りの姿をしていた。一体であればそれほど脅威は感じないが、複数であれば脅威があるって感じだ。

　さて、どうやって討伐するのがいいだろう。まず、一体は不意打ちで倒すとして残りの二体をどうするかだ。

　二体同時に襲い掛かられたらこちらが怪我をしてしまうだろう。同時に攻撃されないように一体を魔法ですぐに攻撃する。火の魔法をぶつければきっと驚いて地面に倒れてくれるよね。

　で、一体が地面に倒れているところをもう一体と対峙する。そうやって二体同時の戦闘にならないようにしてみよう。火の魔法だけで魔物を倒せるようになるといいんだけど、今はそこまで強くない。

　剣の柄を握り直して、茂みの傍から襲い掛かるタイミングを見計らう。ゴブリンが話に夢中になっている時、私は茂みの中から飛び出した。

「ギャッ？」

　音を聞いてゴブリンがこっちを向いた。だけど、その時には私はすぐ傍まで駆け出してきている。振り上げた剣をゴブリンの首筋を狙って力一杯に振り下ろす。

「ギャーーッ」

「ギャッ」

「グギャッ」

　一体のゴブリンが倒れると、他の二体は驚いた顔をしてこん棒を構えた。その中の一体に手をかざして、手に魔力を集中させる。それから意識を高めて魔力を魔法へと変換した。

「くらえっ」

　ゴォォォッ

手のひらから火を噴射させる。一メートル以上離れたゴブリンに向かって火が襲い掛かった。

「グギャーッ」

火を全面に受け止めたゴブリンは堪らずにこん棒を投げ捨て、地面の上へと倒れて火を消そうと転がった。もう一体は倒れたゴブリンと私を交互に見比べて混乱している。

呆気に取られている今がチャンスだ。剣を構えて、今度は横一閃に剣を振る。剣先はこん棒を持っていた手を切り、その斬撃でゴブリンはこん棒を手から離した。

「ギャッ」

「はっ！」

ゴブリンが手に意識を取られている隙を突き、すぐに剣を切り返す。首筋目がけてもう一度横一閃に切りかかる。武器もなく、無防備なゴブリンはその剣から逃げることができない。

「ギャーッ」

首を切られたゴブリンはその場に倒れた。残りは火を食らったゴブリンだけだ。すぐに最後のゴブリンを見ると、地面の上でのたうち回っていた。

火は完全に消えたようだが、火傷をしたところが痛いのだろう、仰向けになってゴロゴロと右へ左へと転がっている。完全に隙ができている。

ゴブリンの傍に駆け寄ると、剣先を下にして胸目がけて突き刺す。

「グギャッ」

ゴブリンの体が一瞬こわばると、すぐに脱力した。どうやら倒せたみたいだ。

いきなり三体のゴブリンと遭遇して不安だったけど倒せて良かった。怪我もなく戦闘を終えることができて、Eランクの魔物と戦う自信がちょっとついたみたい。

そんな風に一息ついた時だ、ガサリと茂みが揺れる音がした。ハッとして勢い良く振り向くと、茂みの中からゆっくりと茶色の狼が姿を現した。しかも二体も。

慌てて剣を構えて対峙してみる。現れた茶色の狼は普通の犬と変わらない大きさで小柄だ。これがEランクの魔物、ドルウルフなのだろう。

牙をむき出しにして、ゆっくりとこちらに歩み寄ってくる。だけど、一度立ち止まると姿勢を低くして今にも飛び掛かってきそうだ。

ドルウルフをじっと観察して、その時を待った。しばらく睨み合いが続いていくと、突然ドルウルフがこちらに向かって駆け出してくる。そんなに速くない。

駆けてきたドルウルフは口を大きく開けて足を狙ってくる、噛みつく気だ。タイミングを見て、ギリギリまでドルウルフを引き付ける。

「ガウッ」

「ガウウゥッ」

あと二歩、というところで横に向かって跳んで牙を避ける。すると、ガキンと牙と牙が重なり合う音が聞こえた。なんとか一撃を避けられたみたい。

ドルウルフは力強く噛んだ衝撃が嫌だったのか、顔をしかめて首を横に振った。だけど、すぐにこちらを向き直り再び駆け出してくる。

大きく口を開けて噛みつこうとするドルウルフ。再び直前で避けると、ガキンとドルウルフが口を閉じる音が聞こえた。

ここだ。すかさず地面に手をつくと魔力を集中させる、使う魔法は雷。目一杯の魔力を注ぎ、ドルウルフに向かって地面伝いで魔法をぶつける。

発生した雷は地面を伝って一瞬でドルウルフの足元にいき、バチバチという音と共に感電させた。

「ギャウンッ」

「ギャッ」

ドルウルフの体がビリビリと痺れて痙攣してその場に倒れた。足がピクピクと動いていて、すぐに立ち上がれなさそうだ、今がチャンス。

すぐに駆け寄って行くと、剣先を下にしてドルウルフの頭を狙う。力一杯に振り下ろしてドルウルフにトドメを刺す。もう一体も同じようにしてトドメを刺した。

ドルウルフは抵抗もできずに体を横たえて動かなくなる。だけど、すぐに気を緩めずに周囲に意識を向ける。再び耳に身体強化の魔法をかけて周囲の音を聞く。

意識を集中して聞くと、遠くで何かの声は聞こえるけど、この周辺には音や声が聞こえなかった。どうやら戦闘は終了したらしい。

「ふぅ、怪我がなくて良かった」

ようやく緊張を解き、剣を鞘に納める。改めて周囲を見ると、絶命したゴブリンが三体とドルウルフが二体。Ｆランクの魔物との戦闘とは違う緊張感があった。

今更になって胸がドキドキとうるさく鳴る。Ｆランクの魔物との時は一方的だったが、Ｅランクの魔物との戦闘は違っていた。それでも、難なく終えることができてようやく勝った実感が湧いてくる。

「よしっ、Ｅランクの魔物とも戦えそう」

勝利は自信に繋がった。まだまだ戦闘経験は浅いけど、一つずつ勝利を積み重ねていけば大きな自信にもなるよね。今日はしっかりと考えながら戦っていこう。

39 パーティーのすすめ

東の森から冒険者ギルドに戻ってきた。夕方頃の冒険者ギルドは様々な冒険者でごった返している。受付への列も長く伸びていて、今日の報酬を受け取るのに時間がかかりそうだ。

まぁ、毎日のことだからもう慣れっこだけどね。私は大人しく一番空いている列に並び自分の順番を待った。

目の前にいる冒険者は様々な袋を持っており、討伐証明や素材なんかが入っているのだろう。中にはマジックバッグを持っている人も居て、袋を持たない人もいる。

列の冒険者は段々と人が減っていき、ようやく自分の番がやって来た。お姉さんに言われる前に冒険者証を差し出す。

「Eランク冒険者のリル様ですね」

「はい。討伐証明と素材の買い取りをお願いします」

「かしこまりました。テーブルの上にお願いします」

お姉さんに言われてからマジックバッグを外して、中から討伐証明が入った袋と頭を飛ばしたポポの体を出していく。テーブルの上に並べると、お姉さんが早速査定に入った。

討伐証明の確認をして種類を特定して個数を数える。ポポの体の状態を確認して個数を数えていく。

今度は後ろを向いて何やら操作をしている。そうしてようやく査定が終わった。

「リル様おまたせしました。ゴブリンが八体、ドルウルフは七体、ポポが討伐証明と肉の買い取りが四羽ですね。合計で一万七千四百ルタになります」

「一万六千ルタを貯金でお願いします」

「かしこまりました。残りの千四百ルタをお渡ししますね」

いつものやり取りをしてお金を受け取る。それで終わる予定だったけど、お姉さんがまだ何か言いたそうにこちらを見てきていた。

「リル様に良いお話があるのですが、聞かれていきませんか？」

「良い話、ですか？　どんな話でしょう」

「はい、パーティーのお話です」

パーティー？　パーティーってあれだよね、複数の人が組んで一緒に行動するやつ。

「ちょうどEランクでパーティーの募集が出されました。内容的にもリル様にはピッタリなものだと思いましたので」

「どんな内容ですか？」

「魔物を討伐する内容です。詳しい内容はあちらに張り出されていますので、ご興味がありましたらぜひ受けてみてはいかがでしょう」

「分かりました。ちょっと確認してきます」

「ぜひよろしくお願いします。もし、受けたい場合はこちらまでお越しください」

興味があったのでお姉さんと別れて、張り紙が張り出された場所に移動した。そこには色んな募集の張り紙が出されていた。

ランク別だったり、性別だったり、特技だったり。様々な募集が張り出されている中、Eランクパーティーの募集の張り紙を見つけた。

「えーっと、これかな。良い狩場が見つかったので、協力して討伐してくれる人募集？」

その募集の張り紙にはこう書かれてあった。

【指定ランクパーティーの募集】
代表者：ロイ
他のパーティー員：なし
ランク：E
討伐目標：Eランクの魔物（ゴブリン、ドルウルフ、ポポ）
（代表者より）
良い狩場がみつかったので、一緒に討伐してくれる人を募集！
自分は力に特化しているので、素早い人だったら助かる。
Dランクに上がるまで付き合ってくれたら嬉しい！

なるほど、私向けのパーティー募集の知らせだ。最近は討伐ばかりクエストを受けていたから、お姉さんに覚えられちゃったんだね。

簡素に書いてある張り紙を見て考える。内容は今討伐している魔物を対象にしているので問題ない。相手は力に特化しているので、自分の不足分を補ってくれそうでもある。

問題はDランクまでどれくらい一緒に戦わないといけないのか、だ。いや、それほど問題はないのかもしれない。だって、自分はBランクを目指している訳だから早くランクが上がることはありがたい。相手がDランクに上がったらパーティーは解散だろう。その時までに自分もランクが上がっていればいいが、上がっていなかったらどうしよう。

討伐クエストが続いたから、この共闘が終わったら久しぶりに町の中の仕事を請け負うのはどうだろうか。どっちかっていうと、町の中の仕事を請け負ったほうがランクが上がりやすいって言っていた。

この募集をした人はどんな人だろうか。コメントを見る限り悪い人ではなさそうだ。だって良い狩場を独り占めしないで教えてくれるってことだよね。

いや、狩場に本当にすごい数の魔物が現れるから一人で対処できないのかもしれない。そしたら他の狩場にいけばいいんだけど、誰かと共闘したいほどその狩場が魅力的なのかもしれないな。

うん、ごちゃごちゃ考えているると余計なことまで湧いてきちゃうかも。とにかく、この話は美味しい話だ、受けることにしよう。

張り紙を外して、再びあのお姉さんの所へ並んで待つ。しばらく並んで待っていると、自分の順番が回ってきた。

冒険者証と一緒に先ほど剥がした張り紙を手渡す。

「このパーティーに参加したいと思います」

「そうですか、リル様にオススメして良かったです」

「はい、今は討伐メインにやっていたのでタイミングが良かったです」

「また町の中のクエストも受けてくださいね。代表者の方は毎日こちらに来られるので、明日の今頃には顔合わせの日時をお伝えすることができます」

「では明日の夕方頃に詳しい話を聞きにきますね」

「お待ちしております」

やり取りを終えて、カウンターから離れた。一体どんな人なんだろう。同じランクだから近い年齢の子が来たりするのかな。

少しの不安と少しの期待が混じって複雑な心境になる。もう参加申請したんだし、後は会うだけだ。余計なことを考えるのは止めて、今日の晩御飯のことを考えよう。

いつものところに行くか、違うところに行くか、どっちがいいだろう？　町をブラブラして決めようかな。

夕日で染まる大通りを歩いていく。今日の晩御飯は何にしよう？

◇

次の日、いつものように討伐を終えて戦利品を持って町に戻り、冒険者ギルドに寄ると相変わらず冒険者でごった返していた。慣れたように列に並び自分の順番を待つ。

「次の方どうぞ」

ボーっとしていると自分の順番が来たみたいだ。少し慌ててカウンターに行くと冒険者証を差し出す。

「Eランクのリル様ですね。リル様に面会者が来ております」

「面会者ですか？」

「はい、先日のパーティーの件で代表者様があちらの待合席でお待ちです」

「あ、そうなんですか。あの、先に討伐証明と素材の買い取りをお願いします」

「分かりました、こちらにお出しください」

昨日の今日で、と驚いてしまった。急いで終わらせないと。

慌ててマジックバッグから討伐証明が入った袋とポポを取り出していく。カウンターに並べるとお姉さんがテキパキと確認を済ませて処理を終わらせていく。

「ありがとうございました」

やり取りを終わらせるとカウンターから離れた。その足で真っすぐに待合席に向かっていく。

えっと、どの人かな……あ、あの人張り紙持っている。声かけるの緊張するな、よ〜し。

「あ、あの」

「ん？」

「Eランクパーティー募集の代表の方、ですか？」

声をかけたのは少年だった。紺色の短い髪をしていて、体格は大きい。革装備に身を包んでいて、背中には棘のついたメイスを担いでいる。

「もしかして、リルさん？」

「はい、リルです。ロイさん、ですか？」

「そうそう、俺がロイだ。とりあえず席に座ってくれないか？」

「はい」

着席をすすめられて大人しく席に座る。その最中、ロイがジロジロとこちらを見ていてちょっと居心地が悪い。

「早速自己紹介をしよう。名前はロイ、Eランク冒険者だ。武器はメイスで力業が得意。年は十四歳になって、えーっと大工の息子だ」

「あ、名前はリルです。Eランク冒険者で、武器は片手剣と魔法を少々。力業というよりどちらかというと速度重視の戦い方です。あと一か月で十二歳かな。えっと……西の森に住んでいる難民です」

「えっ、難民？」

しまった、もしかしてダメだった？　ロイは目を丸くしてジロジロを見続けていてちょっと怖い。

「い、いや……全然難民に見えねぇ」

「え？」

「だって、明らかに上位冒険者が持っている装備品を装備しているから。Eランクにしたらやたらと装備が良くてビックリしたところに難民だろ？　そりゃ、驚くわ」

はー、と感心したように息を吐くロイ。どうやら難民として差別していたわけじゃなくて、私の装備品に驚いたみたい。

「驚かせてごめんな、気分悪くしたか？」

「ううん、大丈夫です」

「上位冒険者の装備はいつも見ていたんだよ。だから、分かったんだけど……はー、どうやったらそんなに稼げるんだ？」

ロイの羨ましそうな視線がもどかしい。剣と革装備を交互に見て「いいなー」と何度も呟いている。

「っと、悪いな。俺は力が強い分、素早い動きとかは苦手なんだよな。だから、それを補ってくれる人を探していたんだけど、リルは動きを重視するスタイルってことか？」

「はい。できるだけ魔物の不意を突くように攻撃して、攻撃されたら避けたり、攻撃される前に魔法で牽制したりしてます」

お互いに戦闘スタイルは違う。でもお互いに足りない部分を補い合えるような感じだ。あとは実際に戦闘してみて動きを合わせていくことが必要だろう。

「今日は時間がないし、詳しい話は明日移動しながら話すってことでどうだ？」

「はい、それでお願いします。あ、私でいいんですか？」

「もちろん、上位冒険者が持っている装備も持っているし、俺が求めていた速度のある冒険者だし言うことなしだ！」

そう言ってロイは笑った。良かった、受け入れられたみたい。

すると、ロイは右手を差し出してくる。

「明日、東の門に集合な。これからよろしく」

「こちらこそ、よろしくお願いします」

お互いに握手した。明日からパーティーを組んで討伐することになる、どうなるか不安だけど楽しみだな。

40　パーティーの集合

翌日、東の門までやってきた。

「おーい、リルー」

名前を呼ばれてハッとした。顔を上げて大通りに目を向けると、ロイがこちらに駆け寄って来ていた。

「ごめん、待ったか？」

「ううん、そんなに待ってないです」

「リルは朝早いんだな。俺なんて起こしてもらわないと起きられねー」

ふわぁ、とロイはあくびをした。まだまだ眠そうだが、装備はしっかりとしている。

「とりあえず、東の森に向かおう。歩きながら色々と話そうぜ」

「はい」

ロイが歩き出すとそれに釣られて私も歩き出す。門番に見送られながら門を通り過ぎて、東の森に続く道を歩いていく。

「今回パーティー募集に応募してくれてありがとな。どうしても一人じゃ無理な良い狩場が見つかったんだ」

「良い狩場を教えても大丈夫なんですか？」

「大丈夫さ。というか、あの場所は瘴気の合流地点らしくて積極的に討伐した方がいい場所なんだ。魔物の氾濫も怖いしな」

この世界には瘴気と呼ばれる目には見えない悪い気の流れというものがある。その瘴気は魔物が好んでいて、濃度の具合で魔物の数が増減するほどだ。

スタンピードも瘴気の異常発生が原因で引き起こされるらしい。その瘴気は大地から噴き出しているとか、自然に発生するとか言われているがはっきりとした発生原因はまだ解明されていない。

そんな瘴気の合流地点らしい場所がこれから行く場所。目に見えない瘴気のたまり場を見つけたのは偶然だったのだろうか、ちょっと気になる。

「もしかして、怖くなった？」

「ちょっと怖いですけど、二人ならどうにかなるってことですよね？」

「まぁ、やってみないことにはなんとも言えないけど、多分大丈夫じゃないか」

それは本当に大丈夫なんだろうか。

「普通に歩いて魔物を探すよりは楽だと思うぞ。チマチマと探して倒すよりは、魔物から飛び込んでくるような環境だから探す時間がないだけでもいいと思うけど」

「確かにそうですね。魔物と遭遇するのも苦労するので、待っているだけで魔物が現れてくれるのは良いです」

「だろ？　でも四方から魔物が現れるから、一人じゃ対処できなくて無理だったんだよな。今日は二人でやってみて、無理そうだったらまた募集をかける感じでどうだ？」

「分かりました、それでやってみましょう」

魔物の討伐と言いながら捜索に時間がかかるのは問題だ。体力だって限られたものだし、できるだけ討伐のために残しておきたい。

「そうだ、今どれくらいの討伐数だ？　俺は大体三百体くらいは倒しているんだけど」

「Eランクの魔物は討伐し始めたばかりなので、まだ百体くらいですかね」

「まだやり始めだったんだな、でもそれだけ倒していれば感覚も掴めているから大丈夫そうだな」

三百体か、かなりの数を倒しているから頼りになるな。メイスで倒しているみたいけど、どんな風に倒しているんだろう？

「ちなみにどうやって魔物を倒しているんですか？」

「背中のメイスで魔物を叩いている感じかな。頭が狙えるならそこを狙って一発だな。無理だったらメイスで体のどこかを叩いて、地面に倒れたところを追撃する感じだな」

なるほど、そんな戦い方だったんだ。メイスって重そうだから頭だったら一撃で倒せそうだし、追撃があれば二回で魔物を倒せる。

「リルは？」

「私は可能なら不意打ちで倒します。不意打ちじゃなかったら、攻撃を避けながら魔物の隙をついて攻撃。火の魔法と雷の魔法を使って牽制してから、隙を作って攻撃する時もあります」

「すげー、本当に魔法を使えるんだ。なぁ、ちょっとここで見せてくれないか？」

「いいですよ」

道の途中で立ち止まり、前に手を構える。魔力を手に集中させて、魔法に変換する。

ゴオォォッ

手のひらから火を噴射させる。

「おお、すげー。魔法だ！」

隣でロイが大げさに驚いている。数秒だったけど、ロイは目を輝かせてこちらを向く。

「なんか、こう、火をボッと発射させることってできるか？」

「やってみたいけど今はこんな簡単な魔法しか使えないんです」

「そっかー、その内できたら見せてくれよ」

「うん、余裕があったら今回の狩場でやってみますね」

「ははっ、いいね。俺に当てないようにしてくれよ」

そっか、なんとなく使っていたけど火を手から離脱させることもできるようにならないといけないよね。ファイアーボール的な感じで遠距離攻撃もできるようになったほうが戦いの幅も広がるし。

Eランクの魔物では今までの魔法の発現方法で大丈夫だったけど、これからランクが上がっていくんだからこのままじゃダメだよね。よし、少しずつだけど魔法の形のバリエーションを作っておいて備えなきゃ。

「東の森が見えてきたぞ。そうだ、ちょっとホーンラビットを狩っておいてもいいか？」

「ランク上げの討伐ですか？」

「違う違う。いつも昼ごはんはパンとホーンラビットの丸焼きを食べているんだ。毎日ホーンラビットは狩っておいて、次の日に食べるようにしているんだ」

「そっか、自分で食べるっていう手がありましたね」

どうしよう、報酬に目がくらんで全部売ってしまっていた。そうだよね、自分で食べるっていう選

択肢もあったのに、屋台でお肉を買っていた。もしかして、自分で狩って食べた方が安上がりなんじゃない⁉

「どうした、なんだか悲しい顔になってるぞ」

「いえ……自分が狩ったものを食べた方が安上がりだったことに気づいて、悲しくなっただけです」

「そ、そうか。まぁ、今気づいて良かったじゃないか、これからは自分で狩ったものを食べるのか？」

「できればそうしたいです。私も一緒にホーンラビット狩ってもいいですか？」

「もちろん。何体か一緒に狩っておこうか。ついでに皮の剝ぎ取り方も教えてやるよ」

そうと決まれば、一緒にホーンラビット狩りです。東の森の手前にある平原につくと、二手に分かれて早速狩り始める。

41　パーティーの討伐

「いいなー、マジックバッグかー。それ高いんだろ？」

「えっと、中古で四十万くらいで……」

「うわー、マジかー。中古でもそんくらいするのかー」

ホーンラビット狩りを終えた私たちは東の森の中を歩いている。

「でも、三百体も倒していたら討伐の報酬で買えたかもしれないですよ」

「それなー。お金が貯まったら欲しい物を買ったり、買い食いなんかもしているから中々貯まらないんだよ。あと、冒険者になったんだからってお小遣い貰えなくなったし。はー……世知辛い」

ロイは私がホーンラビットをマジックバッグに入れている所を見てから、ずっとこの調子だ。マジックバッグはそれなりに高かったけど、買えない値段ではなかった。

もしかして、下位の冒険者であんなにお金を貯めたのが異常だったのかな。でも、買うものはあまりなかったし。そっか、昼ごはんと晩御飯のお金がかからなかったからお金が貯まったのかな。

「俺、絶対に今回のたまり場での討伐を成功させて、マジックバッグを買うんだ」

「それ、いいですね。そんなに魔物が出る場所なんですね」

「ふっふっふっ、聞いて驚け。俺の目論みでは、一日で一人三万ルタは稼げると思うんだ」

ええっ!! 一日で三万ルタも稼げる場所なの!?

「そ、それはすごいですね！ 単純計算で一人で三十体以上を倒せることになります」

「すごいだろ！ 毎日どんだけ頑張って討伐しても十五体くらいだろ？ その倍となるとウハウハだろ」

それが本当なら本当に本当の良い狩場ってことだよね！ 毎日それだけ討伐することができれば、お金をいっぱい稼げるし、ランクだってすぐに上がるかも！

一日で三十体以上か、未知の数だな。心配なのはそれだけ多くの魔物をどうやってさばくか、だよね。きっと普通にやっていたら体力が持たないと思う。ということは、身体強化の魔法の出番だね。

身体強化は速度には慣れたし、今度は剣を振るうことに重点をおいて鍛えていこう。力と体力に自信がないから、身体強化の魔法で補っていけばいいよね。その内、強くなれればいいなー。

「もしかしたら、そんなに休憩取れないかもしれないけど……大丈夫か？」

「心配ですけど、いざとなったら身体強化の魔法があるので、それで切り抜けてみせます」

「おお、身体強化の魔法も使えるのか。頼りにしてるぜ」

ロイは親指を立てて、ニカッと笑った。うっ、頼られてしまった……大丈夫、だよね。

「ん？」

その時、ロイは突然立ち止まった。

「待て、魔物がいる」

「えっ」

とっさに耳を澄ませてみると、草を踏む音が聞こえてきた。かなり近い、きっと話し声に引かれてやってきたのだろう。すぐに剣を抜き、音の聞こえた方向を見る。

木々の隙間からこちらを窺う姿が見えた。姿勢を低くして距離を詰めてくるドルウルフだ。全部で四体いる。

ロイも背中からメイスを取り出すと前に向けて構えた。

「とりあえず、お互いに実力を見せ合うってことで」

「分かりました」

ロイと距離を取り、ドルウルフが襲い掛かってくるのを待つ。しばらく睨み合っていると「ガウッ」と吠えていっせいに駆け出してきた。二対二に分かれてロイと私を襲う。

剣を構えてドルウルフの走ってくる軌道を読む。大きな口を開けて襲い掛かってくるところを大きく横にジャンプしてかわす。

チラッとロイを見てみると、メイスを大きく振りかぶって一体のドルウルフを吹き飛ばしていた。

だが、もう一体のドルウルフを放置したせいか脛を噛まれている。

「ロイさん、足！」

「大丈夫、ドルウルフの顎の力は弱い！　革の装備で牙を防ぐのが俺の戦闘スタイルだ」

ドルウルフは足を噛んで頭を振るが、ロイはびくともしなかった。気にはなるが、まず先に自分のことだ。ドルウルフは体勢を整えて、再びこちらに突進してくる。

手を構えて急いで魔力を集中させて、火を噴射させた。

ゴオォォォッ
「ギャワッ」

「ギャンッ」

突然の火の攻撃を避けることができずに顔面で受け止めた。すると、足元がもつれて勢い余ってゴロゴロと地面の上を転がる。すかさず転がったドルウルフに駆け寄り、剣を二振りした。

隙をつかれたドルウルフは悲鳴を上げた後、ぐったりと動かなくなる。こちらはこれで戦闘終了だ。

先ほどのロイが心配になってすぐに視線を向けると、足を噛んでいたドルウルフは頭を潰されて絶命していた。離れた位置からでは分からないが、足は大丈夫かな？

「ロイさん、足は大丈夫ですか？」

「大丈夫、あいつら革の防具を引きちぎるほどの力はないし平気だ」

「そうですか。ビックリしました、足が噛まれていて」

「見慣れないとそうだろうな。リルもその革装備なら噛まれても大丈夫だから、いざという時は噛ませてもいいぞ」

……いざという時がないように注意をしよう。

「しっかし、魔法って便利なんだな。敵を倒すだけじゃない使い方があるって知らなかった」

「あれはまだ魔法を上手く使いこなせないから、あんな使い方になっているだけです。本当なら魔法の一撃で仕留めたいところなんですが」

「それをやっちまうと、完全に魔法使いじゃないか。リルって魔法使いっていうよりは軽戦士って感じだろう。ちなみに俺は重戦士っていうところだ」

確かに魔法で魔物を倒せるようになると魔法使いになっちゃうな。でも、魔法使いって言われるほど実力は全然ないから、今のスタイルがしっくりくる。んー、でも魔法の一撃で魔物を倒せるようにはなりたいな。

「あ、報酬の分け方なんだけど、トドメを刺した方が貰う形でいいか？」

「はい、大丈夫です。お互い武器が違うので、その辺り間違いがなくていいですね」

「だな。じゃ、討伐証明を切り取って先に行こうぜ」

ロイはナイフを取り出して、サクサクと討伐証明である右耳を切り取っていく。私もそれに続いて討伐証明を切り取り、袋にいれた。

「目的の場所は近くにあるから。この辺から周りに気を付けながら進んでいこう」

「はい。あ、移動する前に近くに魔物がいないかを調べられますが、やってもいいですか？」

「そんなこともできるのか。どんどんやってくれ」

手を耳に当てて、魔力を集中させる。それから意識を高めると周囲の音が大きく聞こえてきた。森の奥に進んできたからか、様々な音が入り混じっている。

「えっと、あっちにポポ、その向こうにゴブリン。そっちに多分ドルウルフがいて、周囲にポポが二羽いるみたいです」

「なるほど、俺たちが行きたい場所はその丁度真ん中辺りなんだ。今のところ当たらないから、さっさと目的の場所に行ってしまおうぜ。行く場所は少し開けた場所だから戦いやすいしな」

「なら、駆け足で行きますか？」

「そうだな、その方がいい」

先頭をロイが行き、その後を追う。軽く走るように木々を避けながら森の中を進む。どんどん先に進むが、魔物に遭遇せずに進めているからか歩みは速い。

「見えてきたぞ、あそこだ」

ロイが指をさす。その方向を見ると、森の中にぽっかりと開いたような広場が見えた。その中へ飛び込んでいく。

「こんな所があったんですね。ここなら木が邪魔にはならないから戦いやすいです」

「戦いやすい場所に魔物が飛び込んでくるんだ、良い狩場だろ？」

「はい」

これなら存分に剣を振れるし、魔法の練習もできるかもしれない。

すると、ロイは背負っていた袋を地面に置き、中から何かを取り出した。……鍋と棒？

「早速、やるか」

ロイは鍋の底を棒で叩きだした。もしかして、それで魔物をおびき寄せるの？

◇

ガン　ガン　ガン

ロイが鍋の底を棒で叩いて音を出す。その音は森に広がっていき、離れている魔物に自分たちの存在を教える。

しばらく音を鳴らしていると、微かにゴブリンの声が聞こえてきた。

「ゴブリンがこっちに向かっているようです」

「分かった。姿を現したら教えてくれ、音を鳴らすのを止める」

ゴブリンが来る方向を見ながら剣を抜く。木々の隙間をじっと見ていると、緑の何かが動いているのを見つけた、きっとゴブリンだ。

「ゴブリンの姿が見えました」

「よし、俺も武器を持つ」

ロイは鍋と棒を置きメイスを構えた。その時、ゴブリンが木々の隙間から姿を現して広場に飛び出してくる。

「ギャギャッ」

「ギャーッ」

二体のゴブリンが現れた。

「どんどん現れると思うから早めに倒してくれよ」

「分かりました」

そっか、音に反応したゴブリンだけじゃなく、他にも音を聞いた魔物がこっちに向かっている最中かもしれないよね。うん、早めに倒して次に備えよう。

私は一体のゴブリンに向かって駆け出す。すると、ゴブリンはこん棒を振り上げた。きっと私が近づいたら殴る気なのだろうが、そんな分かりやすい攻撃なんて受けるつもりはない。

直前まで近づくと、ゴブリンはこん棒を振り下げた。だけど、すぐに横にジャンプをするとこん棒が空を切る。

「ギャッ⁉」

「はぁっ」

一歩踏み出して剣を振り上げた。剣先はゴブリンの体を捉える。

「ギャーッ」

ゴブリンは悲鳴を上げて地面に倒れて動かなくなった。

もう一体のゴブリンを見ていると、ロイとつばぜり合いをしてゴブリンは弾き飛ばされる。そこにメイスの一撃が加わり、ゴブリンは動かなくなった。

終わった、と思ったらすぐに茂みが揺れる音がして振り向く。茂みの向こうからドルウルフが三体現れた。

「ドルウルフが来ました」

「よし、迎え撃つぞ」

すぐに体勢を整えドルウルフに向き合う。ドルウルフは唸り声を上げながらゆっくりと距離を詰めてくる。そこにロイが足で地面を力一杯に踏んで威嚇した。

とたんに反応したドルウルフがこちらに向かってくる。その中で私に向かってきたのは一体だけだった。駆け出してきたドルウルフは地面を強く踏み込んで大きくジャンプしてきた。だけど、そんなに速くない動きだから避けるのは簡単だ。横に移動してドルウルフの突進を避ける。

避けるとすぐ振り返り、体勢の整っていないドルウルフに向かっていく。ドルウルフはこちらを振り向くだけで何もできず、振り下ろされた剣をまともに受ける。

「ギャンッ」

その一撃でドルウルフは動けなくなり、地面に倒れた。動けなくなるのを確認するとロイを見る。丁度ドルウルフ一体を殴り倒しているところだった。もう一体のドルウルフは脛の革防具に噛みつかせている。

多分、大丈夫だろう。意識を周囲に向けて魔物の気配を探ると、ゴブリンの声が聞こえてきた。

「ギャギャー」

「ギャッ」

「二体のゴブリンが来ました！」

「任せる！」

「はい！」

木々の間からやって来た二体のゴブリンと対峙する。こん棒を構えながらにじり寄ってきて、私も剣を構えて少しずつ近寄っていく。

先に動いたのはゴブリンだ。一体が動くと、続いてもう一体も動く。二体が同時にこん棒を振り上げながら襲い掛かってきた。

私は動かないでこのまま迎え撃つ。すぐそこまで迫り、私に向かってこん棒を振り下ろす。それを横に移動するだけで避けるが、そこに違うゴブリンがこん棒を振り下ろしてきた。

避け切れず剣を構えて受け止める。ズシリと重い衝撃が腕や足に圧し掛かるが、堪えられた。すぐに後ろに跳んで、手を前に構える。魔力を集中させ、魔法を引き出していく。

ゴオォォォッ
手から噴射した火が一体のゴブリンに襲い掛かった。

「ギャーッ」

「ギャギャッ!?」

一体のゴブリンが燃え上がり、もう一体のゴブリンは驚いた顔をしてそのゴブリンに釘付けだ。その時、ロイの声が聞こえてくる。

「こっちにもゴブリンが二体だ！」

「お願いします！」

「よしきた！」

短いやり取りの後、すぐに視線を逸らしていたゴブリンに切りかかる。

「やぁっ」

「ギャーッ」

サックリと切られたゴブリンは悲鳴を上げて地面に倒れる。残りは先ほど燃やしたゴブリンだ。そのゴブリンは地面に倒れてゴロゴロと転がっていた。すぐに近寄って剣で突き刺す。

「ギャッ」

体を硬直させた後、力なく地面に横たわった。剣を抜き、ロイを見ると二体のゴブリンと対峙しているところだ。加勢は大丈夫だろう、周囲を見渡し魔物が来ないか確認する。

するとと、茂みがガサガサと揺れ動いているのを見つけた。じっと見ていると、その中からポポが現れる。

「ポーッ」

「ポポが一体です。任せてください！」

「おう！」

珍しくポポが襲い掛かってきた。タッタッタッとこちらに向かってくるポポ。剣を下に構えてポポが近づくのを待つ。そして、丁度いい間合いに入ると剣を振り上げた。

「ポッ」

ポポの頭を刎ね飛ばす。ポポの体から力が抜け、走っていた勢いが余って地面をゴロゴロと転がっていく。

「ポーッ」

と、そこへまたポポが現れた。

珍しいな、ポポから現れてくれるなんて。よっぽどあの音が気になったのかな。

ポポは尻を高く上げてフリフリと振る、威嚇のポーズだ。つい笑ってしまいそうになるのはここだけの話。すぐに気を引き締めて剣を構えた。

「これだけやったんだ、周辺には魔物はいなくなっただろう。しばらくは現れないと思う」

ロイは辺りを見渡しながら魔物の気配を探る。私も魔物の気配を探るために身体強化の魔法を聴力にかけて周囲の音を探った。

「うん、近いところからは魔物の音が聞こえないみたいです」

「なら、今のうちに討伐証明の切り取りと周辺の掃除でもするか。それから休憩でもしよう」

広場にはEランクの魔物が沢山転がっていた。あれから、次々と現れる魔物を倒していったが、休みなく現れるので本当に大変だった。討伐証明の切り取りもできないほどに。

「先にホーンラビットの肉を焼かせてくれ」

ロイは地面に置いていた袋の中から棒の刺さったホーンラビットの肉二つと焚火用の枝を取り出す。枝を一か所に集めて重ねると、火打ち石を取り出した。

「火でしたら、私の魔法でつけますか？」

「お、いいのか。頼む」

枝がある場所に近づき、しゃがむと手をかざす。少量の火を出すと、枝の塊は焚火になった。それを見ていたロイは地面に棒を刺して、ホーンラビットの肉をあぶり出す。

「よし、これでいいか。じゃ、自分がトドメを刺した魔物の討伐証明を刈り取ろう。残ったものは広場の邪魔にならないように、森の中に移動させようか」

「はい、分かりました」

腰のベルトからナイフを取り出すと、地面に倒れたままの魔物に近づく。一体ずつ右耳を切り取り、ポポは頭を袋に入れて体をマジックバッグに入れた。

ある程度取り終えると、途中だけど魔物の死体を引きずって森の中に移動させる。黙々とそれらの作業をやっていくと、空腹感が襲ってきた。

丁度いい時間に休憩が取れそうで良かったな。それにしても、すごい数の魔物を倒せたみたい。二人共怪我がなくて本当に良かったよ。

「あー、疲れたー。リル、休憩にしようぜ。周辺の魔物はあらかた倒したからしばらくは安全だ」

「はい、私も疲れました」

「リルが一緒のパーティーになってくれて、本当に助かった。あんな数、一人じゃ無理だからな」

「私も一人じゃ無理でした。協力できて良かったです」

上手く協力し合えるか不安だったけど、結果オーライだね。さて、一休みして午後の討伐も頑張って行こう。

ホーンラビットが焼けたいい匂いが辺りに広がる。ロイが地面に刺した棒を引き抜くと、お肉から香ばしい脂がポトリと落ちて地面に消えていった。

「いただきまーす」

こんがりと焼けた肉にかぶりついて、引きちぎる。

「んっ、んっ。んまい」

どうしよう、美味しそうだ。きっと温かい肉汁の旨味と甘みが口一杯に広がっているんだろうな。

あぁ、考えただけでよだれが出てきそうだ。

私は大人しく屋台で買った肉の串焼きにかぶりつく。マジックバッグに入れていたお陰かまだほんのりと温かい。こちらも肉汁を感じることができて、旨味が口に広がって幸せだ。

ちまちま食べている私とは違い、ロイは顔の半分以上はある肉の塊に豪快に噛みついていく。見た感じとても柔らかそうな肉質をしていて、他の肉を食べているのにお腹がなりそうだ。

「あの、どんな味がするんですか?」

「んん? んー、柔らかい肉って感じだな。美味いぞ」

あぁ、もっといいコメントが欲しかったのに。でも、柔らかいのか、そうか、明日が楽しみだな。

「ちなみに、何か味をつけているんですか?」

「あぁ、昨日の内に塩を塗り込んでおいたから塩っけはあるぞ」

昨日から塩漬けしているなら、きっと旨味が出ているお肉なんだろうなぁ。あぁ、どうして私は目先の利益に目がくらんで、食べるということをしなかったのだろう。

食べられない今が辛い。明日まで我慢だなんて拷問すぎる。いいもん、レトムさんの美味しいパンがあるんだから。

「なんか、めっちゃ羨ましそうだな。足の一本やろうか?」

「えっ、い、いいんですか!?」

「めちゃくちゃ嬉しそうじゃん。味見がてらに食っとけ」

わぁぁ、ロイってめっちゃいい人だ! っというか、そんなに羨ましそうに見えたんだね。なんだか恥ずかしくなってきた。

「ほら」

「ありがとうございますっ」

引きちぎった足をありがたく貰う。あらためて見るホーンラビットのもも足は先にいくにつれて細くなるが、ももの部分の肉の厚さがすごい。

細く薄い湯気が立ち昇り、鼻先を掠めるとお腹を刺激した。肉の旨味を感じる匂いに体中が沸き立つ。

肉にかぶりつくと柔らかな肉質に感動を覚え、口の中に旨味のある肉汁が広がって唾液がじわっと出る。その中に感じる塩味が食欲をそそり、早く噛めとはやしたてる。

「ん～、美味しい」

柔らかい肉質は噛めば噛むほど幸せになれる魔法。肉汁が躍り、旨味と塩味が混じり合い食べるのを止められない。

骨から丁寧に肉を噛みとって食べていく。そして、あっという間にももの部分を食べ終わってしまった。

「はぁ～、美味しかった」

「ははっ、そんなに美味しそうに食べられたら余計に腹が減るわ」

そう言いながら残りのホーンラビットもロイは食べていく。今日は頂いた足だけで我慢できる、我慢できるんだ。

「明日、ホーンラビットを食べるのがとても楽しみになりました」

「そうそう、一緒に討伐する日ってどうする？　何か希望とかあるか？」

「あ、集落の手伝いがあるので三日間討伐したら一日休みが欲しいです」

「ふーん、手伝いなんていうのがあるんだな。いいぜ、俺も休みは欲しかったしそれでやって行こうぜ」

合わせてもらっているけど、いいのかな？

「ロイさんは大工の息子って言ってましたけど、お手伝いとかされないんですか？」

「あぁ、上に兄貴が二人もいるんだよな。跡継ぎなら兄貴たちがいるから大丈夫だし、自由にしていいって言われているから冒険者やってるんだ」

三男だったんだね、それならお家のお手伝いをしなくても大丈夫かもね。大工の息子なら武器がハンマーでもいいと思ったんだけど、メイスなのはどうしてだろう？　本人の好みかな。

「そうだ、また身体強化の魔法で周囲の気配を探ってくれないか」

「いいですよ」

そろそろ周囲も気になる時間だよね。耳に手を当てて魔力を集中させて身体強化をする。意識を強く持つと周囲の音が大きく聞こえ始めた。

「離れたところに二体、二体、一体くらいいるようです。音を立てなければ多分気づかれません」

「そっか、ありがとう。もう少し休憩してから討伐するか」

「食べ終わったばかりですからね」

「いやー、魔法って便利だな。俺、魔力がEだったからほとんど魔力ないんだよ。魔法を諦めたけど、いいなー」

その後も二人で話しながら体を休めた。久しぶりに長く人と話す時間ができて、私はとても楽しかった。カルーやレトムさんの時と似た懐かしさを感じてちょっとだけ寂しくなる。

今はこの討伐をしっかりと成し遂げて、Dランクへの足掛かりを作らなくっちゃ。討伐が失敗しないように、交流を深めるのもありだよね。ふふ、誰かと話すのが楽しいな。

◇

休憩が終わり、また音を出して魔物を呼び寄せる。討伐が始まった。次々と襲い掛かってくる魔物を順番に倒していく。が、午前中より数が少ないように感じた。

途中パッタリと現れない時もあり中休憩が取れたほどだ。瘴気の合流地点とはいうけれど、全部の魔物がここに集まってくるわけじゃないもんね。

次第に日が傾き出して、今日の討伐は終了した。終わった後にホーンラビットの皮の剥ぎ取り方と肉のさばき方を教えてもらい、帰路につく。

森を出て町につく頃には夕日に照らされていた。

「なぁ、今日はどれくらい討伐できた？」

「確か二十四体ほどだと思います」

「俺もそれくらいだったなぁ。前半はいい感じに魔物が現れてくれたけど、後半には数が減っていたよな」

「そうですね、周辺にいる魔物が減っていったのが原因でしょうね」

二人で並んで歩きながら今日のことを話す。目標とする三十体以上は討伐できなかった。たまたま今日は魔物の数が少なかったのか、それとも元々それくらいの数しかいなかったのかは分からない。

一か所に留まって戦うのはいいかもしれないが、その分魔物との遭遇率は低くなってしまう。どうやって遭遇率を稼ぐかが目標達成への近道になりそうだ。

「うーん、後半はちょっと移動したほうがいいのか？」

「できれば同じ場所がもう一か所あればいいんですが。それだと午前はこっち、午後はあっちって狩場を変えることはできます」

「それが見つかればいいなぁ。あの場所を見つけたのが本当に偶然だから、もう一か所見つけるのは大変だぞ」

二人で戦えるくらいの広場を見つけるのは大変そうだ。その場所を探すのに時間がかかるし、だったら探す時間を討伐に当てた方が良さそう。

ということは、魔物の餌作戦がいいんじゃないかな。

「前に私がやっていた作戦をやってみませんか？」

「ん、どんなことをやっていたんだ」

Fランクの魔物を倒した時の魔物の餌作戦をロイに伝えた。場所を移動するのは無理だとしても、餌の匂いで魔物をおびき寄せることができるかもしれない。

「今回はホーンラビットを焼いて匂いを分散させます。その匂いに釣られて魔物が現れてくれるかもしれません」

「なるほど、午前中はそのままでいいとして、午後は餌の匂いで遠くに散らばった魔物をおびき寄せるのか」

「やってみてダメなら他の方法を考えましょう」

「そうだな、ダメだったらその時また考えればいいか」

討伐の方法を相談できるのがパーティーを組んだ強みだよね。明日の魔物の餌作戦が上手くいきますよーに。

◇

翌日、東の森の入口でホーンラビットを狩り、焚火用の枝を集めてから狩場にやって来た。午前中は昨日と同じような忙しさで討伐をしていき、あっという間に昼休憩の時間になる。

「どうだ、周辺に魔物はいるか？」

「いえ、音が聞こえないのでいないと思います」

「よし、じゃあ早速ホーンラビットの肉を焼くか」

周りに魔物がいないことを確認してからホーンラビットの肉を焼く。私はマジックバッグから焚火用の枝を取り出し、広場の隅に枝を組む。それを五か所設置したら、順番に火をつけていく。

火がつくのを確認してからロイが棒を刺したホーンラビットの肉を地面に刺していく。全部刺し終えると、今度は午前中に倒した魔物の討伐証明の刈り取りと広場の整理だ。

自分が倒した魔物の討伐証明を切り取り、ある程度切り終えてから魔物の体を森の中に移動させる。この作業が結構大変だ、でも体も鍛えられるし力もその内上がりそう。

そして、今私は焼いている最中のホーンラビットの肉の前にいる。待ちきれなくて傍にいるんじゃなくて、ちょっとした魔法の訓練をしながら魔物の餌の匂いを分散させるためにいる。

ホーンラビットからは香ばしい肉の焼ける匂いが立ち上がっていて美味しそうだ。その匂いに向かって手をかざし、魔力を集中させる。

使う魔法は風。風を起こして匂いを遠くまで運んでいくつもりだ。初めての魔法だから上手く出来るか不安。でも成功すれば作戦は上手くいくし、魔法だって上手くなるはず。

「ふぅ」

意識を集中させて風のイメージを頭の中で思い浮かべる。手に魔力を集中させて、思い浮かべたイメージに合わせるように魔力が変換していく。

高まっていく魔力を感じつつ、魔力の形を変えていく。風、風のイメージをしっかりと持って、魔力を解き放つ！

ゴオォォォォッ
手のひらから突風が吹き荒れた。その突風は森の中へと飛び、木の枝を大きく揺らすほどの力があるもの。風の魔法の成功だ。

「できた、これが風の魔法」

「おお、すげー風が出たな。上手くいって良かったな」

「はいっ」

やった、成功したよ。まだ普通の風しか出せないけど、これを鍛えていけば風で物を切れるようになるかな。その内、トルネードとか大きな魔法が使えるようになったら嬉しい。

「全部の焚火の前でやるのか、魔力とか大丈夫か？」

「うーん、多分大丈夫だと思います。まだ弱い魔法ですから、魔力消費が少ない感じがするので」

「そうか、なら良かった。戦闘中に魔力が切れたら大変だからな」

今まで戦闘中で魔力切れになったことはないから大丈夫。毎晩残りの魔力を消費しておいて自分の全体量とか把握しているしね。お陰で少しずつだけど魔力の総量が増えているんだよね。

普通に魔法を使うだけでも魔力は増えるけど、使い切った方が魔力が上がりやすくはなっている。

やっぱり使う量が多ければ多いほど、魔力が上がりやすいってことだよね。

残りの焚火の前で風魔法を使っていく。匂いが突風に運ばれて森の中に分散して行った。後はこの匂いに釣られて魔物が増えてくれることを願うだけだ。

その間、ロイはホーンラビットの肉の焼き加減を見ていてくれていた。

「よし、肉が焼けたぞ。さぁ、食うか」

「はいっ」

ロイは二つ、私は三つだ。二つは食べるとして、残りの一つは晩御飯用に残してある。マジックバッグに入れておけば大丈夫だし、屋台でパンとスープだけ買えば安上がりで済むしね。

……ちょっとケチくさかったかな？

◇

ホーンラビットの肉をたらふく食べて、休憩した後に結果は現れた。身体強化で周りの音を探ってみると、昨日とは明らかに魔物の数が違っている。昨日よりも多くの魔物を確認することができた。魔物の餌作戦は大成功だった。

早速ロイが鍋の底を叩いて音を出すと周囲にいた魔物たちが動き出す。次々にこの広場にやってきて、午前中と変わらない戦闘の光景が広がっていた。

「次がくるぞ！」

「ゴブリンを一体倒したら向かいます！」

ドルウルフとゴブリン一体ずつを相手している間にまた次が現れた。早く倒すために身体強化の魔法で体を強くして、ゴブリンに向かっていく。

「ギャッ⁉」

突然速くなった私の動きに驚いたゴブリンはこん棒を乱暴に振り回す。そこを剣で切りつけてやれば、こん棒はゴブリンの手からすり抜けて遠くへと飛んで行った。

無防備になったゴブリンを素早く切りつけると、すぐに新たに現れたドルウルフと向き合う。

「こちらは大丈夫です！」

「頼んだぞ！」

ドルウルフはすでにこちらに向かって駆け出してきていた。そこで手をかざして魔力を高める。先ほどイメージした風を強く思い出して、魔力を魔法へと変換する。

ゴオォォォッ
「ガウッ⁉」

突然の突風でドルウルフの体が持ち上がり、後ろに少しだけ飛ばされた。体勢が崩れた隙を突き、一気に距離を縮めて走り寄る。よろよろと立ち上がろうとするドルウルフを切りつけた。

「ギャンッ」

深い一撃を受けたドルウルフは立ち上がることなくその場に倒れ伏した。すぐに意識を周囲に向けると、ゴブリンの声が聞こえてくる。その方向を見るとゴブリン二体が現れた。

「こちらにゴブリン二体です、任せてください！」

「分かった！　こっち側にもドルウルフがきたようだ！」

お互いに背を向け合い、目の前から来た魔物から視線を外さない。午後の討伐はまだ始まったばかりだ。気を抜くことなく集中して討伐していく。

◇

今日一日の討伐を終え冒険者ギルドに戻ってきた。夕方のギルドはとても混雑していて賑やかだ。

ロイと一緒に同じ列に並び、ドキドキしながら待つ。

「とうとう報酬ですね、ドキドキしてきました」

「俺もそうだ。三万ルタいっているといいな」

「はい、高額報酬が楽しみです」

今日は討伐証明を数えずにやってきた。だからいくらになるか予想もできないからすごくソワソワしちゃう。

一人ずつ減っていく列、少しずつ進んでいく列。カウンターに近づいていくだけで、緊張で喉がゴクリとなってしまう。

そして、とうとう自分の番がきた。

「次の方どうぞ」

「は、はい」

受付のお姉さんに呼ばれてカウンターに近寄る。

「討伐と素材です、よろしくお願いします」

マジックバッグから袋とポポを取り出していき、カウンターに並べる。

「はい、少々お待ちくださいね」

お姉さんが袋から討伐証明の右耳とポポの頭を検分して数を数えていく。そのお姉さんがすごく驚いた顔をしていた。すごい量でしょ。

「おい、あれ見てみろよ」

「うおっ、なんだあの数」

「すげー量だな」

「一体、どれだけ倒したんだ」

カウンターの上に乗せられた討伐証明を見て周りの人たちがざわつき出した。やっぱり、この量は普通じゃないんだね。あんなに休みなく討伐していたんだから当たり前か。

しばらくすると、カウンターの上が片づけられた。

「すごい量でしたね、今日一日分ですか？」

「はい。あ、魔物の氾濫とかではなかったです。良い狩場が見つかったので、そこで討伐してました」

「通常でこのように魔物と遭遇できるものなのですね。驚きました。あ、失礼しました、つい」

あまり無駄話をしないお姉さんでも、つい話してしまうほどに気になる量だったらしい。お姉さんが「ゴホン」と咳ばらいをした、ついに討伐報酬が分かる！

「今回の討伐報酬ですが、三万千二百ルタです」

「やったな、リル！」

「やった！」

お姉さんが言い終わると周りがどよめき、ロイが声を上げた。私は後ろを振り向くとロイは手を上げていたので、ハイタッチをかわす。目標達成だ！

「三万ルタは貯金でお願いします」

「畏まりました、残りの千二百ルタをお渡しします」

ちなみにロイは三万二千ルタだった。私よりもゴブリン一体分多く討伐していたようだ。二人揃って目標が達成できて本当に良かった！　周りからも驚かれたところは恥ずかしかったけどね。

よし、このまま順調にランクアップと報酬大量にいただきます！

私たちの快進撃が始まった。

やり方は同じ、東の森の入口でホーンラビットを狩ってから狩場へと行く。午前中は音を鳴らして魔物をおびき寄せて、魔物が現れなくなるまで討伐を続ける。

それから魔物が現れなくなったらホーンラビットを焼きながら、討伐証明の切り取りと広場の整理を始めた。それが終わってから昼食と昼休憩だ。その前にホーンラビットの焼けた匂いを風魔法で分散させることも忘れない。

休憩していると匂いに釣られて魔物が周辺に集まってきた。その集まった頃を見計らい、午後の討伐を開始する。すると、午前中とは変わらない討伐数を稼ぐことができる。

午後の討伐が終わる頃には帰る時間になった。周りに魔物がいないことを確認すると、明日のホーンラビットの皮を剥いで串焼きにできるように肉をさばく。

それから帰路について冒険者ギルドに寄り、報酬を受け取る。あの日以来、毎回三万ルタを超えている。

それが一週間、二週間と続き、一か月、二か月と経過した。なんとひと月七十万ルタくらいの稼ぎになってしまった。それを二か月だからこの討伐作戦では百四十万ルタくらいを稼いでしまう。

そして、私の貯金額が百八十五万ルタになっちゃいました。なんだか一生この討伐作戦でいいような気がしてくる。けど、私の目標はBランク冒険者、このままの討伐をしていてもランクは全然上がらない。

あっという間に前回の最高貯金額を超してしまい、急に手にした大金を前にちょっとだけ怖くなったのはここだけの話。どうしよう、もう一回同じ装備が買えちゃうよ。

それと、二か月の討伐作戦のお陰でロイのランクがDにアップした。アップした時はお互いにハイタッチをして喜びを分かち合う。

で、本当ならロイはDランクの魔物を倒しに行くためにパーティーを解散する予定だったんだけど、私のことを気にかけてくれた。そう、私がDランクになるまで一緒に討伐作戦をしてくれることになった。

でも、こっそりと教えてくれた。もう少し一緒に稼ぎたかったのもあるんだって。まぁ、分かる気がする。私がロイでもそうしただろうし。……まだ一緒にパーティー組んでくれて良かったな。

あと一つ、私の力がアップした！　今のステータスはこんな感じだ。

【力　】D＋　→　C
【体力】C
【魔力】C＋
【素早さ】C
【知力】B

【幸　運】Ｂ

今回の討伐で沢山剣を振っていたお陰か力がＣにアップした。これで私の体は一般から優れているという能力値になる。ふふ、嬉しいな。

そんな激動の二か月を過ごしていた間に変わったこともあった。

低級の魔物でそれだけ稼げるのが珍しいのか、他の冒険者がカウンターで精算している時に興味深そうに見てくる。それくらい稼げるのはＤランクやＣランクになってからだと言われたこともあった。

上のランクの人たちでも魔物一体辺りの単価が高くても、数を討伐しないことにはそれほど稼げないらしい。

悪い時は宿代だけの日だってあるし、日銭しか稼げない時が続くことだってある。そんな中で下のランクで毎日三万ルタを稼ぐ私たちは異常であった。二人でじゃなくて一人で三万ルタ。

異常だから、と突っかかってくる人が出てくるんじゃないかと心配したが、そんなことはなかった。だって相手をしているのがゴブリンとドルウルフとポポの弱い魔物だからだ。

上のランクの人が突っかかれば、周りから弱い冒険者にイキリ散らかす馬鹿にしか見えない。上のランクには上のランクの見栄があるのか、羨ましそうにはするがそれ以上は何もない。

なら、同ランクの人はどうだろう。大半は羨ましそうに遠巻きに見ているだけで、何もしてこないし言ってこない。その人たちは無理のない範囲で戦っているのか「いいなー、でもあそこまで頑張りたくない」と呟いたのを聞いた事がある。

接触してきた人たちもいる。同じくパーティーを組んでいる人たちで、どうやったらあんなに魔物と遭遇して倒せるのか、と何組か聞いてきた。

するとロイは正直に話す。

「瘴気の合流地点を見つけたんだ、だから魔物がいっぱい出てくるし討伐数を稼げている。あとリルとの連携が上手く取れているからかな」

まず瘴気の合流地点で顔をしかめた人が多かった。やっぱり瘴気のたまり場っていうのがどれだけ怖い場所なのか分かっているようで、その話を聞くとそれ以上聞かなくなる。

それでも一組のパーティーが食い下がってきた。合流地点の見つけ方や戦う時の注意点など、事細かに聞いてくる。その度にロイや私が気づいたことを伝える感じだ。

毎日三万ルタ超えの報酬を受け取っていたから、自分たちも頑張ればそれくらいの報酬を得られると思ったのだろうか。その目はとても真剣でやる気に満ちていた。

こういうのを見ると少しでも力になりたいと思ってしまう。私もがむしゃらに頑張ってきたから、他人事には思えなくてつい要らない助言までしてしまった。

頑張ってくれるといいな、というか頑張れ。そんな応援を心から送る。

そんな事があってからしばらくしたある日、いつも通り精算を済ませた時だった。

「リル様、ロイ様ちょっとお話ししたいことがあります」

いつもは優しい笑顔を浮かべていた受付のお姉さんが真剣な顔付きで話しかけてきた。

「東の森で上位種のゴブリンを見かけたことはありますか？」

「上位種ですか？　私は見たことがないです」

「俺も見たことがないな」

突然上位種の話になって驚いたが、一体どうしたのだろう。

「あの東の森の奥には時々上位種のゴブリンが姿を現します。もし姿を見かけた時はこちらに報告してもらえませんか？」

「分かりました。ちなみに上位種のゴブリンはランクはいくつになりますか？」

「現れるのはDランクの上位種のゴブリンです」

「なら俺は戦っても問題ないけど、リルがいるからな。無理せずに逃げて報告する」

下のランクに適した場所だけど、上のランクが全く出ないっていうことはなかったんだね。きっと私たちが戦っている場所がその可能性があるから気を付けるようにって忠告してくれたのかな。

「でも、もし他の方が追われている状況でしたら助けていただけませんか？　きっとお二人の真似をされて奥地まで行ってしまい、遭遇してしまう可能性がありますので」

「そうですね。その時は逃げる手助けをしようと思います」

「状況によっては逃げられない時もあると思うから、戦闘になった場合のことも考えておこう」

あの森では様々な少年少女が冒険をしている。自分たちが出くわさなくても、違う人が出くわす可能性がある。遭遇した時、逃げられなくて戦うしかないこともあるかもしれない。

いざ、という時のための心構えをしていたほうがいいだろう。ロイの言葉に賛成をして、ある提案をする。

「なら、三階の図書室に行って魔物のことを調べませんか？」

事前に知識を得ていたらきっと対処もしやすくなるだろう。だけど、ロイは不思議そうな顔をして首を傾げていた。はじめに調べることは常識ではないのかな？

◇

ロイと一緒に三階の図書室までやってきた。夕方の図書室は夕日に照らされていて、ちょっとだけ眩しい。早く調べないと暗くなって調べられなくなっちゃうね。

「おや、こんな時間に珍しい」

「こんにちは、おじいさん」

部屋に入るとすぐにいつものおじいさんが話しかけてくれる。こちらを見た後、少し驚いたように目を見開いた。

「本当に珍しい、連れと一緒か」

「はい、一緒にパーティーを組んでいる人です。それで、Dランクのゴブリンについて書かれているものがあったら閲覧したいのですが」

「ほうほう、よし分かった。イスに座っとれ」

「はい」

おじいさんはイスから立ち上がり本棚に近寄る。私たちは言われた通りにイスで座って待つ。しばらく待っているとおじいさんが一冊の本を持ってきた。紙束を紐で結んだ簡単な本だ。

「これを読むといいだろう。ゴブリンのことについて詳しく書かれておる」

「ありがとうございます」

「んむ、時間も遅いしあんまりゆっくりさせられないが、じっくり見ておくれ」

そう言っておじいさんは定位置のカウンターへと戻っていった。

「早く見てみよーぜ」

「うん」

私は本をめくり、Dランクのゴブリンについてのページを開いた。


【ホブゴブリン】

体長百五十センチメートル、武器はこん棒、体型はゴブリンよりも背が高く太い、力業が得意、普通のゴブリン並みの速度、討伐証明は右耳。

【ゴブリンソード】

体長百二十センチメートル、武器はなまくら剣、体型はゴブリンよりも背が高い、剣で切りつけてくる、ゴブリンよりも素早い、討伐証明は右耳。

【ゴブリンアーチャー】

体長百二十センチメートル、武器はボロ弓、体型はゴブリンよりも背が高い、弓矢で攻撃してくる、弓矢がなくなったらボロナイフで攻撃してくる、ゴブリンよりも素早い、討伐証明は右耳。

【ゴブリンメイジ】

体長百二十センチメートル、武器はボロ杖、魔法（火、風のどちらか）、体型はゴブリンよりも背が高い、魔法で攻撃してくる、魔法が使えなくなったら杖で攻撃してくる、ゴブリン並みの速度、討伐証明は右耳。


「これが、Dランクのゴブリンですね」

「色んな種類がいるんだな」

Dランクのゴブリンはそれぞれに特徴を持ったものばかりだった。絵も描かれていて、普通のゴブリンよりは脅威に感じる。

「リルはどれが脅威に感じる？」

「私はゴブリンメイジですね。どれほどの魔法を使ってくるかは分かりませんが」

「俺はホブゴブリンだな。なんか強そうだ」

一体ずつだったら相手にできそうではあるが、これが複数であれば話は違ってくるだろう。

「複数で襲ってこられたら、どうします？」

「一番強いヤツから倒す」

「私は遠距離攻撃をする魔物から倒した方がいいと思います」

「んー、近いヤツから倒した方が良くないか？」

「でも、近い距離の魔物を相手にしている時に遠距離の攻撃をしてきたらどうします？」

「それを言ったら遠距離を仕掛けてくるヤツを倒しに行っている時に、近距離攻撃のヤツが攻撃してきたらどうする？」

二人で話し合うけど平行線だ。戦闘スタイルが違うから何を大事にするのかも違う、意見が合わない。だけど、意見が合わなくてもどんどん意見を言い合って考えを伝えていく。

真剣な会話が続いている時、どんどん部屋の中が暗くなっているのを感じた。そろそろここを出ないといけない。

「今日の話し合いはこれくらいにして、帰りませんか？」

「お、そうだな。いやー、中々まとまらないなー」

「でも、考えが分かったのは良かったです。ロイさんがどんな風に動くか知れただけで、こちらもどうやって動いたらいいのか分かってきました」

お互いがお互いの動きを知るのって大事だね。そうしたら、相手がこう動くから自分はこう動こうって考えられるから。

席を立ってカウンターに寄って行く。

「本ありがとうございました」

「あぁ、利用してくれてありがとね。またおいで」

「はい」

おじいさんに別れを告げて図書室を後にした。

◇

あれから二週間が経ったがDランクのゴブリンとは遭遇しなかった。森に行く時や帰る時には他の冒険者たちに出会うことがあったので、受付のお姉さんが話していたことを伝えてあげた。

すると、みんなも聞いていたらしく不安そうな顔をしていた。それでも冒険を止められないらしく、不安そうにしながらも冒険へと出かけていった。

中には腕に自信があった少年が出会っても戦って勝ってやるって言ってた。Dランクの魔物といってもゴブリンだから勝てそうだと思ったんだと思う。

だから、そういう子には図書室で知った内容を教えてあげた。できるなら逃げることを優先することもお節介だけど伝えておく。

ロイは、みんな覚悟して冒険者をやっているからそこまで気にかけなくてもいいと言ってくれた。でも、知ると知らないとじゃ全然違うから、できることはしてあげたい。

そんな感じで出会った少年少女の冒険者にはDランクのゴブリンについて話をした。ロイはちょっと呆れながらも一緒に注意をしてくれる。ありがたいなぁ。

今日も出会った冒険者に話をして、いつもの狩場に到着する。音を鳴らして周囲の魔物を呼び寄せて、戦い始める。

魔物が来ているのか木々の向こう側が騒がしい。何かが走ってくるような草を踏む音が聞こえてくる。すぐに体勢を整えてその方向を向く。

「何か来ます！」

「おう！」

音が段々大きくなり、すぐ目の前の茂みが大きく揺れる。そして、茂みの向こう側から何かが姿を現した。

「あっ！」

「人だ！」

そこにいたのは少年少女だった。一人の冒険者の腕を肩に回して二人で担いでいる。その二人は私たちを見た後、安堵の表情を浮かべてこちらへと近寄ってきた。

「助けてくれ、Dランクのゴブリンが現れた！」

「なっ！」

「本当ですか⁉」

その三人の後ろからは聞いたことのないゴブリンの声が聞こえてきた。茂みが大きく揺れて、そのゴブリンたちは姿を現す。

現れたのはホブゴブリン、ゴブリンソード、ゴブリンアーチャー、ゴブリンメイジだった。

茂みの奥から現れたDランクのゴブリンたち。初めて見るその姿に少しの恐怖が込み上げてくる。

下卑(げび)た笑みを浮かべてこん棒を手で叩くホブゴブリン。今にも切りかかってきそうなゴブリンソード。何やら話し合っているゴブリンアーチャーとゴブリンメイジ。

初めて対する魔物を前にして、頭の中が真っ白になった。が、それも一瞬のこと。すぐに我に返って剣を構える。

「あなたたち、すぐに走って逃げられますか⁉」

まずは逃げることを優先にした。初めてのDランクの魔物、しかも四体もいる。ここは安全策をとって逃げることを真っ先に考えた。だが、その希望は打ち砕かれる。

「わ、悪い……ここまでくるのに必死で、息がっ」

「それに友達を抱えているから、走っていればいずれ追い付かれちゃうの」

その冒険者を見れば、すでに立っている力がないのか地面の上に座り込んでいた。逃げることはできなくなってしまう。この人たちを置いて逃げることもできるが、助けを求めてきたのだから見捨てられない。

するとロイが声を上げる。

「あ、お前らあの時のパーティーか！」

「あの時……あっ」

よく見てみるとそのパーティーは討伐について最後まで食い下がってきていたパーティーだった。どうやら、私たちの真似をして瘴気の近くで討伐をしていたみたい。

でも、長く討伐している私たちが出くわさないで、最近始めたばかりのパーティーが出くわすなんて……今まで出会わなかったのはきっと私の幸運のお陰なんだろうか。

「ギギャッ」

ホブゴブリンの声がして振り向いた。ホブゴブリンは顔をしかめながらこちらを睨んでくる。こん棒を肩で担いでこちらに向かって歩いてくる。

もう覚悟を決めるしかないか。腰を落として剣を構える。だが、ホブゴブリンは私のほうには来ずにロイのほうへと向かっていった。

「どうやら俺をご指名らしいな」

離れたところにいたロイはメイスを構え直してホブゴブリンと対峙する。残りのゴブリンはどうなったのか、と気になって見てみる。

「ギャギャッ」

「グギャーッ」

「グギャッ」

残りの三体すべてが私のほうを見ていた。

「えっ、嘘……」

ニタニタと笑いながらゴブリンたちは私を見る。もしかして、さっきアーチャーとメイジが相談していたけど、こういうこと？

背筋がゾッとした。一番弱そうな私を選んで、複数の力で先に潰す気だ。普通のゴブリンとDランクのゴブリンとじゃ違うって理解していたのに、分かっていなかった。

単調なEランクのゴブリンだったけど、Dランクでは単調じゃないって考えれば分かるのに。突然襲ってきた現実に冷や汗が流れる。

「リルっ！」

ロイが私の状況に気づいてくれた。こちらに駆け寄って来ようとしてくれたが、ホブゴブリンが間に入りそれを邪魔する。

「グギャーッ」

「くっ、こいつら始めからこれを狙っていたのか！　リル、俺がこいつを倒すまで負けるんじゃねーぞ！　すぐに行ってやるからな！」

ロイの言葉が私に勇気をくれる。ロイ自身も初めてのDランクの魔物との対決なのに、私を助けようとしてくれた。それだけでも、私の小さな勇気に火が灯る。

私はいずれBランクになる冒険者だ、こんなところで怖気づいてなんていられない。いつかは倒さなくちゃいけない魔物が目の前にいる、ただそれだけだ。

剣を握り直して、深呼吸をする。先ほどまで絶望に染まっていた胸の奥から熱いものが込み上げてきた。こんなところで負けてなんていられない！

「私こそ、早く倒してロイを助けにいってあげます！」

「へっ、言うねぇ！　だったら、どっちが早く倒せるか勝負だ！」

お互いに激励しあい、魔物を見る。ここは絶対に負けられない、だけど一つだけ懸念があった。横やりが入ることだ。

地面に座り込んでいるパーティーを横目に見て、声をかける。

「あの、私たちがDランクの魔物と戦います！　だから、他のEランクの魔物が現れたら相手してもらってもいいですか⁉」

「わ、分かった！」

「お願いします！」

二人が返事をしてくれた、これで横やりが入ることは極端に減っただろう。あとは、目の前にいるゴブリンたちとどう戦っていくか、だ。

ソードがゆっくりと前に出てきて、その後ろにアーチャーとメイジが控えている。早速アーチャーが弓矢をつがえて、こちらを狙っていた。だけど、すぐには撃たない。

「ギャーッ」

ソードが声を上げて駆け出してきた。速さは普通のゴブリンよりも速い、けど相手にできない速度じゃない。私は剣を構えながら、ソードとアーチャーを見る。

先に攻撃を仕掛けてきたのはアーチャーだった。ソードが駆け出してきた後、弓矢を射ってくる。ビュッと飛んでくる弓矢は真っすぐに私に向かってきた。

直線に飛ぶ弓矢を横にずれることで避ける。その避けた後にソードの振り上げられた剣が迫って来ていた。

「ギャッ」

ジャンプして襲い掛かってくる。まさか飛んでくるとは、一瞬戸惑ったがすぐに避けた。ソードの振り切った剣が空を切り、地面へと着地をする。

「ギギッ」

だが、それだけでは止まらなかった。すぐに顔を上げて、私に向かって再度剣を振る。

「くっ」

素早い攻撃に体勢が崩れるが、なんとかそれも避け切った。その時、鼻先に弓矢が飛んでいった。

「⁉」

ビックリしてアーチャーを見ると、ちょうど弓矢を放った体勢をしていたのが見えた。危ない、こっちも注意しなければいけない。それどころか早めに倒さなければいけないだろう。

足に力を入れてアーチャーに向かって駆け出す。遠距離攻撃で尚且つ攻撃速度の速いアーチャーを先に倒せば、立ち回りで苦労することはなくなるだろう。

しかし、そうはさせないとメイジが手をこちらに向けてきた。視界の端でそれが見える。手の先で小さな火が灯り、それが段々と大きくなっていく。そして、それは放たれた。

真っすぐに飛んでくる火球。進行方向に向かって飛んでくるのを見て、慌てて走るのを止めた。それから後ろへと飛ぶと、すぐ目の前を火球が通過する。間一髪だった。

「グギャーッ」

「ギギギッ」

「ギャーッ」

悔しそうにするメイジ、それを見て笑うアーチャー、今にも飛び掛かってきそうなソード。人をあざ笑うかのような態度にちょっとだけムカッとした。だけど、弄ばれているのは事実だ。

とにかく早く一体は仕留めないとこちらが追い詰められてしまう。体勢を整え、剣を構え直して誰を攻撃するか考える。

「ギャーッ」

考えている時にソードが走り寄ってきた。剣を上に掲げて近寄ってくると、乱暴に剣を振るう。その軌道を見極めて避けるが、ソードはお構いなしに剣を何度も振るってくる。

剣が何度も空を切る音が響く。このままでは攻撃がままならない。どうにかしてソードの動きを止めたい。

とっさにその場でしゃがみ、片足を地面スレスレで蹴る。足はソードの足にぶつかり、その衝撃でソードは地面の上に倒れた。

すぐにアーチャーを確認すると弓矢をつがえていて、それが放たれた。踏ん張って飛び上がると、地面に弓矢が突き刺さる。攻撃をするならここだ。

足に力を入れて走る。そして、走りながらメイジに向かって手をかざす。一気に魔力を引き出して、出の早い風魔法を放つ。

「ギャッ」

手を構えていたメイジよりも早く風魔法を発動させたことで、メイジは魔法を放てなかった。突風がメイジの体を襲い、その体は後ろへと吹き飛んだ。

目指すはアーチャー。アーチャーはもう一度弓矢をつがえて、それを放った。だが、ゆっくりと狙う時間がなかったのか弓矢は全くの的外れなところへと飛んで行った。

大きな隙が生まれた、この機は逃さない。アーチャーのところまで駆け寄り、下に構えていた剣を振り上げた。

「グギャーッ」

構えていた弓もろとも切った。だが、まだ安心できない。すぐに剣を切り返し、もう一撃深く強く振り下ろした。

悲鳴を上げたアーチャーは途端に力がなくなり、ぐしゃりと地面に倒れた。これで一体目、残りは二体。

アーチャーを倒し、残りはソードとメイジだけになった。倒れていた魔物は起き上がり、憤慨しているように顔をしかめている。

これで少しは立ち回りやすくなったな。できれば身体強化の魔法を使いながら属性魔法が放てればいいんだけど、そんな芸当できないしまだまだ鍛錬不足だ。

反省はこれくらいにして、先にどっちを倒すのがいいか。攻撃速度の速いソードか一撃が痛いメイジか、どっちがいいんだろう。

実際に戦ってみると、何を優先していいのか分からなくなってしまう。メイジを倒した方がいいと思っていたんだけど、今ではソードのほうが早く倒したほうがいいという考えも浮かんでくる。

こういう時にすぐに案が浮かばないのは経験が足りないからだよね。今まで倒しやすい魔物ばかり倒していたから、考えながら倒さないといけない魔物が目の前にくると混乱してしまう。

周りに目を向けてみると、ロイはホブゴブリンと向かい合ってお互いに武器を振るったり受け止めたりしている。

Eランクの魔物をお願いした冒険者たちは動けない冒険者を庇いながら、なんとかさばいていた。この分なら大丈夫そうだ。

あらためてソードとメイジと対峙する。近距離攻撃のソード、遠距離攻撃のメイジ。一長一短の二体を同時に相手にするのは難しい。

こちらが魔法を使おうとするとソードが邪魔をしてくるし、メイジが相殺させるために魔法を使ってくるかもしれない。身体強化を使えば、速さで圧倒できるかもしれないがメイジの魔法を防ぐ魔法を使えなくなる。

初めての戦いだから、何が良くて何が悪いのか全然分からない。下手に動くとあっという間にやられてしまうかもしれない。中々先手を取れない状況に焦り出しそうになる。

「ギャギャッ」

先に動いたのはソードだ。剣を振り上げながらこちらに向かってくる。メイジに注意を払いながら、向かってくるソードを迎え撃つ。

剣を振り下ろしてくるが、軌道が分かりやすかったから避けやすい。スッと横にずれて一撃をかわす。ここまではいいが、ここからがソードのしつこいところだ。

一撃を避けられるとソードはムキになり、適当な軌道で剣をぶん回してくる。横に斜めに縦に、不規則な動きに緊張しながらも一太刀ずつ避けていった。

避けるだけじゃなくて、こちらも攻撃をしなければ。だが、ソードは攻撃を受ける事を全く考えないで攻撃をしてくるので、攻撃するタイミングが掴みにくい。

ちらっとメイジに視線を向けると、手の前にはすでに火球が作られていた。やばい、とっさにソードを盾にしようと立ち位置を変える。丁度私とメイジの間にソードがくるように移動した。

「ギャギャギャッ」

ソードが邪魔になりメイジは怒った。だが、ソードは気にも留めずに私に向かって剣を振る。

そのまま火球を維持していくメイジだが、維持できなくなるのも時間の問題だろう。あのまま維持するのも魔力と気力を使うから、長くは持たない。その時に隙が生まれるはずだ。

それまでソードを盾にして、剣を避け続ける。早く火球がなくなるように祈りながら、今は我慢する。

「グギャッギャッ、ギャー……」

メイジの苦しそうな声が聞こえてきた。すると、気が抜けた後に前にあった火球が萎んで消える。

隙が生まれた、今だ！

ソードが剣を振るった時、しゃがみ込んで再び足を蹴る。とっさのことで対応できなかったソードは体勢を崩して、その場に倒れた。

すぐに立ち上がりメイジに向かって駆け出す。身体強化の魔法をかけると、速度が上がる。ぐんぐん進んでいき、メイジとの距離を縮めることができた。

「ギャッ⁉」

突然至近距離まで詰め寄られたメイジは驚く。すぐに手を前に出して火球を作ろうとするが、先ほど消費したばかりで中々できない。

この絶好の機会は逃さない！　剣が届く距離まで詰め寄ると、下から切り上げる。

「グギャッ」

剣はメイジの腕を切りつけた。ダメだ、浅い。振り上げた剣を返して、もう一歩踏み込む。そして、剣を振り下げる。

「ギャァッ」

メイジの胸をバッサリと切りつけた。だが、まだメイジは倒れない。柄をギュッと握ると剣先でメイジの体に突き刺した。

「ギッ」

痙攣したように震えたメイジは膝から崩れるようにその場に倒れた。どうやら倒したみたいだ、残りはソード一体だけだ。

すぐに振り向くと、ソードが立ち上がりこちらに向かって駆け出してきていた。身体強化の魔法を切り、ソードと対峙する。

「ギギッ」

地面を蹴り飛び上がってきた。このままでは避け切れない、剣を構えてソードの剣を受け止める。

その衝撃で全身がズシリと重くなり、膝が少し曲がる。地面に着地したソードはそのまま剣を押してきた。力は拮抗(きっこう)していて押したり押し返したりを繰り返している。

ずっと続けることはできない、何か動きを止める案を考えないと。そのままの体勢で考えると一つの案を思い付いた。

柄を持つ手に魔力を集中させる。魔力が集まってきたら、それを雷の魔法に変換して剣に大量に流す。

「ギギギギギッ」

剣から剣へと雷が伝わり、それはソードを襲った。感電してビクつくソード、通電が終わると大きな口を開け、腕を下ろしながら呆けている。しばらく動けなくなったみたいだ。

無防備になったソードに向かって深い一撃を加える。

「……ギッ」

痛みにすら反応できないソードは短い悲鳴の後、うつ伏せに倒れた。そこにトドメの一撃を加える。

剣先で貫くと、ビクンッと体を震わせた後動かなくなった。

ようやくDランクのゴブリンたちを倒すことができた。無我夢中だったので今は実感が湧かない。

少しだけボーッとしていると、ホブゴブリンの声が聞こえてきてハッと我に返った。

振り向くとロイとホブゴブリンがまだ戦っていた。でも、見てみるとホブゴブリンはかなりの手傷を負っていて劣勢なのが見て取れる。

「援護しないとっ」

すぐに近寄って、少し離れたところで止まる。手をかざして、魔力を高め、火球を作り出す。

「ロイさん、いきます！」

「っ⁉」

合図をすると、ロイが気づいてくれた。ホブゴブリンと距離を取るように移動をしてくれる。それを確認すると火球をホブゴブリンに向けて放った。

真っすぐに飛んでいった火球はホブゴブリンの体にぶつかり、その体は燃え上がった。

「グオォッ⁉」

突然の火に驚き、こん棒を振り回す。その隙にロイはホブゴブリンの背後にまわり、駆け出してジャンプをした。

「うおぉおっ！」

両手で持ったメイスを力一杯に振り、ホブゴブリンの頭目がけて振り下ろした。骨が砕ける音が響いて、ホブゴブリンの体は力なく地面の上に転がる。

これでDランクの魔物との戦闘は終了した。ロイを見てみると、肩で息をしながらこちらへと近づいてくる。

「リル、援護ありがとな」

「気づいてくれて良かったです」

ロイの体はちょっとだけ打撲をしているようだが、大したことはなさそうだ。二人とも無事な姿を確認できてホッと一安心をする。

そして、戦闘が終了してようやく喜びが湧き上がってきた。初めて戦ったDランクの魔物との戦闘を勝利で終えることができた、その嬉しさはどんどん膨れていく。

「この戦闘はリルの勝ちだな」

「ふふっ、勝ちました」

「あーあ、やっぱり魔法を諦めないほうがよかったのかなー」

二人で交わす言葉が嬉しくて笑みが零れる。すると、ロイが手を高く上げてきた。

「初勝利、おめでとう！」

「ロイさんこそ、おめでとうございます！」

二人で元気にハイタッチを交わす。はじめは勝てないかもと思っていた戦闘を無事に終えることができたのは、二人一緒だったからだ。

だから喜びを二人で分かち合うとこんなにも嬉しくなるんだね。

◇

　東の森を抜け、町に戻ってきて、冒険者ギルドにやってきた。足のケガした子を待合席に座らせて、残りの私たちで受付のカウンターまでやってくる。

　昼過ぎの時間は閑散としていて、並ばずに受付のお姉さんと話すことができた。みんなを代表してロイが話してくれるみたい。

「今日はどうされましたか？」

「実は東の森でDランクのゴブリンが現れました」

「それは……逃げてこられましたか？」

「逃げられなかったので討伐しました」

「そうでしたか、討伐ありがとうございます。ご無事で何よりです」

　話を聞いた時受付のお姉さんは驚いた顔をしていたが、話を聞くと段々落ち着いてきたのかいつもの調子に戻っていった。

　それからパーティーの子たちが経緯を話して、次にロイが討伐の様子を話した。受付のお姉さんはそれを聞きながら、何かのメモを取っている。

「分かりました、報告ありがとうございます。まだDランクの魔物が潜んでいる可能性があるので、明日にでもDランクの冒険者に見回りにいくようにクエストを出そうと思います」

「お願いします。あ、それと討伐証明の引き渡しをお願いします」

「かしこまりました。お一人ずつ確認いたしますね。他の受付にもお並びください」

他の受付には誰も並んでいないので、それぞれ空いていたところへと並び直す。

「お願いします」

「はい、少々お待ちください」

冒険者証を渡し、討伐証明の入った袋をカウンターに置くとお姉さんがその中身を確認してくれる。

まずはいつものゴブリンとドルウルフの討伐証明、次にポポ、最後にDランクのゴブリンたちだ。

「たしかに、この耳はDランクのゴブリンたちのもので間違いないですね。リル様がお一人で倒されたとのことですが」

「はい、三体同時に相手をしました」

「無傷のご帰還、本当に安心しました。Eランクの冒険者が上のランクの魔物を倒した時、大幅なランクアップのポイントを得られます」

「そうなんですか」

ということは、倒した三体分が元々のポイントよりも高く貰えるってことだよね。これは嬉しい。頑張って倒したかいがあったよ。

お姉さんが後ろを向いて何やら作業をすると、それが終わり次第こちらに振り向いてきた。なんだか、お姉さんの顔がとっても嬉しそうに見えるのはなぜだろう。

「まずは報酬です。今回倒されましたゴブリンソード、ゴブリンアーチャー、ゴブリンメイジはそれぞれ千五百ルタになります」

ゴブリンのおよそ倍くらいだね。

「今回の合計金額は一万五千三百ルタになります」

「では、一万三千ルタを貯金でお願いします」

「かしこまりました。残りの二千三百ルタをお支払いします」

半日いたからいつもの半分の金額だ。いつものように一部は貯金、一部は手持ちの袋に入れておく。

「それと今回の討伐でリル様はランクアップされました。本日よりDランクになります」

「ランク、アップ？」

「はい、おめでとうございます。とても短い期間で達成されました」

冒険者証を返されて見てみると、そこにはDの記号が書かれてあった。私がDランク、本当に、本当だよね。

「どうしたんだ、リル？」

ロイがボーっとしていた私を心配してくれた。いや、そんなことより聞いてほしい！

「ロイさん、私もDランクになりました！」

「おっ、マジか！　やったじゃねぇーか！」

Dランクになったことを伝えるとロイは驚きながらも嬉しそうにしてくれた。それからロイが手を上げて私がその手を叩く、喜びのハイタッチ。

「そっか、リルもDランクかー。割と早いランクアップだったな、俺との差が三週間ぐらいか」

「始めた頃は差があったように思えましたけど、その差がほとんどなくなるくらいに早く討伐していたんですね」

「一日で三十体以上だもんな。普通ならランクアップまで数か月は追加でかかりそうだったよな」

はーっと二人で感慨深いため息を吐く。こんなに早くランクアップできたのは、ほぼ毎日三十体以

上の討伐をしてきたおかげだ。やっぱり、あれは異常だったんだなって思った。

そのまま待合席まで行くと、席に座る。

「で、これからのことなんだけど相談しないか？」

そうだ、二人でDランクになったんだから今回の討伐作戦は終わりだよね。これからどうなっていくんだろう。

真剣な顔つきでお互いを見る。だが、その時に二人のお腹が盛大になってしまった。

「……」

「……先に飯でも食べに行かないか？」

なんだか恥ずかしいな。

42 パーティーの解散

「冒険者ギルドまで戻るのも面倒だから、この辺で座って話さないか？」

「いいですよ」

遅めの昼ごはんを食べた私たちは町の中心にある広場までやってきた。そこにはベンチが置いてあり、座って話すにはいい場所だ。

適当なベンチに座り、一息をつく。ふぅ、これからの話か、どんな結果になるんだろう。

「まず、今回のパーティーの結成は良い狩場が見つかったから協力し合うってことだったと思う」

「ロイさんが募集をかけたところに私が名乗り出た感じですね。はじめはどうなるかと思いましたが、やり方次第で目標の一日三万ルタの報酬を手に入れることができました」

あれから二か月以上も経ったんだなー。あっという間に終わった感じがするよ。

「うん、今回の狩場の目的である報酬は沢山手に入ったと思う。俺は目標としていたマジックバッグを買えるほどにお金が貯まった。それだけじゃなくて、新しい装備も買い揃えられそうだ」

「私の目的はお金を貯めることでした。いずれ町に住みたいと思うので、家に関する代金を貯めているところですね。まだまだ足りませんが、大きく前進したと思います」

今回の狩場で稼いだお金は百五十万ルタになると思う、これは大金だ。短い期間で効率よく討伐できたからこそ、これくらいのお金を稼げたんだと思う。

ロイの目標は前から聞いていたマジックバッグだ。それに装備だってボロボロになったし買い換える必要もありそうだね。

「マジックバッグは新品を買うんですか？」

「もちろん、新品を買う！　上に兄貴たちがいたから、何を貰うのもおさがりばっかりだったんだよな。だから、欲しいって思うものは新品で買うつもりだ。もちろん装備も買い換える！」

すっごい嬉しそうに教えてくれた。そっか、上に兄弟がいたら自然とそうなっちゃうよね。良かったね、マジックバッグだけじゃなくて装備品も買い換えられて。

「リルの目標って、町に住むことだよな。そしたら家を買うのか？」

「買うのもいいですねー。お金が貯まれば家を買って、家具を買いそろえて、自分だけの家を作るのも楽しそうです」

「だったらまだまだお金が必要そうだな。なんだったら、討伐作戦を続行するか？」

「私の目標はBランク冒険者になって市民権を得てから、町に住むってことです。だから、このままEランクの魔物を討伐するのだけは難しいですね」

「そっか、貯金もそうだけど、冒険者のランクも上げないといけないのか」

一日三万ルタを稼げるのは上のランクの人たちでも中々できないことなのは分かっている。だけど、折角ランクが上がったのならいつまでも同じランクの狩場で討伐するのは違うと思う。

稼げるお金がなくなるのは辛いけど、それよりもランクアップのほうが大切だ。きっとこれから上がり辛くなるから、少しでもランクが上がることをやっておきたい。

「今の狩場は魅力的ですが、それだと目標が遠のいてしまいます。だから、あの狩場はおしまいがいいと思っています」

「リルの考えは分かった。なら、今までの狩場での討伐は止めにしよう。俺だって冒険者なんだ、上のランクを目指していきたい」

「それに良い狩場はきっと他にもありますよ」

「Dランクでも良い狩場を見つけてやるぜ」

話し合いの結果、今回の狩場での討伐はおしまいということになった。お金は本当に魅力的で、もう少し稼いでいたいけど、ここは目標を取ることにする。

ロイも賛成してくれたし、本当に良かったな。Dランクでも良い狩場が見つかればいいけど、今回みたいに討伐だけするんじゃなくて違うこともしてみたい。

「ロイさんは受付の仕事を受けたりしないんですか？」

「あー、姉ちゃんに仕事を貰うアレか。俺は全然やらないなぁ、リルはどうなんだ？」

「私はできるだけ受けるようにはしていきたいです。町の外だけじゃなくて中の仕事にも興味があるので。それに町の中の仕事だとランクが上がりやすいって言ってましたよ」

「それ、本当か！　んー、なら町の中の仕事も考えたほうが良さそうかな。あんまり得意なことってないんだけどな」

腕組みをして唸りながらロイは考える。うーん、と首を右に左に振るが名案は浮かんでこないようだ。

「話を聞いてみるだけでもいいかもしれませんよ。自分に合ったものだけ選んで引き受けるのもいいと思います」

「そうだな。討伐ばかりじゃちょっと飽きてくるかもしれないな。今度ちょっと話聞いてみるよ、ありがとな」

うん、と強く頷いて決意した目をした。興味持ってくれて良かった、少しでもランクアップの足しになれればいいな。

「具体的に明日からどうするんだ？」

「私はしばらくは受付から仕事を得ていきたいと思います。ある程度受けたら今度は討伐の仕事を受けてみます」

「そっか、俺は体の傷を治そうかな。それと装備品も一新して、マジックバッグも買ってしばらくは町の中でのんびりして休憩する。それから討伐をしていこうと思う」

「装備品を整えるのにも時間がかかりますし、いいと思います」

私の時もすぐに装備品を渡されなかったな。はじめから作ったり、あるものを調整したりするから時間もかかっちゃうし。装備品が揃うまでの休憩はいいね。

　ということは、討伐の作戦は終わったし、今後の動きはバラバラだし……パーティーは解散かな。

「リルと俺の動きが合ってないから、パーティーは解散だな」

「……はい」

「パーティーは解散だけど、いい狩場があったらまたパーティー組んでくれよな」

「ロイさん……」

　こちらを向いてニカッと笑ってくれる。ロイもパーティー解散を寂しいと思ってくれるのかな。そうだといいな。

「俺はまたリルと一緒に討伐をしたいし、このまま別れたままなのは嫌だ。だから、約束していく。また、パーティーを組もうぜ」

　片手をスッと出された。またパーティーを組もう、その言葉が心に優しく響く。また一人になっちゃうけど、一人じゃない。パーティーを組もうと思えばいつだって組めるんだもの。

　差し出された片手をギュッと握って、精一杯の笑顔で応える。

「私も、またパーティーを組みたいです！」

「おう、またやってやろうぜ」

「はい！」

　冷えていた心が温かくなり、交わされた約束でまた明日から頑張れそうだ。一人じゃないってこんなにも素敵なことだったんだね。

　親から見放されて一人で生きていかなくちゃいけないって心のどこかで思っていた。でも、それは私の勘違いだったみたい。人と交わらないことなんて無理なんだから。

だったら、親とは違う人と協力できれば一人じゃない。孤独を埋めてくれる他人の存在に感謝しかない。

今は繋いだ手のぬくもりで孤独を埋める。

第四章 冒険者ランクD

tensei nanmin syojo ha
shiminken wo ZERO karamezashite
hataraikimasu!

43 給仕

眩しい光で目覚めた。ふかふかな布団の中でゴロリと体を転がして、横向きになる。薄っすらと目を開けると木造の綺麗な壁が見えた。

朝だ。ゆっくりと体を起こして、体を上へと伸ばす。心地いい寝起きで、少しだけボーッとしてちょっとの堕落を楽しむ。

「あー、着替えなきゃ」

新しく買った寝巻は上下別々のもので寝返りしやすくて良い。買って正解だ。ベッドの上から敷きマットの上に降りる。目の前にあるタンスを引いて開けると、自分の服が折り畳まれて入っていた。

何着かある服の中からブラウスとスカートと靴下を取り出す。それから寝巻を脱いで、取り出した服に着替える。最後にマットの隣に置いておいた、新しく買った革靴をはく。

部屋を出る前に手ぐしで髪を整えたら完了だ。ドアノブを回して部屋を出ると、すぐ目の前には階段が見える。その階段の下からはいい匂いが漂ってきていた。

お腹が鳴りそうなのを堪えて、階段をゆっくりと降りて行く。降りて行った先には幾つかの扉があり、その真正面にある開けられた扉から入って行く。

「おはようございます」

扉を出てすぐに挨拶をした。横を見ると、大きなかまどがあり調理器具が並んでいる調理場だ。そこには一人のおじさんが立っていた。

「おう、おはよう。もう少ししたら朝ごはんができるから、あっちで待っていてくれ」

「はい」

調理場を抜けた先にはいくつものテーブルやイスが並んでいる広い場所に出た。そのすぐ傍の席には一人のおばさんが座っていた。

「おはようございます」

「あぁ、おはよう」

挨拶をするとニコリと笑ってくれる。そのおばさんの近くには松葉づえが立てかけられていて、一本の足がイスの上に乗せられていた。

「足の具合はどうですか？」

「大分いいよ。まだ店には出られないけど、細々とした家事とかはできそうさ」

「無理しないでくださいね。できないことは私がやりますので」

「ありがとね。その時はお願いするわね」

包帯が巻かれた足はとても痛々しかった。それでも動くというおばさんの言葉を聞いて心配になってくる。できれば安静にしていてほしいけど、本人が大丈夫って言っているからいいのだろう。

「できたぞー」

おじさんが大きな皿を持って現れた。テーブルに置かれると、いい匂いを強く感じることができる。

今日のメニューはパン、焼いたハム、野菜サラダ、スクランブルエッグだ。とてもボリュームがあって、朝からお腹いっぱいになりそうだ。

「私、水持ってきますね」

「頼む」

イスから降りて調理場に行く。調理場には大きな水瓶がある。棚にしまわれたコップを手にすると水瓶の蓋を開けてひしゃくで水をすくってコップに入れる。三つ分。

入れたら元の場所に戻って、それぞれの前に置く。

「じゃ、食べるか」

「いただきます」

「いただきます」

手を合わせていただく。いっぱい食べて、今日も頑張って働くぞ。

◇

私は今、泊まり込みの給仕の仕事をしている。期間は二週間で一日一万五千ルタ。昼と夜の給仕の仕事と調理補助、掃除に細々としたことまで色々ある。

おじさんとおばさんの二人で切り盛りしているお店で、おばさんが足の骨を折ってしまって働けなくなってしまった。ある程度はポーションで治せたけど、完治までには至らなかった。そこで期間限定の求人を冒険者ギルドに出したみたい。

一日中の仕事なので高収入な上に一日三食はついてくる好条件。しかも、お部屋まで使ってもいいということで私は即決した。ちなみにお部屋は結婚して家を出て行った娘さんの部屋だそうだ。

そんな訳で、ベッドで寝起きするという良い環境で私は働いている。んー、やっぱりベッドはいいね。

町に住むことができたら絶対にいいベッドを買おう。

　朝のご飯を食べるとお仕事開始だ。

「外で野菜洗ってきますね」

「おう、頼んだ」

　後片付けはお願いして早速動いていく。中庭にある倉庫を開けると中には野菜がぎっしりとしまわれていて、様々な桶やカゴが置かれている。その中から桶を取り出して外へと持っていく。

　外には井戸があり、その傍に桶を置く。それから、井戸から水を汲み桶の中に入れていく。ちなみに井戸から水を汲む時は重たいから身体強化の魔法で腕力を強化している。

　これで水の準備が完了だ。もう一度倉庫へと戻り、今度はカゴに泥だらけの野菜を入れていく。決められた個数をカゴに入れてたわしも入れ終わると、また身体強化の魔法で体を強化して井戸の傍まで持っていく。

　カゴの中にあった野菜を桶の中に移し替えて、たわしを持って作業を開始。水に浮かんだ野菜を手に取りたわしでごしごしと擦っていく。あっという間に泥が落ちるとカゴの中に入れていく。

　そんな単純な作業を黙々と続けていく。全ての野菜を洗い終わり、四つの野菜入りのカゴが用意できた。あとはこれを調理場に持っていくだけだ。

　身体強化の魔法を使い体を強化すると、カゴを担いで店の中に入って行く。廊下を進み、調理場につくとおじさんが肉の調理をしているところだった。

「おじさん、野菜洗い終わりました。ここに置いていきますね」

「おう、ありがとよ」

調理場の隅に野菜のカゴを置く。おじさんは横目で確認すると、すぐに肉の調理に視線を向けた。

ここは邪魔しないように、今度はそっと置いていこう。

中庭と調理場を往復して全ての野菜を置き終えると、今度は店の中の掃除だ。昨日の内にテーブルは拭いておいたから、床の掃除をする。

ホールの隅に置いてあるホウキとチリトリを持ってくると、さっそくホウキで店の中をはき始める。隅から隅、隅をまあるくはいてゴミをかきだしていく。

隅が終われば、今度はテーブルがある場所。イスを全部テーブルの上に上げると、ホウキでテーブルの下をはき始める。

昨日の食べカスやホコリ、土、髪の毛なんかが出てくる。それらのゴミを残さないように丁寧にはき続けた。

一つのテーブルの下をはき終えると、次のテーブルの下を。そんな感じで次々と掃き掃除をしていくと、最後のテーブルの下もはき終えた。

最後に集めたゴミをチリトリの中に入れて、掃き掃除は終わった。集めたゴミは調理場にあるゴミ箱に入れる。

拭き掃除もあるんだけど、今日はやらなくてもいい日だ。一週間に一回の頻度でいいっていう話だから、その通りにしている。

というわけで、掃除は完了。昼の営業までやることはまだあるよ。今度はお昼に出すパンの買い出しだ。

◇

「おじさん、戻りました」

「おう。パンを置いたら、中庭に行ってくれねーか？　あいつが洗濯物を干してるんだ」

「えっ、大丈夫なんですか？　すぐに行って手伝って来ますね」

「頼むわ」

調理場に行くとおじさんが困ったような顔をしていた。おばさん、松葉づえをつきながら洗濯物は危ないよ。パンを置くと、すぐに中庭に出て行く。

中庭へ出ると、洗濯物干し紐の前で四苦八苦しているおばさんがいた。片手で洗濯物を干そうとするんだけど、上手くしわを伸ばせていない。

「おばさん、洗濯物を干すのは私がやりますよ」

「リルちゃん、ありがとう。片手でもできるんじゃないかって思ったんだけど、ご覧の通りだわ」

「松葉づえをつきながらは難しいですよ。ささ、おばさんは開店まで休んでいてください」

「やることなくて暇なのよ。あと、何かできることはないかしら」

おばさんを中庭から追い出して休ませようとするが、おばさんは全くこりていない。他にやることはないかと杖をつきながら探しに行ってしまった。

足をくじいて生活が一変しておばさんはできることができなくなってしまった。だから暇を持て余しているのか、普段できないこともやっているらしい。

足が悪化しなきゃいいんだけど、本当に大丈夫かな。強く言うことはできないけど、心配だ。でも、ずっと黙って座っているのも気がめいってしまうから仕方ないのかな。

おばさんが置いていた洗濯カゴの中から洗濯物を取り出し、洗濯干し紐に洗濯物をかける。それからしわを伸ばして形を整えた。

心配だけど、まずはやることをやっていこう。おばさんは私の洗濯物も洗ってくれているから、とても助かる。いっつも自分でやっていたから、こういう時誰かにやってもらうと嬉しいんだよね。

それから黙々と洗濯物を干していった。

洗濯物が干し終わると、お昼になった。お客さんがくる時間だ。

エプロンをして、髪の毛を縛って準備完了だ。木札の入ったカゴを手に持って、お店の玄関を開けるとすでにお客さんが数名いた。

「お待たせしました、空いているお席にお座りください」

しっかりとお辞儀をしてから、中へと入ってもらう。お客さんが入ったら扉を固定して、早速注文をとりにいく。

「ご注文はお決まりですか？」

「煮込みとパンと水な」

「俺は焼きとパンと水」

「かしこまりました、煮込みと焼き、それとパンと水が二つですね。お会計の時にこの木札をお持ちになってください」

お客さんの注文を聞いたら、カゴに入った木札をそれぞれに置いていく。これがお会計表の代わりになってくれる。ちなみに水は有料だ。

一組の注文を受けたら、すぐに調理場に顔を出す。

「煮込みと焼き、一つずつ。パンも一つずつです」

「あいよ」

おじさんは調理場のテーブルの上に注文の木札を並べた。これで作るメニューが分かりやすくなる。

メニューを伝え終わると、すぐに違うお客さんのところへ行って注文を聞く。

「お待たせしました、ご注文はお決まりですか？」

「焼きとパンと水」

「私は煮込みとパンと水」

「私も煮込みとパンと水ね」

「かしこまりました。焼きをお一つ、煮込みをお二つですね。パンと水がそれぞれ一つずつ……お会計の時にこの木札をお持ちになってください」

カゴに入った木札をそれぞれに置き、すぐに調理場へと向かう。

「焼き一つ、煮込み二つです。パンも一つずつ」

「はいよ」

私が注文を言うとおじさんがテーブルの上に木札を並べていく。ここでおじさんが注文の肉を焼き始めた。煮込み料理はお皿に盛るだけなので後回しだ。

お客さんが来ない内に今度は水を用意する。棚から木のコップを取り出して、お盆に載せていく。

それから水瓶の蓋を開けて、柄杓で水をすくってコップに入れていった。

全部入れ終えたらあとはお客さんに出すだけ。再びホールへ行くと注文を受けた順番に「おまたせしました」と言いながら水を置いていく。

ガランガラン
「いらっしゃいませー。空いているお席にどうぞ！」

お客さんが入り始めた、昼の本番だ。忙しくなるぞ、失敗しないように頑張らないと。

◇

あれから二時間が経ってようやくお客さんがいなくなった。

私はひたすらお客さんから注文を受けて、注文の品を届ける。食べ終わったら皿やコップを調理場に持って行って、テーブルを拭く作業を続けた。手が空けば皿洗いもやっていた。

おじさんは調理場で注文の品を作り続け、おばさんはイスに座りながらお会計を済ませる。

そんな仕事を終えて、ようやく昼食の時間になった。まだ後片付けが残っているけど、先に昼食を取るのがこの店のやり方らしい。

今日のお昼は焼いたお肉に豆と野菜のソースをのせたものだ。それにパンと煮込み料理の残ったスープ。

お腹がペコペコな時に食べるスープは旨味が体中に染み渡って、幸せの感覚が体中から滲み出してくる。

ソースのかかったお肉はとってもジューシーで柔らかい。ソースの旨味と肉の旨味が口の中で混ざ

り合い、それを飲み込んだ瞬間に美味しさが爆発する。

パンはスープに浸しながら食べたり、皿に残ったソースを拭うように食べたりした。どっちも美味しくて幸せだ。

そして、なぜが夫婦は食べている私を見て笑っている。どうしたんだろう、何か口についてたりするのかな。うーん、何もついていない……なぜだ。

ご飯を食べたら後片付けの後はお昼の休憩だ。んー、それにしてもこのソースが美味しい。

「ん……ふわぁ、よく寝た」

一時間くらい寝ただろうか、机に寄りかかって寝ていた体をゆっくりと起こす。借りた部屋の机でうたたねをしていたが、いつの間にか寝入ってしまったらしい。

んー、と背伸びをする。はー、と脱力して窓の外を見る。まだ日が高いのか温かい日差しが窓から差し込んできていた。

休憩時間は終わりだ。イスから立ち上がり部屋を出て行く。階段を降りて正面の扉から出ると、調理場にはおじさんはいなかった。良かった、まだ始めていないみたいだ。

ホールの方に行くと頬杖をついているおじさんの後ろ姿があった。よく見ると規則正しく肩が上下している、寝ているのかな？

「おじさん」

「……んあぁ、あぁ」

声をかけるとガクンと頭が動いた後、のっそりと動き始める。

「先に野菜を洗いに行ってきますね」

「……あぁ」

まだ覚醒していないのか生返事しか返ってこなかった。おじさんも疲れているんだな。ずっと立って一人で調理を担当していたんだもんね。

私はそのままホールを出て中庭に行った。野菜を洗う前に洗濯物が乾いたか確認すると、しっかりと乾いていた。野菜が洗い終わったら取り込もう。

早速倉庫に行き、桶を井戸の近くに置いてから水を入れる。泥のついた野菜をカゴに入れて、井戸の傍まで行くと野菜を桶の中に入れた。

それからしゃがみ込んで一つずつ野菜を手に取ってたわしで擦っていく。地道な作業だけど、この作業はどっちかっていうと好きなほうだ。単純作業だから夢中になれるところがいい。

黙々と作業を続けて、野菜を洗ったカゴが四つできた。今度はカゴを持って、調理場へと向かう。

調理場に行くとおじさんがすでに起きていて、お肉の処理を始めていた。

「おじさん、野菜洗い終わりました」

「おう、ありがとよ。置いておいてくれ」

声をかけて野菜が入ったカゴを置く。中庭と調理場の行き来を何度かすると、全ての野菜を調理場に入れることができた。さて、洗濯物を取り込もう。

その時、二階からゆっくりとおばさんが降りてきた。

「あ、リルちゃん。そろそろ洗濯物を取り込んでほしいんだけど、いいかしら」

「はい、これから取り込むところでした」

「そう、なら二階まで持ってきてくれる？」

「分かりました」

おばさんはそれだけを言うと再び二階へとゆっくりと上っていった。おばさんは杖をつきながらもあっちこっちで出没する、うーん怪我が期間内に治るのか心配だ。

そんなおばさんのことを考えながら中庭に出る。壁際に置いてあった洗濯カゴを手に持って、洗濯干し紐の下に置く。それから一つずつ洗濯物を取り込んでカゴの中に入れていった。

全てを取り込むとおばさんに言われた通りに階段を上って二階にやってきた。えっと、おばさんがいるところは……あっ、あそこ扉が開いている。

半開きになっていた扉を開けると、ソファーとテーブルがある部屋におばさんはいた。

「おばさん、洗濯物を取り込み終わりました」

「ありがとう、テーブルの横に置いておいてくれない？」

おばさんは縫い物をしている手を止めて、ソファーの端に置いた。私がテーブルの横にカゴを置くと、早速洗濯物を畳み始める。

「私も手伝いますか？」

「いいの、いいの。お仕事ができたんだから、私がやるわ」

相当暇をしているのか、嬉しそうに洗濯物のしわを伸ばしてしっかりと折り目をつけながら畳み始めた。今まで食堂の仕事をしていたから手持ち無沙汰になっちゃったんだね。

「なら、食堂の手伝いに戻りますね。何かあったらまた呼んでください」

「分かったわ、その時はお願いするわね」

そのまま部屋を出てまた一階に降りて行く。あとはホールの掃除をして、パンを取りに行って、お店の開店準備だね。夜の仕事も頑張っていこう。

夜の食堂は夕方から開き始めて、暗くなったら閉店だ。街灯がないからお客さんは暗くなると帰ってしまう。でも聞いた話だと大きな町には街灯があるところもあるんだって。

お店の中にもランプはあるけど、つけるのは数えるくらいだけ。ランプをつける時間帯にはお客さんも数えるくらいしかいなくなるからね。

暗がりの道を歩くのは危険、犯罪に巻き込まれる可能性もあるし。という訳で、夜のお客さんにはできるだけ早く料理を提供して早く帰ってもらうのが正しい。

「お待たせしました、空いている席にお座りください」

夕方に扉を開けると、すでにお客さんが並んで待っていた。お辞儀をして中に通すと、入口を固定する。夜は子供連れや冒険者も来るからとても賑やかになる。

開店したばかりなのにホールの半分はお客さんで埋まってしまった。よし、ここからは時間との勝負だ。早く注文を取って、早く作ってもらわないと。

それから忙しく歩き回り、注文を聞き取ってから注文を伝えた。それが終われば水の提供をして、その間にも他のお客さんがやってきて対応したりと忙しく立ち回る。

忙しく立ち回っている間に料理ができてきて、今度は配膳にバタバタと歩き回る。忙しく動き回っていてもお客さんはお構いなしにやってくるから大変だ。

できるだけ丁寧に対応していって、空いている席に座ってもらう。注文を受けると、今度は配膳をしたりする。いつ失敗しないか冷や冷やだ。一つずつ気を付けながら仕事をこなしていく。

しばらくはそんな忙しい時間を過ごしていくと、窓の外が暗くなっていく。だけど、忙しく立ち回っている間はそれが全然分からない。それが分かる時は外からお客さんが入ってこなくなってからだ。

こうなったら、お客さんはもうこない。空いた時間で皿洗いも始めていく。お会計はおばさんがやってくれるので、他の雑用をこなしていった。

そうして、最後のお客さんが帰って行く。

「ありがとうございましたー」

お辞儀をしてお客さんを見送っていく。

「お店閉めますねー」

「お願いね」

おばさんの了承を得てからお店の扉を閉めて鍵をかける。これでお客さんは来ないだろう、あとは店の中のやることを済ますだけだ。

「じゃあ、先に飯にするぞー」

すると、おじさんが料理を手に持って空いていたテーブルに並べ始めた。今日のメニューは残り物だ。残り物といっても、煮込み料理もあれば焼いた肉もあるしパンもある。豪勢な食卓だ。

いつもよりも量の多い食事、ここにきてから毎日お腹がはち切れそうだ。でも、残すのはもったいないし全部食べちゃう。その度に夫婦はニコニコと笑うのはどうしてだろう。やっぱり口に何かついている？

食事が終わるとお客さんが残していった食器を片づけて、洗って、拭いて、棚に戻す。それからテーブルを拭いて今日の一日の仕事は終了だ。

◇

食堂の仕事はあっという間に二週間が経った。仕事は順調そのもので何事もなく大きな失敗もなく続けることができた。これも夫婦が優しかったお陰だね。

そして、最終日の今日はおばさんの足が治ったか診察する日。昼の営業が終わるとおじさんと一緒に治療院に行った。その間、私はお昼休憩を取りながら留守番をする。

あんなに動き回っていたけど、おばさんの足は大丈夫だったのかな。悪化していたらどうするんだろう。完治していればいいな。

そんなことを考えながらホールでボーッとしながら帰りを待っている。次第に午前中の疲れからうつらうつらし始めて、完全に目を瞑ってしまう。

フッと意識がなくなった後、扉が開いた音がした。ハッと目覚めて顔を上げると、扉のところにおじさんとおばさんが立っていた。

目を擦ってよく見てみるとおばさんは杖をついていなかった。両足でしっかりと立っているのを見て、勢い良く立ち上がる。

「おばさん、足が治ったんですね！」

「えぇ、医師からはもう大丈夫だって言われたの。これで両足で歩けるようになるわ」

「良かった。悪化してないかって心配してたんですよ」

「ふふっ、ごめんなさいね。動けないのがこんなに辛いことだなんて知らなかったから、つい動いちゃって」

どうやら悪化してなかったみたい、良かった。上機嫌なおじさんの姿を見てホッとする。

これで私の役目も終わりだね。最後に今日の仕事を終わらせれば、おじさんとおばさんともお別れか。短かったけど、本当にお世話になったな。

「夜の営業が終わったら、私は帰りますね」

「何を言っているのよ、暗くなっている中で帰らせるわけにはいかないわ」

「でも、私は冒険者で」

「冒険者だろうとも、子供には変わらない。今日は泊まっていって、明日の朝になったら帰ればいい」

夜の営業が終わってから帰ろうと思ったんだけど、引き留められちゃった。確かに暗い中、集落まで帰るのは暗いし怖いし大変だ。

二人とも親切にもう一泊していってと言ってくれた。何か言おうとすると「いいから、いいから」と泊まることをすすめてくる。

なんだか申し訳ない気持ちになるけど、ここは甘えておこうかな。

「じゃあ、今夜もよろしくお願いします」

「おう」

「よし、そうと決まれば夜の営業に間に合うように動くわよ。リルちゃんは野菜洗いをやっていてね。私は洗濯物の取り込みが終わったら、ホールの掃除を始めるわ」

よし、おばさんに負けないように私も頑張ろう。

歩き出したおばさんが仕切り出した。元々そういう感じだったのか、指示も素早くて驚いちゃった。

「はい、分かりました」

おばさんが歩き始めると、色んなことがテキパキと終わっていく。私は野菜を洗い終えると、パン屋に行ってパンを買いにいく。それから戻ってみると、調理場ではおばさんが野菜の皮をむいていた。

他にやることは全ておばさんがやってくれたらしい。すると、夜の営業まで結構な時間が空いてしまった。おばさんは休んでいていいと言ってくれるけど、今日までの仕事なんだからしっかりとやり遂げたい。

ちょっと早いけどホール床の拭き掃除を始めた。最後なんだからとモップを持つ手に力を込めて、汚れ一つ見逃さないように綺麗に拭き上げる。

拭き掃除が終わり窓の外を見てみると、夕日が差し込み始めていた。そろそろ開店の時間だ。さて、扉を開けないと……と思っているとおばさんが扉のほうに歩いて行った。

「さぁさぁ、開店だよ。今日の仕事もしっかりやっていくよ」

ホールにおばさんの元気な声が響くと、扉が音を立てて開いた。

「おまたせ、開店だよ」

おばさんが扉を開くと、続々とお客さんが中に入ってくる。中には常連さんもいて、おばさんの立っている姿を見て声をかける人もいた。

「もう大丈夫なのか？」

「おかげさまで、この通りさ」

「そりゃ、良かった」

「また、頼むよ」

気さくな雰囲気で心が和む。あっ、注文を聞きに行かなくっちゃ。

席についたお客さんに挨拶をしつつ、注文を聞き始める。すると、おばさんも同じく注文を聞き始めた。二人で注文を受けていくと、すぐに終わってしまう。

その後に水を配っていると、お客さんがくるがそれもおばさんが対応してくれた。二人いるとスムーズに仕事が進んで、落ち着いて仕事ができるのがいいね。

忙しいのはおじさんだ。次々くる注文を受けて忙しくお肉を焼き始める。それに気づいたおばさんは話しかけてきた。

「ちょっと調理場の手伝いをしてくるから、しばらくはホールをお願いするわ」

「はい、分かりました」

そっか、おばさんは調理の補助もするんだね。これならおじさんは大助かりだ。

おばさんにホールを任せられ、今度は忙しなく歩き回って仕事をこなす。その内、次々と料理ができてくると今度はおばさんと一緒に料理を配膳していく。

なんでもこなすおばさんは凄いな。これを毎日やっているんだから、体とか悪くならないのかな。

うーん、おばさんに対してちょっと心配性になってきちゃった。

その後もおばさんと協力しながらホールを回していく。二人でやっているお陰か、立ち止まるくらいの小休憩も取れた。

　お客さんが入ってこなくなると、今度はホールをおばさんに任せて私は皿洗いを始めた。全部おばさんの指示だったけど、かなり的確なもので無駄がない。

　最後の仕事だしっかりやろう。丁寧に皿を洗い続けていくと、最後のお客さんが帰ったようだ。

「今日の仕事は終わりだよ。あんた、食事はできているかい？」

「おうよ。リルちゃんも一旦仕事止めて一緒に食べよう」

「はい、お腹がペコペコです」

　おばさんとおじさんの声で皿洗いの手を止めた。手を拭いてホールに行くと、すでに食事は用意されていた。なんだか、いつも以上なボリュームなんだけど。

「リルちゃん、二週間本当にありがとね。お陰でしっかりと休むことができて、足も治すことができたよ」

「しっかりと働いてくれたから妻の怪我を治すことができた。そのお礼として今日は沢山食べてくれ」

「おばさん、おじさん……私こそ二週間ありがとうございました。ただの冒険者なのにこんなに温かく迎え入れてくれて、本当に嬉しいです」

　二人の言葉に胸が温かくなる。良い求人があったから受けてみただけなんだけど、この二人が想像以上に温かく迎え入れてくれて本当にありがたかった。

　働くことでこの二人のためになったのなら、これ以上の喜びはない。最後の夜の食事は会話をいっぱいしながら、楽しいひと時を過ごした。

◇

翌朝、起きるとタンスの中に入っていた衣類をまとめてマジックバッグに入れる。忘れ物は……ないね、大丈夫だ。

最後にベッドメイクをして、荷物を持って部屋を出る。やっぱりベッドはいいなー。二週間泊まらせてくれてありがとね。

階段を降りて調理場に行くとおじさんが朝食の準備をしていた。

「おはようございます」

「おはよう。朝食を食べていきなさい」

「いいんですか？　ありがとうございます」

「ほら、リルちゃん。こっちよ」

ホールにいたおばさんに呼ばれて席につく。その後すぐに朝食を持っておじさんがやってくる。水を入れようと思ったが、すでにテーブルの上に用意されていた。

三人が揃うと一緒に食べ始める。明るいおばさんの話し声が響き、時々おじさんが返答をする、そんな穏やかな時間が流れた。朝食はあっという間に食べてしまい、お別れの時間になる。

「二週間ありがとう。これがお金とクエスト完了のお知らせよ」

二十一万ルタと冒険者ギルドに提出する紙を受け取る。本当にこれで最後だね、なんだか寂しいな。

おじさんとおばさんに向かって深くお辞儀をした。

「こちらこそ二週間ありがとうございました」

「寂しくなるな」

「そうね……」

「今度はこちらに食べにきますね」

「ぜひ、いらっしゃい。沢山サービスしてあげるわ」

また会う約束をすれば二人は笑顔になってくれる。また会おうと思えば会えるんだから、大丈夫。

二人に手を振りながら食堂を後にした。

44　魔力補充員

今日は魔石取扱店に来ている。魔石とは鉱石の一種で魔力を含む半透明の石のこと。上位の魔物からも取れるらしいが、そのほとんどは山や川から採掘されたものらしい。

魔石を何に使うかというと、魔導具と呼ばれる便利グッズだ。前世でいうところの機械に相当する存在だと思う。

魔導具の動力が魔石に入った魔力らしく、使えば魔石に込められた魔力が減っていっていずれはなくなる。なくなった後、魔石を新しい物に交換するか魔石に魔力を補充すれば再び使えるようになる。

その魔石に魔力を込める仕事があると聞いたので、今日はその仕事を受けにやってきた。魔力があれば誰でもできる、と受付のお姉さんも言っていたので初心者の私は安心だ。

まずは最初の説明を受けている。

「魔力補充は初めてということじゃが、誰でもできる仕事だから安心してほしい。ちなみに魔力値はどれくらいある？」

「先月確認したところＣ＋になります」

「なるほど、十分にこの仕事を受ける資格があると思う。まずは仕事場を見てもらおう」

長い白髭を生やしたおじいさんが現場の責任者だ。にこやかに対応してくれて緊張もなく話すことができた。

そのおじいさんに連れられて魔石取扱店の奥へと進んでいく。すると、とある一室に招かれた。部屋の中央には仕切りのある机とイスが並び、補充員は机に向かって魔石に魔力を補充しているところだった。

壁際には机が並べられており、そこには大小さまざまな箱が並べられていて、その中に魔石があるように見える。

「あの箱は注文を受けた魔石が入っている。その反対側の壁際にあるのが、魔力注入が終わった魔石たちだ」

反対側にも机があったが、そこには箱が一つしか置かれていなかった。まだ始まったばかりだし、今は少ないのかな。

「リルさんの席はここにしよう」

おじいさんに促されて席に座る。机の上には空箱が置かれていたんだけど、これは何に使うのかな。

おじいさんが後ろにあった机から一つの箱を取ると、それを私の前に置く。

「あぁ、その空箱は魔力注入が終わった魔石を入れるところじゃよ。注入が終わった魔石を一旦そこに置いて、全部終わったら元の箱に戻しておくれ」

「分かりました」

「箱に入っている紙はお客の情報が載っている。移動させたりしたら、誰に魔石を返していいか分からなくなるから移動させないように」

一つずつ丁寧に説明してくれると、一つの魔石を取り出す。三センチメートルくらいのカットされた魔石だ。

「魔石は使用用途によって大きさや形が変わってくる。丸だったり四角だったり三角なんていうのもあるの。実は形が違えば魔力注入のコツも変わってくるんじゃ」

「そのやり方を教えてくださるんですか?」

「いいや、それは人によってコツが違ってくるんじゃ。だから、やり方は色々ある。早速魔力注入をやってみるかの」

取り出した魔石を私の手に乗せた。これから魔力注入をするんだ。ちょっと緊張してきたな。

「やり方は簡単じゃ、魔力を引き出して魔法に変換せずにそのまま出す感じじゃの。魔石の中の魔力がいっぱいになると、注入した魔力が弾かれるからそれで分かるじゃろ」

「分かりました」

「そうそう、無理はするんじゃないぞ。普通に歩けるくらいの魔力を残して、今日はおしまいじゃな。じゃ、何かあったら何でも聞きなさい」

「ありがとうございました」

おじいさんはそう言うと部屋を出て行った。まずは一つ魔力注入をやってみよう。

手に置かれた魔石をギュッと握り締めて、握った手をもう片方の手で包み込む。深呼吸をして気持ちを整えて目を瞑る。それから意識を集中させて、魔力をゆっくりと引き出していく。

体中から魔力を引き出すとそれを手のほうへと集める。手のひらから魔力だけを出すような感覚で魔石に魔力を注入していく。

あっ、今魔石に魔力が入った感じがした。どんどん魔力が入って行く感じがするが、一気に注入しないでゆっくりと注入していく。

しばらく注入していると、魔力が吸い取られない感じがして注入を止めた。これで魔石の中の魔力が一杯になったっていうことなのかな。

できあがった魔石を見てみると、少し色が濃くなったような気がする。

「どうしたの？」

隣に座っていたお姉さんが声をかけてきた。よし、聞いてみよう。

「魔石への魔力注入が終わったみたいなんですけど、これでいいのかなって思いまして」

「ちょっと見てあげようか？　貸してみて」

「お願いします」

お姉さんに魔石を渡すと光に透かして魔石を確認する。次に指先で摘まんで、じっと見た。

「うん、魔石には魔力がいっぱいになっているみたいだから大丈夫よ」

「見てくださって助かりました。ありがとうございます」

「いいの、いいの。こっちだって人手が増えて助かっているんだから、頑張ってね」

「はい」

そう言ったお姉さんは再び自分の仕事に戻っていった。隣が優しい人で助かったな。私も頑張ろう。

今回の募集は欠員が出たための急募していた求人だった。常日頃から募集はかけているらしいんだけど、補充員の体調が悪くなってしまい予定していた魔力注入が終わらない事態になってしまったらしい。

納期のある仕事は本当に大変だ、職場のことなんて全然考えないで仕事が降ってくるんだから。うん、少しでも力になれるようにどんどん魔力注入をしていこう。

できあがった魔石を空箱に一旦置いておき、新しい魔石を手にしてギュッと握り込む。それから目を閉じて、ゆっくりと魔力を引き出し、ゆっくりと魔力注入していく。

急激に注入してしまうと疲れてしまうし、魔力を無駄に使ってしまうような気がする。だから丁寧にゆっくりと注入していく。

集中を切らさないでじっくりとやっていくと、魔力の流れが止まった、魔力がいっぱいになった合図だ。手に取って透かして見ると、やっぱり色が濃くなっているような気がする。

魔石の色が濃くなっているのか、それとも魔力自体に色があるのかどっちだろう。まぁ、考えてもよく分からないよね。

えっと、この注文の残りの数は三つだね。それに残りの三つは今やった魔石よりも大きいから、注入するのに時間がかかりそうだ。

時間はあるんだし、できるだけ多くの魔石に魔力を注いでいこう。

◇

それから順調に魔石に魔力注入をしていった。やっぱり魔石が大きくなると、注入する魔力が多く必要になるらしい。注入するのに時間がかかってしまった。

体感だと半分以上、午前中の魔力注入で魔力を使ってしまった。この分だと夕方前には魔力注入が終わってしまう。でも、早く終わるのは大丈夫だって言ってたし、いいんだよね。

お昼は隣のお姉さんに、美味しいスープのお店に連れて行ってもらった。千ルタもかかったけど、とっても具沢山だったしとても美味しかった。

こんなの食べてたら贅沢になっちゃうよ、ってお姉さんに言ったらもっと美味しいものを食べなさいって言われちゃった。うーん、そこそこ稼いでいるしもうちょっといい食事をしても大丈夫なのかな。

おしゃべりしながら昼食を食べて、また戻ってきた。ずっと同じ姿勢でおしゃべりもない環境だから、外に行くといい気分転換ができていいね。

午後も集中して魔石に魔力注入をしていく。少しの眠気を感じるけど、頬を軽く叩いて眠気を吹き飛ばしながら続けていった。

だけど、魔力消費を続けていくと体から元気がなくなってくる。次第に魔力注入もやり辛くなっていき、とうとう魔力注入をすること自体が辛くなってきた。

周りを見てみると、まだ魔力注入をやっている人ばかりだった。どうやらここで終わりのようだ。

まぁ、他の人はベテランだし魔力量も私よりは多いだろうから、こうなることは仕方ないか。

箱を机に置いて、部屋を出て行く。廊下を進んで、プレートのかかっている扉をノックする。すると中から午前中に教えて貰ったおじいさんが出てきた。

「今日のお仕事は終了しました。皆さんよりも早く終わってしまいましたが、大丈夫でしょうか？」

「大丈夫じゃ、魔力量は人それぞれじゃからな。体は大丈夫かの？　今日は帰ってゆっくりとお休み。また明日も頼むぞ」

にっこりと優しい笑顔で答えてくれて安心した。あと二日の仕事だけど、最後までしっかりとやろう。

一日目は早めに終わった。寝る前に魔力消費をしなくてもいいくらいまで魔力を使い果たしたので、家に戻ると速攻で寝た。

この生活を続けていけば自然と魔力が上がっていくんじゃないかな。そしたら魔力値Bも夢じゃないかもしれない。でも、この仕事ばかりはできないから難しいよね。

自分で魔導具を買っておいて、自分で消費すればどうだろうか。それだったら魔力を消費するのも簡単になる。あとは魔導具の値段か、うーん高かったらどうしよう。

ちょっとまって、それだと魔法の訓練ができない。魔力注入をしていれば魔力は上がるけど、魔法を鍛えられないじゃない。やっぱり、地道に魔法を使っていって魔力を消費することにしよう。

二日目は一日目と変わらずに同じペースで魔力注入をしていった。昨日しっかりと魔力注入をしていたお陰か、昨日よりも慣れていて体の負担は軽かったように思える。

それでも魔力量は変わらないので、結局昨日と同じ時間で終えてしまう。でも早く終わってもおじいさんは嫌な顔をしないので、そこは安心している。

前世の考えに引っ張られているのか、早く仕事が終わると周りの目を気にしてしまいがちだ。この世界だからいいのか、それともここの人たちが良い人たちなのか分からないけど地味に助かっている。

問題が起こったのは三日目だった。その日の午前中もいつもと同じペースで魔力注入をしていると、部屋の外が騒がしくなった。

バタバタと歩く音が響くと、その足音はこの部屋に近づいて、扉が開け放たれた。

「追加の魔石が入りました！」

男の人が台車を押して入って来た。すると、補充員のみんなから重い溜め息が聞こえてくる。えっと、これは仕事が増えたってことでいいのかな。

始めはよく分からなかったけど、次々とくる男の人を見てなんとなく状況を察してしまった。予想外の物量が来てしまったみたいだ。隣にいるお姉さんに聞いてみる。

「あの、これって仕事が増えたってことでいいんですか？」

「それだけだったらいいんだけど、きっとあれは割り込みしてきた魔石よ。高くお金を払うから急いでやってくれってことよ」

「あぁ、そういうものだったんですね」

まさか納期の割り込みまでも発生するなんて思いもしなかった。次々に運ばれてくる魔石を見て、唖然とすることしかできない。

「今日からしばらくは帰るの遅くなりそうね」

「え、でも魔力量には限りが……」

「それがね、そうでもないのよ。やろうと思えば、力業を使えばできちゃうのよ」

えっ、そんな裏ワザみたいなものがあったんだ。一体、どんなことをやれば多くの魔力注入ができるんだろうか。

男の人たちが魔石の入った箱を並べ終わると、現場の責任者であるおじいさんがやってきた。顔つきを見てみると、どこか疲れたような印象を受ける。

「えー、すまんな、今月も急ぎの依頼がきた。いつも通り各自頑張ってくれると助かる。わしもできる限りは魔力注入をするのでな」

おじいさんの言葉に補充員のみんなは元気のない返事をした。どうやら急ぎの仕事というのは頻発しているらしい。

そのおじいさんは私の席に近づいてきて、とても申し訳なさそうな顔をした。

「リルさん、すまんが仕事の延長を頼めるかの。急な仕事が入ってしまって、あと三日間だけでもいいんじゃが」

「三日間ですね、大丈夫です」

「おお、そうか受けてくれるか！」

すると、周りから拍手が鳴り響いた。すっごい喜びようだけど、そんなに辛い仕事なのかな？

「魔力量のことは気にしなくていい」

気にしなくていい？

「魔力ポーションを使って魔力を回復させながら魔力注入をしてもらうからの」

なるほど、その手があったのか。というか、魔力を回復させるポーションなんていうものがあったんだ、傷の回復と体力の回復しか知らなかった。

「ではな、よろしく頼んだ」

そういっておじいさんは魔石の詰まった台車を押しながら部屋を出て行った。すると、他の人たちも立ち上がり壁際にあった棚を開けて中から何かを取り出し始める。あれは……ポーションの瓶？

「リルちゃんに魔力ポーションの上手な使い方を教えてあげるわ」

「上手な使い方ですか？」

「そうよ。魔力が減ったらポーションを飲むんだけど、魔力が完全になくなる前にポーションを飲むのよ。私のお勧めは半分くらいまで減ったらね」

お姉さんに連れられながら棚のところに行くと魔力ポーションを受け取る。一本、二本、三本も？

「とりあえず三本ね」

とりあえず……これは修羅場な予感がしてきた。席に戻ると、早速お姉さんがポーションを飲み始めた。なんだかよく分からないけど、私も飲んでおいた方がいいよね。

ポーションを飲むと、ゆっくりとだが魔力が回復していく感じがする。ついでに魔力注入の時に感じただるさもなくなっていくようで、ちょっと気持ちがいい。

「じゃあ、頑張りましょうか」

「はい」

体中にじんわりと広がる魔力の熱を感じながら、早速魔石を手にする。

◇

魔石の量が増えたことによって、魔力注入のやり方も変わった。数をこなせるようになってきたので、今度は速度重視の魔力注入になる。

集中して体中から魔力を集めて、手に魔力を集めていく。今度はゆっくりじゃなくて、魔力を押し出していくような感覚で魔力注入をする。

すると、素早く魔力注入をすることができた。最後にしっかりと満タンになったかの確認は怠らない。

追加になった魔石はどれも大きいもので、長い時間集中しなければいけなくなるのが大変だ。というか、一回の集中で魔力が全部入りきらない。

一休憩してから再度魔力注入を始める。その時に再度魔力を高めないといけないので、その疲労が蓄積されてしまう。休憩が少ない方が負担が少ないことに気がついた。

三日目は夕方までしっかり働いて、仕事は終了した。まだまだ魔石は残っているけど、早く帰らなければ暗くなって帰り辛くなってしまう。他の補充員と一緒に仕事を終わらせて三日目が終了した。

次の日、朝から全力で魔力注入を始めた。昨日の疲労も回復していたので、かなりの速度で魔力注入を終わらせることができる。

だけど、他の補充員は昨日の疲れが抜けきっていないのか、顔色は良くない。普段は補充員のほうが多く仕上げているので、今回は私が頑張っていこう。

四日目はかなり多くの魔力注入を終わらせることができて、みんなから褒められたりした。普段はみなさんのほうがすごいです、って言ったらすっごい笑顔で黙って頭を撫でられた。

五日目は朝から補助員さんの顔色が昨日よりも悪くなっていた。魔力ポーションを飲みながらの魔力注入は本当に大変で、魔力はあるのに疲労は回復しないという悪循環になってしまっている。

体力を回復させるポーションを飲んだらいいのでは？　と、思ったんだけど魔力消費による疲労は回復しないと言われてしまった。ぐぬぬ、いい案だと思ったのにダメだったか。

ここは疲労のない私が頑張る番だよね。みんなよりも多くの数をこなしてみせます！　と、言ってみたら、何度もここにいてくれてありがとうって言われた。うん、仕事仲間だからね、当然だよ。

六日目になると、本当にみんなが辛そうだった。私は疲労が少ししかない。なんでだろう、この中で一番若いからかな。それともみんなよりも魔力注入が実は少なかったりするのかな。

それはまずい、今日は最後なんだからもっと頑張らないと。みんなのためになるように、最後の日は一番魔力注入をして、一番魔力ポーションを飲んだ。お腹の中がちゃぷちゃぷだよ。

「リルさん、本当にほんとーーに、ありがとう。なんだったらここに就職してくれてもいいんじゃよ」

最後の時におじいさんには肩を掴まれ、すっごい笑顔でそんなことを言われてしまった。冒険者を続けたいので丁寧にお断りしておいた。

どんな職場でも大変なことはあるんだな、としみじみ思った仕事だった。

45 配達員

朝、クエストを受けた商店に行ってみると、働いてくれる人が来ると思っていなかったのか歓迎された。

「おお、今日は来てくれたのか。助かるんだが、荷車は結構重いぞ……引けるか？」

大柄なヒゲのおじさんは頭をかきながら心配そうに聞いてきた。商店の裏の倉庫まで連れて行かれて、実際に荷車を見せてもらう。荷台は私が二人分寝そべられる大きさだった。

「さらにこれに荷物を積むんだが、お前の大きさじゃ引くのは大変なんじゃ」

「体は小さいですが身体強化の魔法を使えるので、ある程度の重さならしっかり引けます」

「なーんだ、魔法を使えるのか。だったらお願いしたい。さっそくだが説明を始めるぞ」

初めは心配そうなおじさんだったが、身体強化の話をすると笑顔になってくれた。すると、急に生き生きとして説明を始める。

「これが荷車、この棚にあるのが注文票、注文票の裏には店名と店の場所が書かれている」

倉庫の出入り口付近には一つの棚があり、その中にはびっちりと木の板がしまわれていた。おじさんがその内の一つを出すと、表と裏を見せてくれる。

表には配達する食料の名前と品数。裏には店名と住所と簡単な地図みたいなものが書かれていた。

「配達先は食堂と宿屋だ。午前中に配達するのがこの棚で、午後に配達するのがこの棚の中に入っている木の板だ」

「どうして木の板に書いているんですか？」

「配達する品がほとんど変わらないから、修正しながら使っていると薄っぺらい紙だとすぐに傷んでしまうんだ。その点、木だったら丈夫だし、破けないし、紙も安いわけじゃないしな」

そういう理由があるから木の板を使っているのか。確かに何度も使うものになると丈夫のほうがいいね。

「やり方は木の板に書かれた品物を木箱に入れて荷車に積む、その時に木の板も一緒に入れてくれ。それから配達に行ってもらって品物と代金を交換する。全部の配達が終わったら帰ってくる。こんなものか」

そう言って、硬貨の入った大袋を手渡してきた。

「品物を受け渡しの時、必ず次回の注文が同じか聞くようにな。もし、変わったら木の表面を削って新しく書き直すように。午前と午後二回ずつ配達にいく形にしたらいいぞ。休み時間は自由にとってくれ。じゃ、頼んだぞ」

そう言って、おじさんはお店の中に戻っていった。さて、まずは配達先を分けるところから始めよう。

木の板の裏面を見て、比較的近い場所にあるものを集めていく。その数が大体半分になったら、残りは次回の配達に回すために棚に残しておく。

それから表面を見ながら、木箱に食料を入れていく。食料は野菜、肉、調味料とかだ。一つ入れ終わったら、次の木の板を見て品物を入れていく。

次々と木箱に食料を詰めていくと、一回目に届けるものを用意し終えた。あとは荷車を引くだけなんだけど、普通の力で引っ張っていたらちょっとしか動かない。

魔力を高めて体全体に行き渡らせると、身体強化の魔法を発動させる。体中がちょっとだけ温かくなったのを確認すると、荷車を引く。難なく動いてくれた。よし配達に行ってこよう。

木の板を見ながら通りを進んでいく。町の歩き方ならちょっと自信がある。ゴミ回収でこの町の隅々まで行った経験があるから。

住所の見方も何度かクエストを受ける時に足を運んでいるので、同じ要領でやっていけば大丈夫だ。お陰で迷うことなく一件目のお店に辿り着いた。一件目は食堂だ。

「すいませーん、コトコース商店のものです」

食堂の扉を叩いて声を出すと、しばらくした後に扉の奥から声が聞こえてきた。扉の向こう側が騒がしくなると、扉が音を立てて開く。

「はーい……お姉ちゃんだあれ？」

小さな女の子が出てきて首を傾げた。可愛いな、ずっと見ていたくなるけどここは仕事優先。

「いつもとは違う人だけど、いつもと同じところから来たんだよ」

「そうなの？　荷物はこっち」

「分かりました。扉開けといてもらってもいい？」

「うん、それが私の仕事なの！」

女の子に扉を押さえてもらい、木箱を持って中へと入る。中に入るとすぐそこは客席のあるホールで、その奥の方から声が聞こえて来た。

「こっちにお願い」

「分かりました」

姿は見えないが声は聞こえる。聞こえた方に持っていくと、そこは調理場だった。そこには一人の女性がいて後片付けをしている最中だ。

「そこの床に置いてもらっていいかしら。あら、今日はいつもとは違う人だったのね、ごめんなさいね」

「いえ、大丈夫です。ここに置いときますね」

言われた通りに床に箱を置く。それから、その箱に入れておいた木の板と硬貨袋を取り出して話を進める。

「えーっと、昨日の注文票通りだと思いますが、確認しますか？」

「お願いするわ」

「まずは――」

私は注文票を見ながら木箱に入っている品物を数え始める。一緒に確認するのはちょっと緊張するけど、ここはしっかりとやらないとね。

一緒に数えていくと、無事に終わる。良かった、間違ってなかった。

「はい、確かに」

「では、お支払いをお願いします。合計は三万四千六百ルタになります」

「じゃあ、三万五千ルタね」

お金を受け取って、確認すると確かに三万五千ルタがあった。

「では四百ルタのお返しになります」

「どうも、ありがとね」

「いえ、こちらこそありがとうございます。次回の注文はいかがしますか？」

「今回と同じでいいわ」

「分かりました、ありがとうございます」

お金のやり取りをして、取引終了だ。最後はとびっきりの笑顔を浮かべて、お辞儀をした。こういうのは愛想良くしておかないと、商店の印象が悪くなっちゃうからね。

するとその女性もまんざらではないのか、笑顔で対応してくれる。うん、良い人で良かった。

「あ、そうそう。昨日の木箱を引き取ってくれないかしら」

「はい、いいですよ。どちらにありますか」

「あそこの隅にあるものなんだけど」

「私が持っていきますので大丈夫ですよ」

積極的に自分から動いて木箱を回収していく。その木箱を持って玄関に行くと、女の子がまた玄関を開けておいてくれていた。

「お姉ちゃん、どうぞ」

「ありがとうございます」

ペコリと頭を下げる女の子の真似をして自分も頭を下げた。そのまま玄関の外まで移動すると、最後に店の中に向かって挨拶をする。

「では、ありがとうございました」

そういうと、女の子は手を振って扉を閉めてくれる。最後の最後まで癒してくれた存在に自然と笑みが零れた。

さて、この調子でどんどん配達を終わらせていくぞ。

◇

一件目の配達が終わり、二件目に向けて荷車を引いていく。身体強化を使っているからか普通に歩く速度で荷車を引けていた。

でも、身体強化を使っても負荷はあるのでその分は疲れる。でも、これって身体強化を使いながら並行して体も鍛えられているってことだよね。ということは、お金も稼げているから一石三鳥？

なんだか得をした気になって気分がいい。木の板を見ながら道を進んでいくと、目的の場所が見えてきた。今度の場所は宿屋だ。

宿屋の前に荷車を置き、まずは何も持たずに中へと入る。すると自分よりも三歳くらい上の女の子が受付に座っていた。

「いらっしゃいませ、お泊まりですか？」

「いえ、コトコース商会のものです。食料を配達しにきました」

「へぇ、いつもの人じゃないんだ。じゃあ、荷物は裏口から入れてね。って、場所が分からないか。私が案内してあげるね」

女の子は受付から立ち上がると、一度外まで出て来てくれた。私は遅れないように急いで木箱を持つと、女の子が先導してくれる。

「こっちよ」

宿屋の壁を伝っていくように歩いていく女の子。その後を追って行くと、宿屋をぐるりと回る。すると、すぐ傍の壁際には扉があった。

「ここよ」

女の子が扉を開けてくれる。その中へ入って行くと、そこは調理場だった。

「そこのテーブルに置いておいてね。お父さーん、コトコースの人が来たよー。今日はいつもと違う人ー」

女の子が大きな声を上げて呼んでくれた。その内に木箱をテーブルの上に置き、中から注文票と硬貨袋を取り出す。しばらく待っていると店の奥から男の人が現れた。

「お疲れさん、早速注文の品の確認をしてもいいか」

「はい、よろしくお願いします」

宿屋の主人と一緒に注文票を見ながら注文の品を確認していく。とくに問題なく終わったみたいでホッとした。

「合計金額ですが、二万六千四百ルタになります」

「なら二万七千ルタで頼む」

「おつりは六百ルタですね」

お会計を済ませて、貰った金額を硬貨袋に入れておく。うーん、こんな大金持ち運ぶの久しぶりだから緊張しちゃうな。

「明日の注文なんですけど、変更はありますか？」

「あぁ、明日からしばらくは量を増やしたいと思っているんだが」

「かしこまりました。では、増やす品名と量を教えてください」

主人の話を聞き、木の板の数字の部分だけをナイフで削りとって、その上から数字を記入する。その繰り返しをしていくと、全ての変更点を聞き終えた。

あとは、一番端にある品物の合計金額と全ての合計金額を記入するだけだ。またナイフで表面を削ってから、数字を記入していく。計算も間違えないように、二度計算し直してから記入をしていく。

「終わりました。明日は三万百ルタになります」

「速いな、分かった。明日も頼むな」

「はい、またよろしくお願いします」

笑顔でお辞儀をして配達終了だ。店を出て行こうとすると、先ほどの女の子が扉を開けて待っていてくれた。一緒に扉から外へ出ると、話しかけられる。

「すっごく計算速かったね。私じゃあんなの計算するの無理よ」

「慣れると簡単ですよ」

「慣れるまでが大変なのよねー。もっと簡単にできたらいいのにな」

計算を褒められてちょっと照れる。表の玄関につくまで二人で雑談をして戻っていった。

「じゃ、明日も来るの？」

「数日間ですが、よろしくお願いします」

「うん、その時は話し相手になってねー。じゃあ、頑張って」

女の子は手を振って表の扉から店の中へと戻っていった。少しの間だったけど、話せて楽しかったな。明日の楽しみも増えたし、さーて仕事の続きだ。

荷車を掴んで、身体強化をかけると、ゆっくりと引いていく。あと二軒行ったら、一度商会に戻ってもう一度荷造りしなくっちゃ。

◇

「あの、配達終わりました。これが売り上げです」

「ん、もう終わったのか。かなり重かったのに早いなー、身体強化の魔法ってそんなに便利なのか。体は平気か？」

「大分疲れましたけど、大丈夫です。何か手伝えることがありましたら、言ってください」

へー、と感心したように店主が頷く。顎に手を当てて考えると、ひらめいたのかパッと表情を変えて話す。

「なら、明日の注文をこの紙に書いておいてくれ」

「木の板の注文票からですね、分かりました」

「助かるよ、よろしく頼む」

机の中から用紙を取り出すとペンと一緒に渡してくる。それを受け取ると店を出て行って、倉庫まで戻ってくる。

それから棚に入った木の板を取り出して、数字を見ながら紙に記入していく。まずは店名を書いて、それからその横に金額を書く。

一つ一つ木の板を確認しながら、次々と書いていく。書き写すだけだから簡単でいいね。誤字がないように指で数字をなぞりながらチェックをした。

書き終わった木の板は間違えないように同じ場所へと戻しておく。ここを間違ったら明日は大変なことになるからね。

そうやって書き写しを続けていき、とうとう最後の木の板を書き写すことが終わった。外をみれば夕日が出始めたところだ、もうちょっと仕事ができそうだけどまだあるかな？

倉庫を出て行き、再び店の中に戻る。店主は紙をまとめているところで、私が姿を現したらすぐに気づいてくれた。

「おう、終わったか？」

「はい、こちらです」

「ん、ご苦労さん」

紙を渡すと、店主は内容を確認していく。

「ちっと、増えているな。何か言っていたか？」

「五軒ほどのお店でしばらくは増えた量でお願いしたいそうです」

「そうか、分かった。なら明日の仕入れからちょっと量を増やしていこう」

イスから立ち上がり、背伸びをして首を回す。デスクワークは疲れるからね、そうやるの分かる。

「じゃ、帰ってもいいぞ。明日もよろしくな」

「明日もよろしくお願いします。お疲れさまでした」

今日の仕事が終了した。店を出て、思いっきり背伸びをする。あー、長い時間身体強化してたから体が疲れちゃったな。

夕食はちょっと多めに食べておこうっと。さて、お店でも探しに行きますか。

体のほどよい疲れを感じたまま夕日で染まった道を歩いていく。

46 討伐の準備

Dランクになって三か月が過ぎた。ほとんどを町の中で過ごしていたせいで、体がなまってきたように感じる。

一応体を使う仕事もしていたんだけど、毎日戦闘をしていた時に比べれば運動量は減っている。護衛の仕事なんかもしているけど、やっぱり討伐だけに専念していた時に比べると体がなまってしまう。

というわけで、そろそろDランクの魔物を倒しに行こうと思う。Dランクの討伐を成功させよう！

◇

集落のお手伝いの日、お手伝いを終わらせると冒険者ギルドへと向かった。明日、Dランクの魔物を倒しにいくのでその調査のためだ。

まずは恒例の常設クエストでもある張り紙を見ていく。この中には以前倒したDランクのゴブリンの張り紙もある。えっと、ホブゴブリンだけが討伐料千八百ルタで他のゴブリンたちは千五百ルタだって。

他にも新しい討伐対象の魔物がいる。

メルクボア、討伐料二千ルタ、肉買い取り・毛皮の買い取り三千～四千ルタ、討伐証明・しっぽ、北側の森や平原
ハイアント、討伐料千五百ルタ、討伐証明・右触角、北側の平原
エイプ、討伐料千八百ルタ、討伐証明・しっぽ、北側の森

Dランクの魔物は町の北側に生息しているらしい。私がまだ行ったことない場所ばかりだ。当然だけど討伐料が上がっているが、その分魔物も強くなっているだろう。

メルクボアとハイアントはなんとなく想像がつく。猪と蟻だとして、エイプってなんだろう。しっぽのある魔物なのは確かだけど、ここだけの情報じゃよく分からない。

やっぱり図書室に行って、詳しく調べてみよう。張り紙の場所を離れて、ホールの奥にある階段を上っていく。

三階まで上り、いつもの扉を開けるといつものおじいさんが見えた。こちらに気づき、軽く手を振ってくれる。

「お久しぶりです」

「久しぶりじゃの、今日も調べものか。何について知りたい？」

「町の北側のことを知りたいんです。あと北側に生息している魔物のことも」

「ん、分かった。ちょっと席について待っとれ」

おじいさんに本をお願いして私は席についた。しばらく待っていると、おじいさんが大きな紙と本をもって現れた。

「この大きな紙がこの辺の地図じゃ。北側の事も詳しく書いてあるじゃろう。この本は魔物のことが書かれておる」

「いつもありがとうございます」

「これがわしの仕事じゃから気にするな。利用者がいるのは喜ばしいことだからな。じゃあ、勉強頑張るんじゃぞ」

「はい」

そう言ったおじいさんは自分の定位置であるカウンターの前に戻っていった。さて、始めますか。

まず、地図を広げてみる。広げた地図はこの町が中心になって描かれているものだった。東西に森があり、南北に大きな道が伸びている。

その北側を見てみると、大部分に平原が広がっている。真ん中に道が通っていて、左側に森、右側には丘があった。

北側のこの平原、丘、森にDランクの魔物が生息している。地図をみた感じでは森や丘に行くのに一時間近くはかかりそうだ。

討伐するなら森か丘の周りに広がっている平原だろう。うん、場所は大体わかった、次は魔物だ。

地図を閉じて、次は本を開く。

【メルクボア】
体長百四十センチメートル、猪型の魔物、鋭い牙を持つ、敵を見つけると直線に走ってくる、討伐証明：しっぽ
【ハイアント】
体長百三十センチメートル、蟻型の魔物、鋭い口を持っており獲物を噛みちぎる、鋭い脚で突き刺してくる、討伐証明：右触角
【エイプ】
体長百二十センチメートル、猿型の魔物、鋭い爪を持ち敵が現れるとひっかく、牙もあり噛みつく攻撃も仕掛けてくる、動きが俊敏、複数で行動する、討伐証明：しっぽ

猪と蟻と猿か。新しい形態の魔物の登場に不安は尽きない。

まずは猪。何と言っても体長の大きさが脅威になる。巨体から突進を食らったらひとたまりもない

だろう。

体も硬そうだ。今までは一撃や二撃くらいで倒せていたが、メルクボアは何撃くらいで倒れるのかやってみないと分からない。今までとは違い簡単には倒せない魔物だろう。

次にハイアント。昆虫の魔物は初めてになるから、どう行動してくるか分からない。脚が長いから動きは速そうだし、小回りだってききそうだ。

あと体の硬さはどれくらいなのかが分からない。剣の一太刀で切れる硬さなのか、それとも切れない硬さなのか。それによって戦い方だって変わってくる。

最後にエイプ。今一番脅威に感じている魔物だ。動きが俊敏で複数で行動するっていうところが怖い。もちろん攻撃も怖いけど、私は違うところが一番怖かった。

複数で動かれて連携を取られたら本当にやっかい。それに加えて動きで翻弄されたら、いつの間にか詰んでいたっていう事態にもなりかねない。

エイプと戦うのは最後にして、それまではメルクボアとハイアントと一戦交えてみよう。戦いに慣れるまでは稼ぎは少なくなるのは仕方ないね、慣れたらきっと稼げるだろうし。

でも、いくらくらい稼げるようになるんだろう。前の時は一日で三万稼いで驚かれたから、それ以下ってことだよね。

はっ、いけないついお金のことを考えちゃう。まずは戦いのことを考えないと。

47　町の北側

町の屋台で昼食を買い、そのまま北側の門にいく。門を出ると大きな一本の道が真っすぐに伸びていて、その左右には平原が広がっていた。

遠くを見れば左側には森、右側には丘が小さく見えている。新しい景色を前にして少しだけテンションが上がってしまった。

目的地は丘の手前にある平原だ、一時間以内には着くだろう。それまでは道を進んでいき、景色を楽しむことにしよう。

あと、現場に着く前におさらいもしておく。昨日、冒険者ギルドから集落に戻った時に川で訓練をしていた。久しぶりの討伐だから、不安をなくすためにね。

剣の訓練は順調に終わったし、動作も問題なかったと思う。身体強化を使った剣の訓練も行ったが、問題なく使いこなせていた。

問題があるとすれば魔法なんだけど、未だに魔法をどんな感じで強くしていったらいいか模索中だ。どれも中途半端に終わっているような気がする。

火の魔法は順調に強くなっている。火の噴射から火球を作れるところまでは強くなれた。あと、火の圧縮みたいなやり方を編み出した。

これは大きさは火球と同じなんだけど、火の容量が多くなった火球を作れるようになった。それを放てば今までの倍の火を敵に食らわせることができる。

あの魔法使いのお姉さんみたいに消し炭にする力はないけど、火傷以上のダメージを与えられるようになった。

雷の魔法も順調に強くなっている。剣にまとわせて、雷撃を食らわせる戦法だけだったけど、このたび雷を分離させることに成功した。

手のひらから雷を射出できるようになった。今までは剣で叩いてから感電させていたんだけど、それをしなくても済むようになったのは大きな進歩だ。戦術のはばが広がるね。

風の魔法は突風を噴き出す魔法から風の弾を作って撃ち出せるようになった。本当は物を切り裂くような風を作り出したいと考えているんだけど、これが中々上手くいかない。

やってみると、刃にはならずに突風になってしまう。何かやり方があるんだろうか？　魔法使いの知り合いがいれば話を聞けて良かったんだけど、誰もいないからなー。

水の魔法はあれから練習を積み重ねて、水球を作れるようになった。水球を作って相手に放つような魔法になったけど、これだと風の魔法と同じになっちゃうんだよね。

でも、他の方法は思いつかなかったし、どんな魔法がいいんだろう。今の運用方法は水球を相手にぶつけて、雷の魔法をぶつけて感電させやすくなることくらいかな。

これが今私が持っている武器だ。これらを上手く扱って、Dランクの魔物を倒していきたいと考えている。

大きな道を歩き、丁度いいところで右の平原に曲がって歩く。しばらく歩いていくと、平原にポツポツと見慣れない物体が見えた。

あまりにも遠いのでその物体が見える位置まで近づいていく。それは黒くて細長い、ハイアントだった。

「あれが、ハイアントか……」

遠くでみたら蟻の形をしているのは分かる。ちょろちょろと動き回っているところを見ると、足が速くて細かい動きもできそうだ。

ここは平原なので、森のように死角から襲い掛かることができない。その分、動きやすさでハイアントと対峙することになるだろう。

できれば、初めての討伐は一対一になれるのが理想だ。あのハイアントの近くには違うハイアントがいるから後回しにして、他にハイアントは……あっちかな。

もうしばらく歩いていると、遠くでポツンと黒い点が見えた。どんどん近づいて行ってみると、それは一体で離れた位置にいたハイアントだった。

あのハイアントと戦ってみよう。いよいよ、Dランクの魔物との戦闘だ。

大きく息を吸って、ゆっくりと吐く。緊張はするな、いつも通り動け。強く自分に言い聞かせる。

剣を抜いて、何度か振る。うん、大丈夫そうだ、問題ない。

真っすぐにハイアントを見た私は駆け出して行った。

48　ハイアント戦

駆け出していく先にいるのはハイアント。まだ魔物はこちらには気づいていない。最初の一撃を入れられそうだ。

剣を構えてさらに近づいていくと、ハイアントがこちらに気づいた。顔だけを向けて確認すると、体もこちらに向けた。

最初の一撃は無理になってしまった。仕方ないので五メートル離れた位置で立ち止まり、ハイアントと対峙する。

体長は自分と同じくらい。今まで自分よりも低い魔物を相手にしていたから体の大きさだけでも脅威に感じてしまう。

ハイアントのほうが顔が大きく、一番の脅威である尖った顎がギチギチと音を鳴らして動いている。じっとこちらをうかがっていて、簡単に隙は見せられない。

しばらく対峙していると、先に動いたのはハイアントだった。足を交互に動かしてこちらに真っすぐ向かってくる。どんな攻撃が来る？

ギリギリまで引き付けると、ハイアントは頭を突っ込ませてくる。ここだ、すぐに後ろに跳んでかわす。すると、ハイアントの尖った顎がガチンッと音を立てて閉まる。

どうやらはじめの一撃は尖った顎での噛みつき攻撃のようだ。だが、ハイアントの攻撃はそれで終わりではなかった。

一撃をかわされたハイアントは足を前に踏み出して、また頭を突っ込ませて尖った顎で噛みついてくる。動作は速いが、足を先に動かすので攻撃がバレバレだった。

また、後ろに跳んで攻撃をかわす。だが、まだハイアントは諦めない。また足を踏み出して頭を突っ込ませて尖った顎で噛みついてくる。それすらも簡単にかわす。

もう少し距離を取ると、ハイアントの攻撃は止まった。こちらをうかがい、次の攻撃を考えているようにも見える。

「キィッ」

頭と前足を高く上げて鳴いた。前足を上げたまま、後ろ足を動かしてこちらに駆け寄ってくる。

あっという間に距離を詰められると、今度は棘のついた尖った前足で突いてきた。シュッと素早い攻撃にこちらのかわす動きも速くなる。

右足、左足、右足、左足。連続で突いてくる前足を必死になって避ける。攻撃をする前に一度前足を引くので、避けるタイミングが分かりやすい。

でも気を緩めれば、すぐに前足の餌食になってしまう。集中して避けていると、前足の動きがピタリと止んだ。ということは、違う攻撃がくる。

後ろに強く飛ぶと、今度は頭が突っ込んできて尖った顎で噛みついてきた。良かった、なんとか避けられたみたい。

これで一通りの攻撃パターンは見たかな。頭を突っ込ませて尖った顎で噛みつく攻撃、前足を上げて尖ったところで突く攻撃。あと考えられる攻撃と言ったら体当たりくらいだ。

前に出る攻撃に気をつければハイアント戦は乗り越えられると思う。あとはこちらの攻撃がどれだけ通用するか、だ。

ハイアントと睨み合いながら、攻撃する隙を考える。だが、相手は待ってはくれない。すぐに前足を上げてこちらに突進してくる。

はじめの攻撃は右足か左足か、どっちだ。相手の動きを観察する、先に動いた足は……右だ。右足が引くと、すぐに前に突き出してくる。

それを体を逸らしながら避けると、今度はその右足に向けて剣を振った。

ゴキッ

外殻にヒビが入った音が聞こえた。身体強化なしでは切れなかった。すぐに視線を上げると、今度は左足が引かれているのが見える。

足に力を入れて、もう一度後ろに少し跳ぶ。すぐに左足が迫ったが、空ぶらせた。そこに力いっぱいの剣を振る。

ビキッ

剣がぶつかった左足にヒビが入ったが、また切れなかった。ハイアントの外殻は普通の力では切れないくらいに硬いらしい。だが、外殻は傷つけることに成功した。

次の攻撃を待っていると、また右足が引かれて真っすぐに突かれる。慎重に後ろへと下がって避けて、再度剣を振るう。同じ場所に向けて剣を振るったがずれてしまった、惜しい。

左足が引かれて突かれる、それをまた避ける。今度こそ同じ場所に剣を振るう。

バキンッ

「キィィッ」

左足を切ることに成功した。身体強化なしであれば二撃でハイアントの足が切れることが分かった。

ハイアントにも痛覚があるのか、その場で立ちながら悶えている。だけど、それもすぐにやむ。今度は顎をギチギチ言わせて怒っているように見える。

来るか？　そう思った瞬間、今度は前足を下ろして突進してきた。顎の攻撃が来る。構えながら待つ。

ハイアントは間合いに入ると、頭を突っ込ませて顎で攻撃を仕掛けてきた。ガチンッと音を立てて開いていた顎が閉まるが、すでに避けた後だ。

今度はこちらの攻撃。振り上げていた剣を頭目がけて全力で振り下ろす。

ビキッ
ハイアントの頭に剣がぶつかったが、外殻にヒビが入るだけで終わってしまった。すぐに後ろへと下がると、また顎の攻撃が来る。

間一髪で避けると、もう一度頭に向かって剣を振り下ろす。

ビキンッ
頭に大きなヒビが入ったが、討伐するまでには至らない。

「キィィッ」

ハイアントは痛そうに頭を振った。右の前足を持ち上げると、突いてくる。

ビュッ　ビュッ　ビュッ
引いては突いてを繰り返して攻撃してくる。その度に左右に避けたり、後ろに跳んだりしてかわしてみせた。

しばらくかわしていると、ハイアントは我慢できなくなった。再び前足を下ろして、頭を突っ込ませて顎で攻撃してきた。

ここだ！　顎の攻撃をかわして、一歩踏み込んで全力で剣を振り下ろした。

バキンッ

「キィィィィッ」

ハイアントの頭が破壊された。後ろに跳び退き様子をみたが、震えるだけで中々倒れない。もう一度踏み込んで、剣でハイアントの頭を叩き切る。

もろくなった頭はさらに破壊された。すると、ハイアントの体から力が抜けて地面に音を立てて落ちる。

ピクピクと足が動いているようだが、立ち上がる気配はない。ギチギチと動いていた顎も止まり、ハイアントは完全に沈黙した。

ハイアント戦の初勝利だ。

「やったー！」

難しい相手だったけど、なんとか無傷で勝つことができた。さすがDランクの魔物、Eランクの魔物のように簡単にはいかない相手だった。

早速ナイフを取り出して討伐証明である右の触覚を切り取っていく。切り取ると袋に入れて完了だ。

ここでようやく勝てた実感が湧いてきて、体がそわそわしてくる。手をギュッと握って、バッと高くに突き上げる。

ハイアントに勝ったよー！

◇

今日の単独ハイアント狩りは順調に終わった。午前は三体、午後は四体を倒して、夕暮れになる前に平原を離れた。

久しぶりの討伐、Dランクの魔物との戦闘で精神的にも肉体的にも疲れてしまう。こんなにへとへとになるまで戦ったのは、ロイと一緒に討伐をしていた頃以来だ。

疲労感は強いけど、達成感もあるから嫌な感じではない。ただちょっと足が本当に疲れてて大変だ。

町の門に辿り着き、冒険者ギルドまで歩くのが長く感じる。いつもならそんなことはないんだけど、避けるのが多かったから、足に負担がかかってしまった。

冒険者ギルドに着く頃には夕日が見えていた。早くしないと夜ご飯を食べそこなっちゃう。慌てたように冒険者ギルドの中へと入っていく。

中はピークを過ぎたのか列に並ぶ冒険者の数は少ない。その中で一番少ないところへ並ぶと自分の順番になるまで待つ。

だけど疲れているのか、急に睡魔が襲い掛かってくる。うぅ、眠い。頬をつねってなんとか眠気をやり過ごす。

こういう時、時間が過ぎるのが遅く感じるから嫌だな。早く自分の順番になれー、と心の中で何度も唱えながらひたすら待つ。

「次の方、どうぞ」

やった、自分の順番だ。カウンターに駆け寄って、冒険者証を出す。

「Dランクのリル様ですね」

「討伐報酬を受け取りたいです。こちらが討伐証明です」

「はい、お預かりしますね」

触覚の入った袋を手渡すと、受付のお姉さんが確認していく。一本ずつ確かめていき、精算となった。

「ハイアントの討伐証明を七つですね。合計で一万五百ルタになります」

「一万ルタを貯金でお願いします」

「かしこまりました。では残りの五百ルタのお支払いになります」

「ありがとうございました」

残りのお金を受け取って硬貨袋に入れる。お辞儀をしてからカウンターを離れ、冒険者ギルドを出る。

はー、疲れた。今日は早めに食べられるお店に入ろう。

大きく背伸びをした私はフラフラとした足取りでいい匂いがする方向へと歩き出した。

49 メルクボア戦

一週間、ハイアントと戦った。途中、Dランクゴブリンの乱入はあったものの、しっかりとハイアントと戦い合えたと思う。

ハイアントの攻撃力、防御力、素早さは分かった。攻撃パターンも頭の中に入ったので、今では難なく対処できている。

また攻撃するタイミングも計れたのは良かった。相手の行動パターンが分かっているから、それに合わせて攻撃を与えることができる。

そのお陰で回数をこなすごとに早く戦闘を終了させることができた。体にかかる負担も減らせたし、今度からは楽に狩ることができるだろう。

十分にハイアントと戦ったし、次はメルクボアと戦うことに決めた。討伐料と肉の買取で最大六千ルタもいく、高値がつく魔物だ。

ここは狩り方を探って、しっかりと倒し方を学びたい。でも、討伐料が高かったから強い相手なんだろうな。ちょっと怖い。

今日も平原にやってきた。辺りを見渡しながら平原を歩いていると、ハイアントやゴブリンを見かける。そういえば、メルクボアは中々見かけなかった。

探そうとすると見つからないのか、メルクボアらしき姿は見えない。この間は簡単に見つけることができたのに。仕方がないので平原を歩きながらメルクボアを探していく。

歩き回ってしばらくしたら、メルクボアらしき姿を見つけることができた。駆け足で近寄ってみると、それはメルクボアだった。

全体的に丸みを帯びた体をしており、たてがみも生えている。体長は明らかに私よりは大きい。目を凝らしてみると顔には牙があり、外に突き出ていた。

今までは遠目で見ていただけだったので、近づいてみてみるとその大きさは脅威だ。こんなのと戦うってどうすればいいんだろう。今のままでは案が思い浮かばない。

いや、考えないとダメだ。普通の冒険者よりも身体的に劣っているんだから、考えることで劣っている部分を補わないと。

まず、相手は自分よりも大きな魔物だ。今までの攻撃では通用しない可能性がある。皮も厚そうだし、簡単に剣の一撃が体の奥まで届かないと思う。

今までの剣の振り方じゃダメ、深く突き刺す攻撃を与えないと倒れてくれない。普通の力でも通用しないと思うから身体強化ありの剣の攻撃が有効そうだ。

剣でのダメージがあまり期待できない今、有効なのは魔法攻撃となる。火で燃やすか、雷で感電させるか、風弾で打撃を加えるか。どれが通用するかは分からない、試してみないとね。

初めの攻撃は決まった。魔法攻撃だ。魔法攻撃で相手を弱らせて、弱ったところを剣で刺して倒す。うん、このやり方でやってみよう。

剣を抜き、メルクボアに近づいていく。今回は不意打ちはしない。先にメルクボアを知ることが重要だからだ。

近づいていくとメルクボアがこちらに気が付いた。十メートルくらい離れたところで立ち止まると、メルクボアの大きさが目に見えて分かる。

こんなに大きな相手と戦うのは恐怖でしかない。たじろぎそうになる心をしっかりと繋ぎ止めて、剣を構えてメルクボアの様子をうかがう。

メルクボアは鼻息を荒くして、じっとこちらを睨んでいる。すると今度は前足で地面を何度も踏んできた。何かをするつもりだ。

黙って対峙をしていると、頭を低くしてメルクボアは突然駆け出してきた。真っすぐに突進してくるが、ハイアントの速度と変わらない。

接触する寸前で横にずれて避ける。まるで牙で突き上げるかのように頭を上げて立ち止まった。なるほど、牙で突き上げる攻撃だったのか。

メルクボアから離れるように少しだけ走って距離を置く。メルクボアは鼻息を荒くして、体をこちらに向けて、また駆け出してきた。

タイミングを見計らい、横に跳んで避ける。避けた後、牙を突き上げる仕草をしたメルクボア。やっぱり、あの動きはこういう攻撃に繋がっていくんだ。

一つメルクボアの攻撃方法が分かった。速度もハイアントと変わらなかったので、避けやすいのは良かったな。

また距離を取り、今度は手をかざす。魔力を高めて手に集中させる。使う魔法は火。魔力を魔法に変換して火球を作っていく。

「ブボォッ」

またメルクボアが突進をしてきた。火球を作りながら、避けるタイミングを見計らう。十分に引きつけた後、横に跳んで避ける。メルクボアは牙を突き上げてその場で停止した。

ここだ！　少し離れた位置まで下がると、火球を放つ。真っすぐに飛んで行った火球はメルクボアの体に直撃して、燃え上がった。

火が燃え移ったのに、しばらくはメルクボアの反応は変わらなかった。皮が分厚いからなのか、熱が伝わるのが少し遅いらしい。

火を気にせずにこちらに向き直った時だ、メルクボアの反応は変わった。

「ブボォッ」

ようやく体の一部が燃え上がっていることに気づいたのか、その場で暴れだした。前足を地面について、後ろ足で頻繁にジャンプを繰り返す。

その内、体を地面に横たえてゴロゴロと転がり出した。すると、段々と火が消えていき、完全になくなってしまう。

それからゆっくりと立ち上がると、先ほどよりも荒い鼻息を出してこちらを睨み付けてくる。少なからずダメージは与えられたらしい。

でも、そのせいでメルクボアは怒ってしまったようだ。前足で何度も地面を踏みつけて、こちらに攻撃をする機会をうかがっている。

しばらく睨み合っているとメルクボアが突進をしてくる。先ほどよりも速い。横に跳んで避けると、メルクボアが通り過ぎていく。

先ほどのような牙を突き上げる攻撃ではなくて、ただの突進だった。攻撃方法は変わったとしても脅威には変わりない。

そのメルクボアは大きく旋回をして、またこちらに駆け出してきていた。どうやら止まらずにずっと走り回ってくるタイプの攻撃らしい。

こちらも攻撃をしなければ、いつまで経ってもこの状況から抜け出せない。手をかざして魔力を高めていく。今度は圧縮した火球を作っていく。

この作成には時間がかかる。意識を集中して急いで作っていくが、それよりもメルクボアの攻撃のほうが速い。

すぐ目の前に迫ってくると、引きつけてから全力で横に跳んで避ける。避けたらまた集中して火球を作っていく。どんどん火球に火を詰め込んでいくと、完成した。

メルクボアを見てみると大きく旋回してこちらに向かってきている。火球を構えながら放つタイミングを見計らう。

だんだん近くなってくるメルクボアを引きつけて……ここで放つ！　火球は真っすぐメルクボアに飛んでいき、私は横に跳んで突進を避ける。

避けた先でメルクボアを見てみると火球が着弾した。

ゴオォォォォッ
「ブボォォオオオッ」

メルクボアの前面から激しい炎が立ち昇る。走る速度が落ちていき、ぐるぐるとその場で回って暴れだした。すると、地面に寝転がりなんとか火を消そうと体を地面に何度も擦りつけた。

すごく暴れているため、近寄るのは危険だ。とりあえず、落ち着くまで観察を続けてみる。

ゴロゴロと何度も地面に擦りつけていくと、次第に炎が落ち着いてくる。だんだん火が小さくなっていき、煙になって消えた。

「ブホッ、ブホォッ」

煙が立つメルクボアがよろよろと立ち上がる。どうやら、圧縮した火球では倒せなかったみたいだ。

大丈夫、まだ風と雷が残っている。立ち上がったメルクボアと再び対峙した。

よろけながら立っているメルクボア。火の魔法で倒せなかったが、それなりにダメージは与えられたようだ。

弱っているなら、先手を打とう。対峙しているメルクボアに向けて手をかざして魔力を高めていく。今度は風弾の衝撃を与えてみよう。

本当に弱っているなら風弾で倒れてくれるかもしれない。集中して風弾を作り上げていく。メルクボアはまだフラフラしていて攻撃を仕掛けてくる気配はない。

風弾ができあがった。メルクボアの頭に狙いを定めて、風弾を放つ。ドンッという音と共に放たれた風弾は真っすぐに飛んでいき、メルクボアの頭にぶつかった。

その衝撃でメルクボアが前足の膝を地面についた。だが、体は倒れない。威力が足りないらしい。再び風弾を作っていく。

よろよろと立ち上がるメルクボア。そこに風弾を打ち込んでいく。ドンッと音を出して飛んでいく風弾はメルクボアの顔面にぶつかった。

またガクッと前足の膝をつくが、倒すには至らない。風弾ではダメージしか与えられないようで、違う手段が必要だ。

弱っているなら剣で攻撃してはどうだろう。でも、無闇に近づいて牙で突き上げられたら大変だ。やっぱりここは慎重にいこう。

「ブホオォッ」

前足で地面を踏み出した、攻撃をする気だ。まだ体はフラついているが、攻撃する元気があるってことだよね。うん、慎重にいって正解だったな。

そんなことを考えていると、メルクボアが駆け出してきた。ダメージで速さが落ちているようで、前よりは遅くなっているから避けやすい。

ある程度引きつけたら、横にジャンプして避ける。するとメルクボアは通り過ぎていってしまう。

その姿を目で追うと、大きく旋回をしてまたこちらに向かってくる。

その間に次の魔法を試す。雷だ。手をかざして魔力を高めていく。どんどん膨らんでいく魔力を外に出さないように意識していった。

視線を向けると、すぐ目の前までメルクボアが迫ってきている。タイミングを見計らって、横にジャンプ。そして、手をメルクボアにかざす。

バリバリバリッ
溜めた魔力を一気に雷の魔法に変換してメルクボアに放った。

「ブホォッ」

ビクンと震えたメルクボアが足をもつれさせて、地面に転がった。走った勢いのまま草の上をゴロゴロと転がっていくメルクボア、止まったのは十メートルくらい離れた位置だ。

そのままで様子を見る。メルクボアの体がビクンと何度も痙攣しているようだ、上手くいったのかな。近づいていこうとすると、メルクボアの巨体がうごめきだした。

ゴロゴロと左右に揺れるメルクボアは地面に足をつき、震えながらももう一度立ち上がった。

威力が足りなかったのか、それともメルクボアの皮が厚すぎて体の奥まで雷が届かなかったのか。どちらにしても、もう一撃くらわせる必要がありそうだ。

手をかざして魔力を高めていく。メルクボアが走り出した、先ほどよりも遅い。その隙にどんどん魔力を手に集中させて、次の魔法の準備を終わらせる。

目の前までメルクボアが迫ると、横にジャンプして避ける。そして、通り過ぎようとしたメルクボアに向けて雷の魔法を放つ。

　バリバリバリッ

「ブッ」

　感電で体が硬直したメルクボアは転倒し、ゴロゴロと草の上を転がって止まった。ビクンビクンと体が跳ねており、雷の攻撃が効いたことが分かる。

　しばらく様子を見たが、起き上がる様子はない。おそるおそる近づいて行ってみる。

　横たわったメルクボアはビクビクと動きはするものの、起き上がる様子がない。顔を見てみると、鼻息が漏れているだけで鳴きはしなかった。

　トドメを刺すなら今だ。剣を抜き、メルクボアの頭に剣先を向ける。体中に魔力を纏わせて、身体強化をした。

　三倍くらいの力になるように調節すると、力いっぱいにメルクボアの頭を刺した。すごく硬くて刺し辛かったけど、なんとか剣の半分以上は刺せた。

　するとメルクボアの体がビクンと痙攣した後、ぐったりとして動かなくなった。メルクボアの討伐完了だ。

　剣を抜いて身体強化の魔法を切る。改めてメルクボアの体を見てみると、自分の体よりも大きな姿に感嘆してしまう。ランクが上がると魔物の大きさも大きくなっていくのかな。

　とにかく、メルクボアを倒すことができた。喜びもあるけど、それ以上に疲れがあった。魔法を連発していたことと、メルクボアの攻撃を一発でも食らったらお終いだったという緊張感からだ。

　つい、その場に座り込み大きく息を吐いた。

「楽じゃないなぁ」

討伐料と買い取りの高さに目がくらんで意気揚々と戦い始めたが、現実は厳しかった。高いにはそれなりの理由があるとは分かっていたけど、本当の意味で分かっていなかった。

一撃で仕留められるのはEランク以下の魔物だけ、Dランクから世界が変わったような強さになっていた。自分の強さはそんなに変わらないのに相手にする魔物がどんどん強いものに変わっていくのは恐怖だ。

ただ倒していくだけじゃダメ。自分もランクに合わせて強くなる必要がある。もたもたしていたら、倒せない魔物ばかりになってしまう。

Dランクでしっかりと魔物と戦い合えるまでどれくらいの時間がかかるかは分からないが、地道にやっていこう。きっと今日よりも明日、明日よりも明後日には強くなっているからね。

ちょっと落ち込んじゃったけど、倒したことには変わらない。ここは素直に喜んで、ありがたく報酬をいただくことにしよう。

背中からマジックバッグを外すと、三つ折りになっていた部分を広げる。とても広い入口になり、それをメルクボアの頭に被せた。

さて、これをどうやってマジックバッグに入れようか。メルクボアを押して入れようとするが、重たくて全然動かない。

ということは、マジックバッグを動かした方がいい。マジックバッグを動かすと、するするとメルクボアが中に入っていく。あ、討伐証明を切り取るのを忘れていた。

メルクボアを途中まで入れて放置すると、ナイフでしっぽを切り取って袋に入れた。それからまたメルクボアをマジックバッグの中に入れていく。

完全に入り持ち上げてみると、マジックバッグが少し重たくなっていた。あの巨体をここまで軽くできるマジックバッグはすごい、これで冒険者ギルドのカウンターまで持ち込めるね。

マジックバッグを背負い、再び歩き始める。今日はあと二体くらいのメルクボアを倒していきたい。中々見つからないメルクボアを探して平原を歩き回り始めた。

メルクボアの戦いには雷が有効だと分かったから、二戦目からは雷をメインの攻撃にした。

メルクボアとあうと、まず水魔法で水を何度かぶっかける。一回の感電で倒れなかったメルクボアが感電しやすいようにした。

実際に水を被ったメルクボアに雷魔法を打ってみると、一回では倒しきれなかった。やっぱり皮が厚いとか体が大きいとか、そんな要因があるんだろうな。

仕方がないので二回の雷魔法を放つ。すると今度は地面に倒れたままで起き上がらなくなった。そこでトドメを刺した。

三戦目は水魔法で水を何度もぶっかけた後、雷の魔法を強くした。二突進くらいの時間をかけて、魔力を高めてできる限り威力を強くする。

その雷魔法を放つとメルクボアは倒れた。だけど、それでも起き上がってきた。動きが前よりも鈍くなっているのはいいけど、立ち上がる元気が残っているのがダメだと思う。

今回も二回の雷魔法を放って、完全に動けなくなった後にトドメを刺した。これなら二戦目のやり方のほうが確実だ、今度からは二戦目のやり方でいこう。

魔法はまだまだ威力不足でトドメをさせるほど強くはない。集中的に鍛えれば強くはなるんだろうけど、その時間があれば働いていたほうがいい。

うーん、魔物を倒すのにどんどん魔法を使って強くしていかないとな。まだ地道に戦って強くなっていくしかないね、頑張ろう。

50　平原の一日

町の北側には一本の長い道があり、その右側には平原が広がり奥には丘もあった。その平原にはDランクの魔物、ゴブリン、ハイアント、メルクボアがいる。

ハイアントとは一週間、しっかりと戦って倒し方を学んだ。メルクボアとは三日間戦って戦い方を学んだ。

Dランクのゴブリンとはハイアントとメルクボアの戦闘の時に乱入してきたので、その時に戦い方を学んだ。これでまんべんなく戦い合えたと思う。

そして、今日から相手を選ばずに戦おうと思う。いつもは探す時間がかかっていたんだけど、今日からはかからない。それだけで戦う回数は増えてくれるだろう。

ようやく魔物討伐での報酬稼ぎが始まる。戦いの本番だ。

平原にやってきた私は周囲を見渡して魔物の姿を探した。障害物のない平原は見渡しやすくて、すぐに魔物の姿を見つけることができた。

遠すぎて何がいるか分からない。駆け足で近寄ってみるとそれはゴブリンだった。獲物を確認すると剣と弓、ゴブリンソードとゴブリンアーチャーだ。

初めの魔物は決まった、ゴブリンだ。剣を抜いて駆け足で近寄っていく。すると、ゴブリンたちはこちらに気がついた。そこで一度足を止める。

十五メートルくらい離れた位置で剣を構えて待つと、ゴブリンソードが剣を構えて近寄ってくる。ゴブリンアーチャーは弓に矢を番えて、こちらに狙いを定めた。

にじり寄ってくるソードと、弓矢で狙ってくるアーチャー。ソードとの距離を計りながら、アーチャーにも気を配る。先に攻撃を仕掛けてくるのはどちらか。

待っていると先に動いたのはアーチャーだった。弓矢を上に向けると放ち、放物線を描きながら矢がこっちに降ってくる。それを待っていたかのようにソードがこちらに向かって駆け出してきた。

「グギャギャッ」

矢のほうが速い。その場から横にステップを踏んで矢の射線から外れる。すると、すぐ目の前までソードが迫ってきた。

振り上げた剣が襲い掛かる。それをまた横にステップを踏んで避けた。ブンッと音を立ててソードの剣が空を切る。

私はそのソードを無視して、アーチャーに標的を定める。魔力を高めて体に魔力を行き渡らせる、身体強化だ。全力でアーチャーに向かって駆け出した。

「グギャッ!?」

驚いているアーチャーは急いで弓矢を番えようとするが、手元がおぼつかないようだ。その隙にアーチャーとの距離を詰める。

そして、アーチャーが弓矢を番えるよりも速く間合いに入ることができた。流れるように下から剣を切り上げる。

「ギャーッ」

腰から肩にかけて切り上げた。手元の柄をくるりと回し刃を返すと、今度は首を狙って剣を切り下げる。

「ギッ」

首を切られたアーチャーは悲鳴を上げられずにその場にぐしゃりと倒れた。すぐに振り返り、ソードの位置を確認する。こちらに向かってきているが、まだ距離は離れていた。

ソードだけなら身体強化がなくてもなんとかなる。魔力を節約するために身体強化を切った。剣を構えてソードを待つ。

ソードが近距離まで近づいてくると、地面を蹴って跳んで襲ってきた。

「ギャギャッ」

剣を前に構えて飛び掛かってくるソード、それを横にステップを踏んで攻撃を避ける。一撃を避けられたソードは地面に着地すると、低い姿勢のまま剣を横に振ってくる。

脛に当たりそうな斬撃を後ろに跳ぶことで避ける。それで止まることなく、すぐに前に跳んで剣を振った。だが、浅かったのかソードの腕を切りつけることしかできない。

「グギャッ」

腕の痛みに驚いたのか、ソードも後ろに跳んで距離を取ってきた。お互いに睨み合い、動かない。

なら、今度はこっちから仕掛けよう。無防備に駆け出していく。ソードはにやりと笑って、剣を構える。タイミングを合わせてソードは剣を振ってくるが、そうくると思ったよ。

こちらもタイミングを合わせて、剣を持っている腕側にジャンプして避ける。ブンッとソードの剣が空を切る音が聞こえた。

一撃を避けた私は剣を持つ腕に向かって剣を振るった。肩から肘にかけて深い一撃を与える。

「ギャーッ」

その攻撃でソードは剣を落とした。今がチャンスだ、すぐに背後に回り込んで背中をバッサリと切る。まだ倒れない。今度は剣を横にして構えて、ソードの背中の中心を狙って力強く突き刺す。

「グギャッ、ギャッ……」

ソードの体が硬直して震え出す。剣を強く引き抜くと、ソードは膝から崩れ落ちて地面に倒れた。

剣先で突っついてみるが、動く気配はない。ゴブリン戦に勝利したみたいだ、ホッと息をつく。

一度周りに魔物がいないか確認してから、討伐証明を切り取って袋に入れていく。それから再び魔物探しが始まる。

平原を歩きながら魔物の姿を探す。歩いて十分くらいだろうか、魔物の姿を発見した。近寄って見てみるとそれはハイアントだ、一体でいる。

今度はあのハイアントにしよう、剣を抜いて駆け寄って行く。どんどん近くなるハイアント、このまま気づかないかな？

そう思ったのだが、ハイアントはこちらに気づいてしまった。十メートル離れた位置で立ち止まり、剣を構える。一対一なら身体強化なしでいこう。

　顎をギチギチ鳴らしながら、ゆっくりと近づいてくるハイアント。お互いに睨み合っていると、しびれを切らしたハイアントが向かってくる。

　前足を上げていないから顎の攻撃がくる、腰を少し低くして避ける準備をした。目の前まで迫ってくると開いた顎で噛みつこうとしてくる。

　ガチンッ
　その前に後ろにジャンプして避ける。だが、ハイアントの追撃は止まらない。器用に後ろ足を動かして、何度も頭を突っ込んで顎で攻撃してくる。

　ガチンッ　ガチンッ
　攻撃するまでの予備動作があるので避けやすい。あとはタイミングを合わせて……ここで剣を振り落とす！

　バキッ
「キィィッ」

　ハイアントの頭にヒビが入った。その衝撃に堪らずハイアントが前足を持ち上げて悶える。その隙をついて、左の前足に向かって剣を振る。

　パキッと外殻が壊れる音がしたが、切り落とすまでには至らない。ここで一旦距離を取る。

　前足を上げたままこちらを睨むハイアント。動きがないな、と思っていたらいきなり動き出した。後ろ足で器用に動き、前足を上げて攻撃してくる。

　棘のついた前足を後ろに伸ばして、前に向かって突く。左、右、左、右。交互に出して襲い掛かってきた。

　こちらも予備動作があるのでタイミングさえ合わせれば避けやすい。危なげなく避けていくと、タイミングを合わせて左の前足を狙って剣を振るった。

　バキッ
　先ほど当てた部分からずれてしまった。もう一回だ。右を避けて、左を避けて、ここで剣を振るう。

　見事に命中して左の前足を切り落とせた。

「キィッ」

　また前足を上げたまま悶えるハイアント。隙ができた。剣を高く掲げると、ハイアントの頭目がけて剣を振り下ろす。

　バキンッ
　ハイアントの頭に大きなヒビが入った。あと二撃、いや一撃で仕留めたい。ハイアントと距離を取り、最後の一撃を与える隙を待つ。

　じっとこちらを睨み続けるハイアント。きっとどうやって攻撃を仕掛けようか考えているんだろう。私はタイミングを合わせて攻撃するだけだから、ハイアントが行動してから動く。

　睨み合いが続いていると、ハイアントは前足を下ろして突進してきた。よし、顎の攻撃だ。

　顎を開いて迫ってくるが、閉まる前に後ろへ跳んで攻撃を避ける。そして、すぐに前へ一歩踏み込む。振り上げた剣に力を込めて、強く剣を振るった。

　バキンッ
「キィイイイッ」

ハイアントの頭が深く陥没して、悲鳴を上げた。すぐに後ろに跳んで距離を取って様子を見る。体をブルブルと震わせたまま動かなくなった。

もう一撃必要かな、と思った時だ。ハイアントはぐしゃりと地面に落ちて沈黙する。もうピクリとは動かなくなった。

近寄ってみても動く気配はない。早速討伐証明である右の触覚を切り取って袋に入れた。

一日は始まったばかりだ。

「いただきます」

平原にシートを敷いた上で昼食を食べる。今日はパンと肉と野菜の煮込み料理だ。煮込み料理は専用の入れ物を買ったお陰で外にいても食べられるようになった。

マジックバッグの時間軽減のお陰でパンはまだほのかに温かいし、煮込み料理も少しだけ湯気が出ている。二つとも丁度いい温度だ。

パンをちぎってスープに浸して食べる。ジュワとスープが染み出してきて、肉と野菜の旨味に合わせてパンの素朴な味を感じた。うん、美味しい。

どこまでも広がる平原を見渡し、雲が点在する青い空を見上げて食べ進める。周りには魔物がいないし、休憩するにはもってこいだ。

スプーンで肉をすくって食べると口の中でホロホロと崩れて、何とも言えない食感に頬が落ちそうになる。トロトロに煮込まれた野菜を頬張ると、口の中で簡単に崩れて野菜の甘みが広がった。

景色を楽しみながらの食事は美味しいな。戦闘の疲れも癒えていくようで気持ちがいい。

あっという間に昼食を食べ終えて、食後の休憩に入った。周囲に魔物がいないことを確認してからブーツを脱いで、シートの上に足を投げ出す。

大の字に寝転がって青空を見上げた。何も考えずにボーッとする。すると、スーッと疲れが抜けていくような感覚になって気持ちがいい。

少しずつ元気が戻って来ているようで、いい感じだ。そのまましばらく横になって空を見上げていた。

休憩も終わり、お仕事の時間になった。大きく背伸びをして、力を抜く。ふぅ……よし、元気いっぱいだ。頑張って倒していこう。

周囲を見渡しながら魔物の姿を探していく。見渡しやすいのはいいけど、広すぎて魔物がばらけていることが多いため、その分見つけにくくなっている。

こっちの方向かな、あっちの方向かな。うーん、あっちにしよう。

方向を決めて歩いていくと、遠くに魔物の姿が見えた。ようやく見つけた魔物の姿に駆け足で近寄っていく。

だんだん大きくなる魔物の姿はメルクボアだった。よし、ようやく今日一体目のメルクボアだ。しっかり倒して報酬をゲットしよう。

近づいていくとメルクボアもこちらに気づいたのか、顔をこちらに向けてくる。十五メートル離れた位置で立ち止まると、メルクボアが前足で地面を踏み始めた。

剣を構えずに手をかざす。魔力を高めて、意識を集中する。魔力を水魔法に変換して、かざした手の前で水球を作っていく。

「ブホォッ！」

メルクボアが駆け出してきた。ギリギリまで引きつけて、横に向かってジャンプをする。

今までいたところにメルクボアが牙で突き上げてきた。その隙にメルクボアの体に水球を放つ。

水球がぶつかると破裂して水になってメルクボアを濡らす。もちろんダメージは全くない。

メルクボアと距離を取るように後ろ向きで走り、もう一度手をかざす。魔力を高めて、手に集中させ、水球を作っていく。

「ブホッ！」

体をこちらに向けてまた走ってくる。先ほどと同じようにギリギリまで引きつけて、今度は水をかけた側とは反対に向かってジャンプした。

空振りになる牙での突き上げを見ながら、もう一度メルクボアの体に向かって水球を叩き込む。バシャンッと音を立てて水球が破裂して水浸しになる。

また距離を取り、水球を作っていく。メルクボアは飽きずにこちらに体を向けて、再び駆け出してきた。

最後は水球を放ってからギリギリまで引きつけ、横にジャンプして避ける。その直後にメルクボアがやってきて、牙で突き上げてくる。

あの一撃を食らったことはないが、食らったら痛いじゃすまないと思う。骨折するくらいは威力がありそうだ。

距離を取るためにその場を離れて、また手に魔力を集めていく。沢山水をぶっかけたので準備が完了した、次は雷魔法だ。

体中にある魔力を手に集め続ける。魔力が漏れ出さないようにしっかりと意識をしていく。

その最中にメルクボアは体をこちらに向けて駆けてきた。流れ作業のように変わらない動きだ、でもそのお陰で優位に立てている。

ぎりぎりまで引きつけて、横にジャンプする。誰もいないところで牙を突き上げるメルクボア。だけど、今度は前と同じではない。

一気に魔力を開放して、雷魔法に変換して放つ。

バリバリバリッ
「ブッ！」

閃光がほとばしり、メルクボアの体が感電して大きく震えた。すると、ぐらりとメルクボアの体が傾き地面に倒れる。

いつもならなんとか踏ん張っているのに、今日は倒れてくれた。でも、まだ安心はできない。いつも通りに二回の雷魔法を食らわせよう。

手をかざして魔力を高めていく。手の先に魔力を集めていき、メルクボアが起き上がる前に雷魔法を放つ。

音を立てて雷がメルクボアの体を駆け巡る。ビクビクと巨体が震えているのを見ながら、魔法を出し終えた。

足をピンと張って痙攣するメルクボア。これならもう大丈夫だよね。剣を抜いてメルクボアの前に立つ。

剣先を頭に向けて、体の魔力を高めて身体強化をする。三倍の力になるように調節すると、力を込めてメルクボアの頭に剣を突き刺す。

かなり刺し辛かったがなんとか剣の半分以上を刺せた。ビクビクと震えていたメルクボアの体がひときわ跳ね上がった後、ぐったりと力が抜ける。

メルクボアの討伐完了だ、力を入れて剣を抜いて身体強化の魔法を切る。今回は雷魔法の一撃で倒れてくれたから、二撃目が楽に放てて良かった。

討伐証明のしっぽを切り取り、袋の中に入れる。背中からマジックバッグを外して、三つ折りになった部分を広げた。

それからメルクボアの頭をすっぽりと入れると、マジックバッグを動かしてメルクボアを中に収納する。全て入れた後のマジックバッグは以前に比べて重くなっていた。

すぐに他の魔物を探し始める。平原を歩きながら、時々立ち止まって辺りを見渡す。その繰り返しをしていると、遠くに魔物がいるのが見えた。

駆け寄って確認すると、ハイアントが二体並んで歩いていた。次の標的が決まった、始めは身体強化をして戦おう。

二倍くらいの魔力を高めるとハイアントに向かって走っていく。

◇

「あー、今日も疲れたー」

ようやく冒険者ギルドに辿り着いた。ちょうど賑わっている時間帯なので、列に並んでいる人は多い。

討伐で疲れた体を引きずりながら列に並んで自分の番を待つ。一日で色んな魔物と戦ったので、体の疲れが大きい。

魔物によって戦い方が違う。毎回気を配るところも違うから精神的にも疲れる。Eランクの魔物と対峙していた時とは全然違う疲れがあって辛い。

フラフラになりながら、列が前に進んだら一歩進んで、またフラフラ立っている。そんな繰り返しをしていると、ようやく自分の番がやって来た。

「冒険者証です。討伐証明と素材の買い取りお願いします」

「カウンターに出してください」

カウンターに討伐証明が入った袋を出し、マジックバッグからメルクボアを出した。

「今から査定をしますのでお待ちください」

受付のお姉さんは袋の中に入った討伐証明の確認をして、メルクボアの状態を確認した。

「終わりました。討伐証明はゴブリンソードが三体、ゴブリンアーチャーが二体、ハイアントが五体、メルクボアが一体ですね。メルクボアの買い取りは状態がいいので四千ルタになります。合計で二万千ルタです」

「二万ルタを貯金でお願いします」

「かしこまりました。では千ルタのお渡しです」

受け取ったお金を硬貨袋に入れて、お辞儀をしてからカウンターを離れる。

んー、今日も終わったー。慣れた戦闘の連続だから疲れないと思ったけど、思った以上に疲れている。

一日で色んな動きをするから、体がそれに慣れていないのかな。

しばらくはこんな疲れと戦うことになりそう。もっと体力が欲しいな。そのためにもいっぱい食べないとね。今日も美味しいご飯を食べに行こう。

51　平原戦闘生活の一か月後

平原でのDランクの魔物の討伐を始めてひと月が経った。討伐は順調に進み、安定した収入も得られた。

一日二万ルタ前後を稼げるようになり、貯金額は三百二十五万になった。このお金は大事にとっておいて、いつか一人暮らしをする時に使うんだ……それかいざという時に。

魔物との戦闘も安定して討伐できたと思う。気は抜けないけど、毎日討伐し続けてDランクの魔物と戦う自信が少しはついてきた。

それでもまだ一か月だ、慣れたと思っていても油断は禁物。普通の冒険者に比べて体力も力も劣っているんだから、いつ何がある分からない。

いつかCランクに行くんだから、Dランクの魔物が楽勝と思えるくらいになるまで強くならなくっちゃね。この討伐生活もまだまだ続けていこう。

色んなことを考えながら歩いていると冒険者ギルドに辿り着いた。いつものように中に入ると、混み合う前のギルドで列に並んでいる人も少ない。今日は早く帰ってこられたようだ。

列の最後尾に並んで待ち、しばらくすると自分の番が来た。いつものように冒険者証を出し討伐証明の確認と素材の買い取りをお願いする。

精算してその場を離れた時だった。

「リル！」

自分の名前が呼ばれて振り返ると、そこにはロイがいた。

「ロイさん、お久しぶりです」

「久しぶり。全然会わないからいついるんだろうって思ってたけど、早い時間に帰って来てたんだな」

「お互い帰ってくる時間が違ったんですね」

「俺は家が町中だし、夜の食事だって家で取ってるしな。時間ギリギリまで討伐してたんだよ」

久しぶりの仲間と出会い会話が弾んだ。

「ちょっとそこの待合席で喋らないか？」

「いいですよ、今日は早く帰ってこられたので時間があります」

「なら、ちょっと待っててくれ。今から報酬受け取りにいくから」

そう言ったロイは列に並びにいった。私は待合席に座りロイを待つ。しばらくするとカウンターからロイが戻ってきた。

「お待たせ」

久しぶりに見るロイは装備が変わっていた。革の鎧が鉄の鎧に変わり、メイスが以前よりも大きくて鋭くなっていた。それに背中に背負うマジックバッグらしき鞄だ。

「ロイさんの装備かなり変わりましたね」

「そうだろう？　あれから全部新調したんだよな、それに念願だったマジックバッグも新品で買ったしな。でも、お陰でお金がなくなっちゃったよ」

嬉しそうな顔をして席に座ったロイ。あのお金をほとんど使っただなんて大胆だな。あ、私も前はそうだったか、人のことは言えなかった。

「あれから四か月経ったけど、リルは何してた？」

「三か月くらい町の中で働いてました。そのあとに魔物討伐を開始して、一か月前くらいからDランクの魔物を討伐してます」

「ふーん、本当に町の中の仕事もやっているんだな。俺はDランクの魔物の討伐を始めて三か月とちょっとくらいだ。あの後二週間くらい休んでたからな」

お互いの近況を報告しあった。働き始めは私のほうが早かったけど、討伐するのはロイのほうが早かったらしい。

「町の中と外、どっちが稼げた？」

「外のほうが稼げましたが、中のほうがきつくないですね」

「ふーん、俺は結局外だけにした。中の仕事の話を聞いてもよく分かんなかった」

「自分に合ったやり方でいいと思いますよ」

以前町の中の仕事のことをすすめてみたがどうやらロイには合わなかったらしい。仕方がない。向き不向きというものがあるんだから。

「で、今はどこで討伐しているんだ？」

「今は北側の平原で戦ってます」

「あー、あそこか。俺は今森で戦っているんだ」

「森というとエイプですね」

「あぁ、時々ゴブリンとメルクボアも混ざっているけどな。エイプを中心に戦っている」

どうやらロイは森で戦っているようだ。だから平原で戦ってもロイの姿を一度も見たことがないんだな。

エイプのことならロイに聞いた方が良さそうだ。

「エイプの戦闘のこと教えてもらってもいいですか？」

「あぁ、いいぜ。そっちもハイアントとメルクボアの戦い方を教えてくれよ」

「いいですよ。なら私からお話ししますね」

お互いに戦いの情報を共有し合う。ハイアントの攻撃パターンと攻撃するタイミングを教え、メルクボアは魔法をメインにして戦っていることを教えた。

真剣に聞いていたロイは感心したようにため息を吐いた。

「はぁ、やっぱり魔法はいいな。そんな手でメルクボアを倒していたなんて」

「すいません、討伐の力添えができなくて」

「メルクボアは仕方ないけど、ハイアントは参考になったよ。なるほどね、攻撃パターンがあるのか、それに合わせて攻撃をやれば簡単に倒せそうだ」

なるほどと強く頷いたロイ。良かった、少しはためになったかな。

「次は俺だな。エイプの攻撃方法は飛び掛かっての噛みつきと爪によるひっかきだな。あと、時々だが動きを止めるために腕や足なんかに抱きついて来るから注意な」

「近づいてきたら注意ですね」

猿型の魔物だから、脅威となるのは牙と爪くらいだ。それにさえ注意をすれば攻撃を受けることはなさそう。

「あいつらの動きは速いから注意しろよ。なんていうか追いかけるよりも、追いかけられたほうが仕留めやすいっていうか……まぁリルは速いから大丈夫だろう」

追いかけるよりも追いかけられたほうが仕留めやすい？　追いかけたら逃げるっていうことでいいのかな。

案外エイプって臆病なのかな、でもそしたら追いかけてこないと思う。臆病じゃなくてずる賢いっていう感じなのかもしれない。

「あ、大事なことを忘れてた。あいつら仲間を呼ぶんだ」

「仲間、ですか？」

「あぁ、立場が追い込まれた時とか怪我をした時にな、大声で鳴いて仲間を呼び寄せるんだ。その声にエイプが集まって来たり、ゴブリンが寄って来たりもする」

たしか本には複数で行動するって書いてあったから、仲間を呼ぶこともあるのもしれない。そうか仲間を呼ぶ魔物だったのか。事前に知れてよかったな。

あの本には書いてなかったけど、追記したほうがいいのかな。この情報は他の人にも知ってほしい。

「仲間を呼ばれないために、俺は一撃でエイプを仕留めることにしてるんだ。残りの数が少なくなると、逃げることもあるからな」

「なるほど。素早くて厄介で、仲間を呼ぶ魔物ですか」

「こんなことしか分からないけど、役に立ったか？」

「はい、今度戦ってみようと思います」

いつかは倒したいと思っていた魔物だ、これを機に森にも行くのがいい。

「良い狩場が見つかったらまた一緒に戦おうな」

「はい。私も良い狩場を探してみますね」

52 エイプ戦

ロイと久しぶりの再会を喜んだ翌日、北側の森にやってきた。目の前に広がる森は東の森よりも木が高く生えていて、森全体が大きく感じる。

猿の魔物、エイプがいる森だから木が大きいのかな。それとも木が大きいからエイプが生息しているのかな。

東の森に比べて背の高い木ばかりで、木と木の間隔が広く感じる。これなら魔物を見つけやすいし、戦いやすいと思う。

おそるおそる森の中に入って行く。まだ魔物の気配もなく、普通にしていたら何も音が聞こえない。

早速聴力強化をしてみる。耳に手を当てて魔力を耳に集中させて強化をした。近くに魔物はいないようだが、遠くで何やら声が聞こえてくる。聞いたことのない声だ。

でも、あまりにも遠くて場所は特定できなかった。聴力強化を切り、森の中を歩いていく。周辺には魔物がいなかったから、今は魔物に襲われることはない。

森の中を進みながらエイプとの戦闘のことを考える。

エイプの体長は百二十センチ、私よりも低い。でも、猿の魔物だから手は長そう。攻撃するリーチ差ってどれくらいになるんだろう。

攻撃方法は手を使ってくるけど、多分足にも注意をしたほうがいいよね。一番気を付けないといけないのが手、注意しないといけないのが足、な感じかな。

飛び掛かってきたら要注意だ。爪でひっかく攻撃や噛みつき攻撃があり、近寄ってきたら攻撃する時だから注意をする。

猿の魔物だからしっぽもあるはずなんだけど、しっぽで攻撃することってあるのかな？　ロイは何も言っていなかったから、しっぽでの攻撃はないかな。

複数で行動するって書いてあったから、初遭遇の時に一体でいることはなさそうだ。初戦から複数で戦うことを考慮しておこう。

できるかぎり少ない数がいいんだけど、何体ぐらいになるんだろうか。その辺りもロイに聞いておけば良かったな。そしたら心構えができていたはずだから。

追いかけると逃げる、って言ってたけど攻撃しようとしたら逃げるってことだよね。それでエイプから攻撃する時は近寄ってくると。

戦闘スタイルが変わってきそう。今までは魔物のほうが積極的に襲い掛かって来たけど、エイプとの戦いではそうはならない。

ロイは攻撃力があるから一撃で仕留められるけど、私は一撃では仕留められないかもしれない。その辺りも苦戦する要因になりそうだ。

今までとは違う戦い方、倒すまでには二撃以上の攻撃が必要になる、しかも追い詰められたら仲間を呼ぶ。一筋縄ではいかない魔物だな。

この戦いは逃げる事も考慮して戦おう。逃げる、これってちょっと使えるかもしれない。追いかけたら逃げられて、逃げたら追いかけてくるんだよね。

だったらこの習性を戦いに利用できないかな。エイプは知能が高そうな魔物だから、行動の逆手を取るっていうのがいいのかもしれない。

初めて戦う魔物だから不安だったけど、考えていたら大分落ち着いてきた。体力も力も劣っているんだったら、考えることで補うんだ。

今回の戦いにはエイプとの駆け引きがある。その駆け引きに勝って、この討伐を成功させるんだ。

ロイにはロイの戦い方、私には私の戦い方だ。

考えながら森の中を進んでいると、微かに声が聞こえたような気がした。聴力強化をしてその声を拾ってみると、近くに複数の魔物がいるみたいだ。

聞いたことのない声だったから、これがエイプなのかもしれない。とうとうやってきた戦いを前にちょっとだけ緊張が走った。

でも、大丈夫だ。考えることをやめなければ勝機はあるし、いざという時には全力で逃げればいい。前へ踏み出すことが大事なんだ。

頬をペチペチと叩くと「よしっ」と言って気合を入れた。剣を抜き、声が聞こえた方向へ駆け出していく。

進んでいくと魔物の声が大きく聞こえてきた。その中に飛び込まないで、木の後ろに隠れながら先へと進んでいく。

そうやって進んでいくと、木の枝に焦げ茶色の毛むくじゃらの魔物がいた。あれがエイプらしい。まだこちらに気づいていないのか、エイプは寛いでいる。今見えている範囲だと二体見えるが、他にもいそうだ。

そのまま木の後ろに隠れながら移動して、視点を変えた。すると、もう二体いることが確認できた。合計四体だ。

気づかれていないなら、こっちから先制できる。上手くいけば一体は倒れてくれるだろう。というわけで、魔法攻撃だ。

距離は五十メートルくらい、もう少し近づこう。音を立てないように姿勢を低くして、次の木の裏に素早く移動する。

もう少し近づいても大丈夫そうだ。エイプがこちらを見ていない隙をつき、もう一本移動して木の裏に隠れる。

距離は三十メートルくらいだ、この辺りが限界だろう。この距離だと雷と水の魔法は届かない。届くとしたら風か火だけど、一撃で仕留めたいなら一番強い火魔法だ。

木の裏に隠れながら、魔力を高めて手に集中させる。できあがってくる火球にどんどん火を詰め込んでいく。一撃で仕留められるだけの火を込め終わった。

顔だけを木の裏から出して位置を確認する。背を向けて枝の上で寛いでいるエイプが目標だ。一呼吸をすると、木の裏から出て手をかざす。

狙いを定めて、ありったけの力をためて、放つ！　勢いをつけて真っすぐ飛んで行った火球はそれることなくエイプに向かっていき、着弾した。

「ギィィィッ⁉」

突然全身が火で包まれたエイプは枝の上で飛び跳ねて、地面に落ちていった。地面に落ちた後にゴロゴロと転げても火の勢いは変わらない。

「ギィッ！」

「ギギィッ！」

それを見ていたエイプたちは騒ぎ出した。枝の上で騒いだり、地面に降りたりして落ち着かない様子だ。

これはひょっとしてチャンスかもしれない。一気に魔力を高めて体にまとわせて身体強化をする。最大だ。地面に降りて混乱しているエイプに向かって、剣を抜いて全力で駆け出した。

まだ気づいていない、まだ、まだ……こっちを見た。距離は十メートル、いける。

距離を一気に詰めると、エイプは驚きのあまりにすぐに行動に移さない。無防備のまま立ちすくんでいて、隙だらけだ。

間合いに入り、下から剣を振り上げた。

「ギィッ」

その一撃では倒れない。ダメだ、浅い。ちょっと気が逸ってしまったようだ。

柄をくるりと返し、刃をもう一度エイプに向ける。もう一歩深く踏み込んで、力強く剣を振り下げた。

「ギィィィィッ」

深く切られたエイプは断末魔の叫びを上げて、力なくその場に倒れた。よし、これで二体目だ。

すぐに他のエイプを確認すると、枝の上で「ギィ、ギィ」と言って騒いでいるだけだった。火球を受けたエイプは完全に沈黙しており、こちらも倒れたと思っていい。

エイプは枝にいて、威嚇のような声を出して何度も跳ねている。いきなり二体が倒れたから警戒して降りてこないんだろう。

なら、強引に降りてきてもらおう。エイプに手をかざして、風弾を作っていく。この風弾の良い所は目に見えないことだ。

手の前で風が集まっている感覚が強くなり、風弾ができあがった。エイプに狙いを定めて、放つ！

ドンッという音と共に放たれた風弾。目に見えない弾は一瞬でエイプのところに着弾して、枝からはじき出された。

その隙に落ちているエイプに向かって走って距離を縮める。風弾の衝撃で正気に戻れないエイプは体勢をすぐに整えられない。

着地の寸前で体勢を整えて、なんとか両手両足をついて地面に落ちてきた。その時には、私の間合いに入っていた。

「はぁっ！」

剣先をエイプに向けて、剣を突き刺す。

「ギィィッ」

背中に剣が突き刺さるが、一撃では絶命しない。刺すところがダメだった、もっとよく考えて場所を選ばないと。

剣を抜き、今度は頭に向かって剣を刺す。

「ギッ、ギィッ」

ビクンと震えたエイプは静かになり動かなくなった。これで三体目、残りの一体は――。

「ギャアッギャアッギャアッ！」

大声を上げだした。きっとこれが仲間を呼ぶ合図なんだろう、森に響く声を聞いてそう思った。

これからどうしよう。どれくらいの数が来るかは分からないから、リスクを避けるならここで逃げた方がいい。

でも、逃げるのは一番最後に取っておきたい。こんな事態に対処できなければ、この先冒険者なんてやっていけない。

大丈夫だ、本当に危なくなったら身体強化をして森を抜け出せばいい。怖がって萎縮するよりは、どんと構えていこう。

さぁ、どこからでもかかってこい！

エイプが枝の上で大声を上げながら騒いでいる。このまま放置をすると、沢山の魔物が寄ってきて危なくなる。

エイプに手を向けて魔力を高めていく。手の前で魔力を風魔法に変換して風弾を作っていった。攻撃がバレずにあの場所から落とすには風弾が適している。

集中して風弾を作り上げると、騒いでいるエイプに向かって放った。真っすぐ飛んで行った風弾は気づかれることなくエイプに着弾した。

「ギャアッ⁉」

目に見えない衝撃にエイプは驚き、枝から落ちていった。落ちる場所を予測して駆け出す、着地をする前に仕留める。

無防備で落ちてくる今がチャンスだ、エイプが落ちてくる下で待機してタイミングを計った。目の前に来た瞬間に横一閃に剣を振るう。

剣先が捉えたのはエイプの背中だった、これではダメだ。すぐに次の攻撃を仕掛けようとしたが、着地したエイプの行動が速かった。

地面に手と足を付き、すぐにその場を離れるために跳び上がった。だけど、思ったより動きが鈍い。追撃のためにエイプが逃げた先を追う。

まだ私の間合いに入っている、ここは攻撃の一手しかない！

「やぁっ！」

剣を振り下ろし、また横一閃に振り切る。深い一撃ではないが、剣先は確実にエイプに届いている。剣を振るたびにエイプの体の傷が多くなっていく。

「ギィッ！」

地面から飛び跳ねて逃げるエイプ、だけど背中の一撃が効いたのか動きは鈍っている。この追撃を止めないで追い詰めていこう。

体をフラつかせながら逃げるエイプを追う。早く仕留めるために魔力を高めて身体強化の魔法を使う。一気に速度が増した。

ジグザクに逃げはじめたエイプの先を読み、タイミングを合わせて一気に加速する。間合いを詰めた瞬間、剣を振り下ろす。

「ギャアッ！」

深い一撃が入り、エイプは地面の上に転がった。そこへトドメの一撃だ、剣先をエイプに向けて体の中心を突き刺す。

もう逃げられなかったエイプは胸を突かれ、体を震わせた後に力なく地面に横たわった。これで四体のエイプを仕留めることができた。

すぐに周囲の様子を知るため、聴力強化をする。耳をすませば辺りからエイプの声が聞こえてきた。それはだんだんこちらに近づいている。

このまま待つのもいいだろうが、少しでも優位に立っておきたい。声が聞こえなかった方向の木の裏に隠れて、エイプが集まるのを待つ。

息を潜めて待っていると、聴力強化なしの耳でもエイプの声が聞こえてきた。どうやら複数いるようだ。

念のため自分の身を隠せてない方向を確認するが、こちらからはエイプは来ていないようだ。このまま身を隠してエイプが集まるのを待つ。

しばらく待っていると、木々の隙間から動く影を見つけた。木の裏からこっそりと覗くとそれはエイプだった。

次々と来るエイプを数えてみると、合計で四体。先ほどと同じ数になった。今度は警戒している中での不意打ちだが、どうやって仕留めていこうか。

そわそわと辺りを見渡すエイプ、目的の敵が見つからなくて落ち着かないみたいだ。地面を叩いたり、踏んだりして苛立ちを隠せないでいる。

隙を見つけて先制攻撃を成功させたい。ウロウロと歩き回るエイプが少しでも立ち止まってくれたりしたらいいのに。

黙って見ていると、エイプの動きが次第に静かになってきた。落ち着いてくると地面に座ったり、木に登って枝に移動したりする。

まだ警戒はしているようで、周囲を見渡すくらいはしている。こちらの姿を見られないように、木の裏で魔力を高めていく。

先制攻撃は先ほどと同じ火の魔法、一撃で仕留められるように沢山の火を込める。限界まで火球に火を込め終わると、木の裏から覗いてみる。

警戒しながらだが、枝に腰を下ろしている。よし、あのエイプを仕留めよう。

一度木の裏まで戻り、深呼吸をする。力は溜め込んだ、いける。

バッと木の裏から飛び出して、手をエイプに向けてかざす。狙いを定めて、放つ！

ドンッと放たれた火球は真っすぐエイプに向かっていき、後ろ向きのまま火球を体に受けた。

「ギィィィッ⁉」

一瞬で全身を炎に包まれたエイプは枝の上で暴れた後に地面に落ちていった。

「ギギギィッ」

「ギィィ」

「ギャアッ」

周りにいたエイプたちが驚いて騒ぎ出した。全員が燃えているエイプに注目している今がチャンスだ。

剣を抜いて駆け出した。狙うのは地面に降りているエイプだ。こちらに気づく前に一撃を与えたい、身体強化をして一気に距離を詰める。

あともう少しというところで、そのエイプはこちらに気づいてしまった。驚いたような顔をして腰を浮かせる。このまま押し切る！

「はぁっ！」

「ギギッ」

強引に近づくと剣を振るった。その瞬間横に飛び避けたエイプ、剣先は腕を切りつけるだけで終わる。だが、このままでは終われない。跳び避けたエイプを追いかけるように足を前に出す。剣を構えて、もう一度チャンスを狙う。

逃げるエイプを追いかける、身体強化中だから距離は詰められる。あとは剣を振るうタイミングだけだ。

片腕を使えないエイプの動きがどんどん鈍ってくる、ここだ！

「やぁっ！」

逃げる背中を切りつける、深い一撃だ。エイプは姿勢を保てず地面に転がった。そこを追って行く、トドメを刺すまで諦めない。

転がるエイプの体がうつ伏せになって止まると、すかさず頭に剣を刺す。

「ギッギッ」

ビクンと震えるエイプから力がなくなり、ぐったりとして動かなくなった。これで二体目。

「ギィギィッ！」

「ギャアッ！」

残り二体のエイプが騒ぎ出す。突然現れた敵を見て威嚇をしているみたいだ。枝の上で飛び跳ねたり、枝を叩いたりして感情を爆発させている。

二体なら真っ向から戦えるかもしれない、あとはあそこからどうやって降りてきてもらうかだ。身体強化を切り、思案する。

多分警戒しているから、枝から降りてこないんだと思う。警戒を解くにはどんな行動をすればいいいだろう。思わず追いかけてきそうになることは……あ！

そうだ、逃げているようにみせかければいいんじゃないかな。そうすれば、追いかけてくるんだと思う。

この場所には後で戻ってくるとして、今はあのエイプたちが枝から降りてきてもらうのを一番に考えよう。

エイプたちを見てから、背中を向けて駆け足で離れていく。

「ギギギッ」

「ギィィィッ」

エイプから聞こえる声が明らかに変わった。違う意味で興味を持ってくれたみたいだ。そのまま、速くもなく遅くもない速度でエイプたちから離れていく。

「ギィギィッ！」

「ギャアッ！」

声が大きくなったので振り返ってみてみると、枝からエイプたちが降りてきてこちらに向かってきている。作戦は成功だ。

追い付いてこられるように速度を落とすと、エイプたちとの距離が縮んでくる。そして、エイプが先回りをして前に立ち塞がった。

進む先に立ち塞がるエイプ。こちらを威嚇するためか、声を上げて地面を叩く。

「ギィギィッ」

「ギャア」

臨戦態勢に入ったみたいだ。今にも飛び掛かってきそうな勢いがあって、緊張感が増す。

でも、これでちゃんと戦えるようになったっていうことだよね。逃げる行動が誘い込みだったって思われなくて良かったよ。

知恵はあるけどそれほど脅威ではないのかな？　他の魔物と比べたら多少はあるけど、思ったほどじゃなさそうだ。

とにかく、エイプとまともに戦うのはこれが初めてか。不意打ちと強引な突破で倒した時とは違うんだから、気を付けないと。

剣を構えながらエイプの様子を窺う。姿勢を低くして、こちらを睨んできている。攻撃する機会を窺っているんだろうか？

エイプの行動を先に見ておきたいので、こちらからは攻撃を仕掛けない。ある程度、エイプの行動が掴めてから攻撃を開始しよう。

お互いに動かない時間が過ぎていく。だが、それはエイプの声で変わる。

「ギギギッ」

「ギィィッ」

一体が動き出すと、もう一体も動き出した。手と足を使って駆けてくる、攻撃が来る。動きを見逃さないように集中する。

一体目がぐっと姿勢を低くすると、飛び掛かってきた。

「ギャアッ」

素早く横に避けた。次の一体は……そのまま駆けてくる。足元をめがけてずっと駆けてきている、これは何を狙っているのか分からない。

横にジャンプして避けるが、エイプは方向転換して追ってくる。先ほど避けたエイプもこちらに向かってきていた。

「ギャアッ」

またジャンプして襲い掛かってきた。それを避けるために横にジャンプする。そこにずっと駆けて来ていたエイプが襲い掛かってきた。

低い姿勢で腕を振り、脛を目がけて爪で切り裂いてくる。避けきれなかった、ブーツに爪が当たった感触があった。だけど、ブーツが裂けた感触はない。

「ギィギィッ」

爪で攻撃してきたエイプが低い姿勢のまま連続で腕を振るう。尖った爪がまたブーツに当たるが、ブーツは裂けない。これが体に当たっていたら大変だ。

急いで距離を取るために後ろ向きで走る。距離を詰めてくるエイプ、飛び掛かってくるエイプ。両方を相手取るのは大変だ。

早めにどちらかを仕留めないと追い詰められてしまいそうだ。剣を構えてどちらを先に仕留めるか考える。

その時、駆けてくるエイプが一気に距離を詰めてきて口を大きく開けた。危ない、慌てて横にジャンプして避ける。

エイプの噛みつき攻撃だ、きっとドルウルフよりも噛む力は強いだろう。なんとか避けられたと思ったのに、今度は違うエイプが飛び掛かってきた。

「ギャアッ」

避けることができない。咄嗟にしゃがみ込んで、飛びつかれるのを回避した。だが、それがいけなかったのかもう一体のエイプが速度を上げて襲い掛かってくる。

しゃがんだところに、低い姿勢から正面から飛び掛かってきた。それを避けることができず、まんまとエイプに捕まってしまう。

エイプに押し倒されて、牙を向けられる。

「ギギギッ」

片手でエイプの体を押して、噛みつかれるのをなんとか押し留める。それでもエイプは諦めずに力を入れて、体に噛みつこうとした。

早く剥がさないともう一体のエイプが来てしまう。剣先をエイプに向けて、鋭く突き刺す。しかし、分かりやすい攻撃だったのか、簡単に跳んで避けられてしまう。

でも、これでエイプを引き剥がすことができた。すぐに体を起こして、立ち上がる。そこへもう一体のエイプが横から飛び掛かってきた。

避けられずに剣を持っていないほうから体にしがみつかれる。そして、革のグローブに思いっきり噛みついてきた。

牙の感触が革のグローブごしに感じる。だが、牙が革を突き抜けることはない。ただ尖った歯の感触が押し当てられて、腕に強い圧迫感を感じる。

急いで剥がさなくちゃ、剣をエイプに向けて振る。その攻撃を見切られて、すぐに跳んで逃げていってしまう。だが、これでいい。

噛みつかれたところに鈍痛が広がるが、確認することができない。痛みを堪えてエイプと対峙する。今まで散々追いかけ回してくれたエイプの闘争心は消えていない。逃げるどころか、今にも攻撃をしてきそうな雰囲気だ。

きっと敵が弱い存在だと思ってくれているのかもしれない。そうだとしたら、ロイが言っていたやりにくさはなくなったと言ってもいいだろう。

エイプの動きも分かったので、あとはこちらが攻撃に転じるのみだ。剣を構えて、エイプが来るのを待つ。

じっと睨み付けてくるエイプ。攻撃の隙を窺っているみたいで、緊張が増す。今度はどんな攻撃でくる？

「ギィィッ」

「ギャアッ」

来た、さっきと同じ一体が前に出てもう一体が後ろにいる。交互にくるなら先に避けて、次に攻撃をしよう。

前を走るエイプは姿勢をぐっと低くして、飛び掛かってきた。それを横に逸れて避ける、問題は次だ。

次の一体も姿勢をぐっと低くして、飛び掛かってきた。ここだ！

タイミングを見計らって、飛び掛かってきたエイプに剣を振るう。剣先はエイプの体を捉えることができた。胸元をバッサリと切り捨てる。

「ギィィッ」

予期せぬ攻撃を受けたエイプは着地することができずに、地面に打ち付けられて転がった。追撃をしたいが、もう一体のエイプが気になってできない。

そのエイプに視線を向けると、こちらに向かって駆け出してきていた。追撃は諦めて、こちらのエイプを相手にしよう。

姿勢を低くして手足を使い駆け出してくるエイプはそのまま突っ込んでくる。

「ギギィィッ」

そのままの姿勢で腕を振りかぶって、爪で攻撃してくる。一振りを後ろに飛んで避けた。エイプはかわされたことを気にせずに突っ込んできて、腕を振って爪で攻撃してくる。

その度に後ろに下がって避けるが、このタイミングに合わせて攻撃を仕掛けよう。何度かエイプの爪攻撃を避けると、タイミングを合わせて剣を振るう。

「ギギッ」

剣先はエイプの伸ばした腕を切り裂いた。途端に動きが止まり、後ろへと跳んで逃げる。そこを追う。

前へと進み、エイプに向かって剣を振るう。一振り目は避けられた、でも二振り目で顔を切れた。

そこでエイプは後ろ向きで逃げることをやめて、背中を向けて逃げ出した。だが、片腕を切られていて動作がぎこちない。追い込むならここだ。

身体強化をしてエイプとの距離を縮める。懸命に逃げるエイプだが、片腕を使えないため速度が落ちている。

もう少しで間合いに入る。あとちょっと、あとちょっと……ここだ！

完全に間合いに入ると、力の限り剣を振るった。

「ギャアッ」

エイプの背中はバッサリと切られて、その衝撃でエイプは地面に転がった。ゴロゴロと転がって止まると、それ以上逃げるような動きはしなかった。

でも、体が小刻みに揺れていて生きていることが分かる。先ほどの一撃が致命傷に近いものだったらしい、身動きが取れずにいるようだ。

その傍に駆け寄ると、トドメに剣を刺した。エイプは短い断末魔を上げ、パッタリと動かなくなった。

残りは先ほど胸を切りつけたエイプだけだ。すぐにそのエイプに目を向けると、背を向けてゆっくりとだが逃げている様子だった。

急いで駆け寄ると、トドメに剣を刺す。そのエイプも短い断末魔を上げて、地面に倒れて動かなくなった。

「……ふぅ」

戦闘が終了した。長く続いたエイプとの戦いを勝利で収めることができた。じわじわと嬉しさが込み上げてくる。

「よしっ」

ぐっと手を握った。これでエイプとの戦いもこなしていけそうだ。

53　エイプ戦後

周囲に敵がいないか、聴力強化をして探る。微かに魔物の声はするが近くにはいなさそうだ。

そこでようやく肩の力を抜いた。あー、一度に沢山相手をしたからかなり疲れちゃった。

もう一度同じことをやれと言われたらできないかもしれない。それくらい緊張感のある激しい戦いだった。

今にして思えば、一つ間違えれば命取りになっていたかもしれない。今回はたまたま上手くいっただけかも。

戦闘後に思うのはよく無事でいられたということ。今度はもっと慎重に動いてもいいかもしれない。

いや、これくらいが丁度いいのかもしれない。ある程度戦闘経験が積めるのはいいことじゃないのかな。

これからもっと敵が強くなるんだし、この辺りでしっかりと複数相手の戦闘訓練を積んどくのもありじゃないかな。

ハイアントとメルクボアの時はある意味一方的に終わるけど、エイプ戦だとそうはいかない。ある程度は攻撃パターンはあるかもしれないが、不規則な動きや行動を相手取るのは経験になる。

今後、どんな魔物が増えていくのか分からないから、ここでしっかりと経験を積んでいこう。そうすれば、ランクが上がっても敵が倒せないとつまづくことはなくなるよね。

考えるのはやめて色々と確認していこう。まずは噛まれた腕の様子だ。グローブを外して見てみると、内出血しているみたいに赤くなっていた。動きには支障はないけど、触ると痛い。

でも、革が丈夫だったから牙が通らなかったのは良かった。噛まれたグローブを見てみると、穴は開いていない。多少の窪みがあるくらいだ。

大きな怪我じゃなくて良かったよ。グローブをはめ直して、次は足を見る。

ブーツは脱げないから、ブーツの上から脛を押してみる。うん、ちょっと痛い。もしかしたら少しは内出血しているかもしれない。

ブーツのほうは爪の攻撃を受けたが裂けてはおらず、こちらも多少の窪みが出てきているだけとなっている。今回は丈夫な革防具に助けられたのかな。

大した傷じゃないけど、痛いのには変わらない。大事を取って後でポーションを飲んでおこう。痛みで武器を振れませんでした、ていうことが起こらないようにね。

うーん、でもポーションも高いしな。頻繁に飲んでいたらお金もかかっちゃうし、悩みどころだ。半分だけ飲むとか、三分の一だけ飲むとかにしておこうかな。

よし、自分の体のチェックも終わったし、次は討伐証明の刈り取りだね。エイプの討伐証明はしっぽだったね。

腰ベルトにぶら下げたナイフを取って、動かなくなったエイプに近づく。しっぽを掴んでサッとナイフで刈り取る。

一体が終わったら、もう一体に近づいてこっちもしっぽを刈り取る。ここにいるのはこれで全部だ。

残りの討伐証明を取りに行くため、この場を離れた。

しばらく歩いていると、目的の場所に辿り着いた。そこにはいくつものエイプが転がっていて、見ているだけでこの戦いに勝ったんだ、という強い実感が生まれる。

今考えても初めての戦闘であの数を相手取るのは危険だったんじゃないか、と思ってしまう。綱渡りの戦闘だったかもしれないと、少しだけゾッとした。

手に持ったナイフで討伐証明であるしっぽを刈り取っていき、袋に入れていく。全部刈り終わると、しっぽは全部で八本になった。

昼休憩を取ったら、またエイプを探しに行こう。

北の森を出る頃には日が傾きかけていた。それから移動をして町に着く頃には夕暮れになる。ちょっとだけ遅くなってしまった。

駆け足で冒険者ギルドへ行くと、中は冒険者が帰ってくるピークが終わったところだ。列に並ぶ冒険者の数が少なくて、ちょっとだけ気がはやる。

急いで一番少ない列に並んで自分の順番を待つ。ここに並ぶとホッとするのか、どっと疲れが襲ってくる。

初めてのエイプ戦だけど、なんとかなって本当に良かった。怪我も少ししかしてないし、明日も予定通り討伐に行けそうだ。

「次の方、どうぞ」

「は、はいっ」

いけない、考えごとしてたら順番が来ていた。カウンターに駆け寄って冒険者証を差し出す。その次に袋をカウンターに置いた。

「冒険者証と討伐証明の確認をお願いします」

「かしこまりました。少々お待ちください」

受付のお姉さんが冒険者証を受け取り、袋の中身を確認していく。一つ一つ確認していく手は速くもなく遅くもない、しっかりと査定してくれている。

「お待たせしました。エイプが十三体、ゴブリンソードが二体ですね。合計二万六千四百ルタです」

おお、すごい金額になった。遭遇率が良かったから、報酬も高くなったんだね。

「二万五千ルタは貯金でお願いします」

「では、千四百ルタの支払いになりますね。こちらになります」

「ありがとうございます」

いつものように、一部を貯金にして残りを受け取る。受け取ったお金を硬貨袋に入れると、その場をお辞儀して去って行く。

んー、ようやく終わった。それにしても、今日は疲れたな。あんまり食べたくないけど、食べないと動けなくなるし力もつかない。

頑張って食べて、帰ったら体を水拭きして早く寝よう。あー、疲れた。

54　北の森戦闘生活

北の森での戦闘は毎日が新しいことへの挑戦、大変な戦闘が続いた。

平原の戦いと比べたら、北の森での戦闘はとても激しい。定型的な戦闘を繰り返しても平気だった平原の戦いから一変して、北の森の戦いは頭の使い方も重要になってくる。

エイプという魔物はずる賢い。追えば逃げるし、逃げれば追ってくるし、ピンチになれば仲間を呼ぶ。今までの魔物とは全く違う戦闘スタイルだ。

あと一番厄介だと思ったのが、集団で行動するという習性だ。一体でいることは絶対なくて、少なくて二体、多くて七体の集団を見たことがある。

その集団で襲い掛かられ、連携を取りながら攻撃を仕掛けてくる。例えば一体が飛び掛かる攻撃をしたら、他の個体は違う攻撃パターンになったりした。

中には動きを止めるために抱きついてくることもあるから、攻撃だけだと思っていると痛い目にあう。ただの攻撃だけじゃないこともしてくるからとても厄介だった。

それだけでなく、他の魔物よりも素早く行動してくる。今までで一番素早い魔物だから、倒しにくい。私も力よりも素早さを重視している戦闘スタイルだから、同じタイプだとこんなにもやりにくいんだね。

エイプとの戦いは毎日、いいや毎回頭を悩ませている。今までにないほどの忙しい討伐生活だ。

でも、大変だから思う。この生活が楽だと感じた時、私はレベルアップしているんじゃないかって、強くなっているんじゃないかって思う。

Cランクに上がるその時まで、そうなったらいいな。ううん、そうならなきゃいけないんだ。だから、今日も北の森にきた。

木の裏に姿を隠してエイプの数を確認する。枝に三体、地面に二体、合計五体だ。ちょっと多いけど、突破できなくはない。

まずは初撃の火球を与えるエイプをチェックする。後ろ向きに座っているあのエイプにしよう。

その後に地面にいるあのエイプを仕留めて、余裕があればもう一体のエイプにも強襲を仕掛ける。

とりあえず、この動きでやってみよう。魔力を高めて手に集中させる、火球を作り上げていく。

火をいっぱいに詰め込んで、火球を圧縮する。少しは作るのが速くなったかな、火球ができあがった。

木の裏から目標となるエイプを覗き見る。後ろ向きだ、大丈夫。いつも通り、心を落ち着かせるために深呼吸をする。

よし、準備完了だ。木の裏から飛び出して、火球をエイプにかざして放つ！　勢い良く飛び出していった火球を見ながら、剣を抜いて身体強化の魔法をかけていく。

そして、火球が着弾すると同時に駆け出した。

「ギギィィィッ」

火球を受けて燃え上がるエイプを確認して、次の標的となるエイプに視線を向ける。そのエイプは突然燃え上がった仲間を見て驚いていた。

こちらには気づいていない、チャンスだ。ぐんぐん速度を上げていき、距離を縮めていく。あと五十メートル、あと三十メートル、あと十メートル……よし間合いに入った！

「ギギッ！」

ここでようやくエイプが私の存在に気づく。突然のことで対応ができていないらしく、体を硬直させていた。

その隙をつき、剣を力一杯に振り下げた。

「ギギィィッ」

剣は深くエイプを切り裂いた。切った感触だけでこのエイプは倒れると感じられるほどの手ごたえだ。エイプが倒れるのを確認せず次のエイプに視線を向ける。距離にして五メートルくらい、こちらを見て驚いている顔をしていた。

すぐに方向転換をしてそのエイプに駆け寄る。身体強化で速くなった体でエイプが驚いている隙に距離を詰め、あっという間に間合いに入る。

エイプに向け剣を振るった時、エイプの体に動きがあった。後ろに跳んで避けそうになるエイプに向けて剣を振るうが、手ごたえはあまりなかった。

剣先はエイプを掠める。多少の傷はつけられたが、動けないほどではない。剣から逃げたエイプは急いで木に登り、枝に移動した。

「ギギィッ」

威嚇をしてきたが仲間を呼ぶ様子はない。なら、ここは畳みかけよう。手をエイプに向けて、魔力

を高めていく。手に魔力を集めると、風が弾になる。

照準をエイプに合わせて、力を溜めて放つ！　ドンッと発射されるとエイプが落ちてくる場所へと走り出す。

目に見えない弾は無防備なエイプに着弾して、枝から弾き飛ばされる。空中に投げ出されたエイプは何もできない、地面に着くまでが勝負だ。

枝の下まで駆けつけ、あとはタイミングを合わせて剣を振るだけだ。エイプが落ちてくるのを待ち、落ちる速度と剣を振る速度を計算して……振るっ！

下から切り上げられた剣は上から落ちてきたエイプをざっくりと切る。柄を握る手に伝わる感触で仕留めた、という実感があるほどに深い傷を与えた。

受け身を取れないほどの傷にエイプはぐしゃりと地面に落ちて動かなくなる。これで三体目、残り二体だ。

「ギギィィッ」

「ギィギィッ」

残りのエイプは枝の上で暴れていた。威嚇をしているようだが、それ以上の行動は起こさない。

ここは風弾で落とした方がいいか？　そう思っていると、二体は木をするすると伝って降りてくる。そして、距離をあけてこちらを向き、牙をむき出しにしてきた。

どうやら交戦の意思があるようだ。こういう時のエイプは二種類に分けられる。今のように好戦的な態度をとるか、威嚇しつつも距離を取って様子をみるか。

今回は好戦的なエイプに当たったらしい、今にも駆け出してきそうな雰囲気だ。でも、ここで自ら戦いに行くのはダメだ。追ったら距離を取られてしまうから。

だから、こういう時はエイプが先に動くまで待つ。誘い出すように少しずつ後ろに下がっていくと、エイプは離れた距離だけ近づいてくる。

こうして少しずつ逃げているように見せかけると、エイプの腰が上がり早く攻撃に転じてくれる。その待ち時間で魔力を高めて片手に集めておく。

じりじりと後ろに下がり、その距離を詰めるエイプ。そのエイプがとうとう動き出した。

「ギギィィッ」

「ギャアッ」

一体が先に走り、その後ろをもう一体のエイプが追う。片手で剣を構えて、もう片手は魔法の準備をする。

エイプの動きを見極めるため、集中して見た。先に来たエイプは姿勢を低くして、飛びかかってくる。直線的で分かりやすい動きに、横にジャンプして簡単に避けた。

すぐに次のエイプに視線を向けて、魔力を溜めた手をかざす。そのエイプはそのまま突進してきただけど接触する前に雷魔法を放つ。

バリバリバリッ
「ギッ、ギッ……」

直線に放たれた雷はエイプを感電させ、動きを止めた。でも走ってきた勢いを止めることができず、その勢いのまま地面を転がる。

体を硬直させて、その体はビクついている。これで少しの間は動けないはずだ。逃したもう一体のエイプに視線を向ける。

感電したエイプを気にする様子はなく、地面を駆けてもう一度こちらに向かって飛び掛かってきた。

その動きに合わせて剣を振る。

剣先はエイプの顔面に突き刺さり、切った。

「ギギィッ」

顔を切られたエイプはよろけながら地面に着地する。それを見逃さず、逃げられる前にまた剣を振るった。

動き出したエイプの背中に剣先が掠る、ダメだ浅い。エイプはそのままその場を離れていった。追いかけてもいいが、先に仕留めたいエイプがいる。

感電したエイプはまだ起き上がれないのか地面に転がっていた。そこへ駆け寄り、剣先を向けて深く突き刺す。

「ギッ、ギッ」

満足な悲鳴を上げられないまま、感電したエイプが絶命した。さて、残りは傷ついたエイプだけだ。

逃げたエイプを探そうとすると、上から声が聞こえてきた。

「ギャア、ギャア、ギャア、ギャア」

けたたましい叫び声が森中に広がった。まずい、敵を呼ばれてしまう。すぐさま、エイプに向けて手をかざして魔力を高めていく。

手の前に風弾を作り上げ、すぐに放つ。

「ギャア、ギャァッ」

風弾の衝撃によって枝から落とされるエイプ。その真下に急いで駆けつけると、落ちる速度を見極めて剣を振るった。

「ギィィッ」

浅い、もう一撃。地面にぐしゃりと落ちたエイプにもう一度剣を振り上げて、今度は突き刺した。

「ギャアアッ」

今度は手ごたえがあった。エイプはしばらく震えた後、ぐったりと動かなくなる。とりあえず、一段落だ。

さて、今の声でどれだけのエイプが来るのだろう。まだ戦いは終わらない。

55　あれから一か月と嬉しい仕事

傷だらけのエイプが飛び掛かってきた。その動きに合わせて剣を振る。

「はぁっ！」

「ギギィッ」

剣はエイプの正面を深く切り裂く。エイプはそのまま地面に接触して、動かなくなった。戦闘終了だ。

一息をつく前に聴力強化をする。周りの音が大きく聞こえる強化だが、今は草が揺れる音しか聞こえない。

どうやら周りには敵がいないらしい。ここでようやく息をつける。肩の力を抜き息を吐くと、戦闘の疲れがどっと押し寄せてくる。

辺りを見渡すと動かなくなったエイプがあちこちに散らばっている。その数は六体、一か月の討伐生活でこの数を一度に相手できるようになった。

相手にできるといっても無傷ではいられない。時々ではあるがエイプの動きが速くて噛まれたり、引っかかれたりする。綺麗だった革防具も擦れたりし始めた。

でも普通よりも丈夫な革でできているため、破けたりはしていない。お陰で革の下は噛み傷や切り傷はない、圧迫による内出血はしちゃうけどね。

怪我をすることによって戦闘での緊張感が増した。今まで真剣に討伐をしていたつもりだったけど、自分の身に危険が降りかかるとより真剣になる。

意識が変わったのかもしれない。真剣さに鋭さが加わったというか、殺伐としたというか……とにかく真剣さの質が変わった。

すると、自分の動きも変わってきた。より早く確実に魔物を倒すように動き、いかにして少ない攻撃で魔物を倒すかという容赦ない動きに変わる。

命を奪う、それをより明確にした動きだ。様子見が少なくなったんだと思う。時間をかけないように、素早く倒すということが身についてきたみたいだ。

この一か月間、ずっとエイプと戦ってきたけど慣れたという実感はなかった。毎回新しい戦闘を行っているような感覚になる。

激しい動きを要求される戦闘があれば、知恵を絞って駆け引きをする戦闘もある。様々な戦闘をこなしたことによって、戦闘の幅が広がった。

体の動き方、剣の振り方、魔法の使い方。それらががらりと変わり、私自身一皮むけたようにも感じた。

やっている本人がそう感じたんだから、結構変わったと思う。でも、ステータスは変わらなかった。あれから頑張っていたんだけど中々上がらないなぁ。

討伐証明を切り取り、袋に入れる。今日は合計で十六体も倒した。時間制限が無ければ二十体超えもできるんだけど、これはかりは仕方がない。

荷物をまとめると、まだ明るい内に北の森から出て行く。

◇

夕暮れ前に冒険者ギルドに入れた。中は冒険者がいっぱいいたがピークほどではない。大人しく列に並び自分の順番を待つ。

以前なら順番を待っている時は討伐の疲れでフラフラしていたが、今ではそんなことはなくなった。疲れはあるものの、耐えきれないほどではないし、しっかりと立っていられる。

この一か月で成長したんだな、と感じると嬉しくもなる。なんだか一人前の冒険者にでもなった気分だ。

「次の方、どうぞ」

「はい」

考え事をしていると自分の番がきた。冒険者証と討伐証明が入った袋を差し出す。いつもならすぐにでも査定に入るはずなんだけど、受付のお姉さんは何かを見ながら黙っていた。

「リル様ですね。どうやらおすすめしたいクエストがあるようです」

「おすすめのクエストですか？」

「はい。職員一同、このクエストはリル様に受けていただきたいと考えています。もちろん、都合が悪ければ断ってくれても構いません」

指名を受けてクエストを受けることはあったけど、クエストをすすめられたのは初めてだ。一体どんなクエストなんだろう。

「お話の前に今日の査定を済ませますね」

「はい、お願いします」

受付のお姉さんは袋からエイプのしっぽを取り出して査定を始めた。いつも通り素早くでも丁寧に査定していってくれる。

「終わりました、エイプが十六体分ですね。合計で二万八千八百ルタになります」

「二万五千ルタは貯金でお願いします」

「かしこまりました。では残りの三千八百ルタになります」

いつも通りの精算を済ませた。現在の貯金額は三百八万だ、エイプの戦いだけで五十五万も稼いだ。Eランクの時よりも少ないけど、ちょっとやそっとでは大丈夫な収入を得ている。食事だって少しはグレードアップしたし、食事が良くなると体が強くなっていったように思えた。

「クエストの説明に担当のギルド員がお話しします。待合席でお待ちいただけますか？」

「分かりました」

私はカウンターを離れて待合席で座って待つ。どんなクエストだろう。無茶なクエストじゃなかったらいいなー。

　ボーッとしながら待っていると、一人の男性職員が近づいてきた。

「リル様ですね」

「はい、そうです」

「依頼したいクエストについてお話しさせていただきますね」

　そう言った男性職員は目の前のイスに座った。

「まずこのクエストはルーベック伯爵さまのご依頼となっております」

「えっ、領主さまですか？」

　うそ、領主さまの依頼の話だったの⁉　そんな大事なクエストの話を私なんかが受けてもいいのかな。

「この依頼は定期的に冒険者にお願いしていることなんです」

「あの、私なんかで大丈夫なんですか？」

「えぇ。以前はお手すきの冒険者に依頼していたのですが、最近はリル様が冒険者になられて経験も積まれております。それを踏まえてぜひリル様に受けていただきたいと考えています」

　領主さまの大事な依頼なのに、いいのかな。他の冒険者のほうがいいんじゃないかな。不安な顔をするけど、ギルド員の表情はにこやかなまま変わらない。

「ちなみに依頼内容はどういったものですか？」

「依頼内容はですね、難民集落周辺の魔物掃討です」

　話を聞いてはっとした。私に関係あることだ！

「まずこの依頼は定期的にルーベック伯爵さまより出されているものです。難民集落があることは知られており、配給も出していると思います」

「はい」

「町の外に住む、ということは少なからず魔物の脅威があります。西の森は魔物が少ない地域ですが、ゼロとは言えません。そこで定期的にではありますが周辺に近寄ってきた魔物を倒す依頼を出しています」

確かに、魔物が少ない地域だけどゼロとは言えない。今まで私たち難民が町の外でも安全に暮らせていたのは、こういう依頼を領主さまが出していたからなんだ。

それを知って、胸の奥が温かくなった。普通なら居場所なんてない存在だけど、配給をくれるだけでなくて暮らしていける最低限の安全を守ってくれていたなんて。

普段から感謝をしているけど、もっと感謝をしたくなった。ありがとう、領主さま。

「難民のリル様ならこのクエストをより真剣に受けてくださると考えました。期間は五日間、広範囲の魔物の掃討が目的です。報酬は一日二万ルタで、合計十万ルタです」

「受けます、受けさせてください。難民のみんなの安全を守りたいです」

「そう言っていただけると思ってました。では、まずこちらの書類に名前の記入をしてください」

断る理由がなかった。難民の自分が難民のみんなの安全を守ることができる、こんなに嬉しいことはない。

絶対にこのクエストを成功させて、難民のみんなを守るんだ！

56　難民集落周辺の魔物掃討

翌朝、いつも通りに起きる。枯草を盛り、その上に敷いたシーツから体を起こす。

ふわぁっとあくびをして目を擦る。しばらくボーッとして頭の中が覚醒するのを待つ。

「うーん、よく寝た」

うん、だんだん覚醒してきた。そこでようやくその場で立ち上がり、隣に敷いていたゴザの上に移動する。

そこで体を伸ばしたり、回したりして体の調子を確認する。うん、悪いところもなくて今日も問題なくお仕事ができそうだ。

それからゴザの上に用意しておいた服に着替えた。室内に吊るしておいた革ジャケットを羽織り、革のブーツを履く。

洗濯物干し紐に吊るした服を触って乾燥したか確認する。昨日の夜に洗った服は乾いているみたい。このまま置いておいて、帰って来てから畳もう。

剣とナイフがついた腰ベルトをして、革のグローブをその腰ベルトに引っ掛けておく。最後にマジックバッグを背負って準備完了だ。

今日から魔物掃討のお仕事だ、気合入れていこう。まずは難民集落の代表者に話をしないとね。その前に配給のお手伝いをして、朝食を食べよう。

朝の準備を終えると、掘っ立て小屋の家を出た。

広場まで歩いていくと、女衆が朝の配給を作っている最中だった。

「おはようございます」

「おはよう、リルちゃん」

「配給のお手伝いしますね」

「よろしくね」

女衆が仕上げに味見をして完成だ。私は鍋の隣に立って、始まりの合図をいう。

「配給始めます、並んでください」

その声に周囲でバラバラになって待っていた難民たちが列になって並ぶ。大鍋の中から芋を取り出して、並んだ人に次々と渡していく。

私の隣では二人の女性が鍋の隣に立ち、難民が持ってきたお椀にスープを注ぎ入れる。そんな作業を休まず続けていく。

はじめは長かった列もだんだんと短くなっていき、とうとう最後の一人に芋を渡し終えた。これで任務完了だ。

「はい、これがリルちゃんの分ね」

「ありがとうございます」

終わったのを待っていたかのように女性がスープの入ったお椀を渡してくれた。私は芋を一つ貰って、スープを受け取る。

「リルちゃん、こっちこっち」

「一緒に食べましょう」

「はい」

輪になって座っている女性たちに呼ばれて行く。私も地面に座って輪に加わって、一緒に朝食を取った。

輪になって座ると会話も弾んで色んな話をした。仕事の話から、日常のことまで様々な話だ。話を聞いていたり返答していたりすると自分にも話が回ってくる。

「今日のリルちゃんのお仕事は討伐かしら」

「実はクエストを受けたんです」

「どんなクエスト？」

「この難民集落周辺の魔物討伐です」

今日の仕事の話をすると他の女性たちは驚いた声を上げ、次に嬉しそうに声をかけてくれる。

「まぁ、リルちゃんが討伐してくれるのね。頼もしいわ」

「そんな仕事があったのね、全然知らなかったわ。リルちゃん、頼んだよ」

「毎日無事で帰ってくるリルちゃんだもの、大丈夫よ」

様々な反応をみせたが好感触で本当に良かった。

「はい。一体たりともこの集落には近づけさせません」

自信ありげに答えてみせると、拍手が起こった。なんだか恥ずかしい。

その後も仕事の話で盛り上がり、朝食の時間は過ぎていった。みんなよりも少し早めに食べ終わると、早速この集落の代表者のところへと行く。

その人は私と同じで冒険者登録をして日雇いの仕事をしている。今日も仕事があるのか朝食を食べていた。四十代くらいの男性で大柄な体格をしている。

「すいません、お食事終わりましたか？」

「あぁ、どうした？　何か困ったことがあるのか？」

「実は今日から難民集落周辺の魔物掃討の依頼を開始することになっています」

「ほう、いつもは冒険者がしてくれるんだが。まさか難民からその依頼を受ける人が出てくるとはな、驚きだ」

　話しかけると私を見て驚いたように声を上げた。

「みんなの安全を守るため、今日から精一杯がんばります」

「あぁ、よろしく頼む。中には魔物への恐怖が消えない奴らもいるから、絶対に集落へは近寄らせないようにしてくれ」

「はい。何か注意することとかありますか？」

　真剣な表情で代表者が話してくれた。

「丁寧に魔物の掃討を行ってほしい。広範囲に歩き回るのは大変だと思うが、隅々まで確認していってほしい。我々はろくな武器を持たない難民だから、襲われたらろくな抵抗手段がないんだ」

「はい」

「我々は難民だが、こうして生きている。これからも生きたいと願っている。脅かす存在から我々を守ってほしい」

　故郷を追われても、町の中に住めなくても、ろくな家に住めなくても生きている。食べるものだってそんなにない、足りなければ自分たちで調達しなければならない。

恵まれない状況だとしても、伸ばされた手にしがみ付きながらなんとか生きていきたい。自分の足で立てるその時まで、足掻き続けたい。

代表者の真剣な表情からそんな思いが伝わってくるようだ。切実な思いを前にして胸の奥がぐっと締め付けられる、私も同じ気持ちだからかな。

「任せてください。一体たりとも見逃しません」

「集落のことをよろしく頼む」

「はい」

このクエストを絶対に成功させよう。成功させて、私たちが生きていける場所を確保するんだ。

◇

配給を食べ終えた私は行動を開始した。

まずは近場から歩き始める。難民が住んでいる掘っ立て小屋が建つ周りから捜索を始めた。

そこは難民の生活感が漂う場所でこんなところで魔物が現れたら大変だ。木の裏や草むらの中、木の上も注意深く見て回った。

すると、掘っ立て小屋の中から女性と子供が出てきた。こちらを見て少しだけ不機嫌そうな顔をして近づいてくる。

「そこのあなた、何をしているの？」

「私は領主さまの依頼を受けて難民集落周辺の魔物掃討に従事している冒険者です。こちらが今回の依頼書です」

マジッグバッグから貰っておいた依頼書を出した。その女性に渡すと、怪訝な顔をしながらも依頼書を読む。

するとだんだんと表情が変わってきた。内容を理解してもらえたようだ。依頼書を返される。

「そうだったの、ごめんなさいね。私の家を探っているのだと思ったの」

「こちらこそ、騒がしくして申し訳ありません。決して危害を加える者ではないので安心してください」

笑って話すと、その女性も安心したのか少しだけ微笑んでくれる。

「ママー、お腹すいたー」

「配給はお昼だから我慢しようね」

「うー」

どうやらこの家族は働いていないようだ。どんな事情があるのかは分からないが、昔の自分を見ているようで切なくなる。

どうにかしてあげたいけど、一回の施しを与えても状況は良くならない。でも、このまま見て見ぬ振りをしてはいられない。

「あ、あの……私も難民なんです」

「そうなの、全然そうは見えないわ」

「私もあなたと同じように生きていました。けど、働き始めて状況が変わったんです」

「そう……」

不安そうな顔をしている。一歩踏み出せば不安なことなんてないことを伝えたい。

「もし、よければ働いている人たちの話を聞いてみませんか？　皆さん、優しい人ばかりなので色んなことを教えてもらえると思います」

「でも……この子を放っておいて働きになんて、無理だわ」

「大丈夫です！　小さな子たちは集まって集落内で過ごしていますし、仕事がお休みな難民たちが一緒に面倒を見ているんです」

「そう、なの？」

「はい！　だから、あとは働きに出る一歩が必要なんです」

このお母さんも子供の事が心配で働きに出られないんだろうな。お父さんは……あ、掘っ立て小屋の中から不安そうな顔でこっちを見てきている。

そっかこの子にはちゃんと両親が揃っているんだね、良かった。うん、余計なお節介かもしれないけど誘ってみよう。

「朝の配給の時に来てください。みんなとてもいい人ばかりなので、話を聞くだけでも不安なんてなくなっちゃいますよ」

「……そう」

「はい！」

私もはじめは不安だらけだった。けど、一歩を踏み出して変わっていったんだ。だから、この止まってしまっている家族も動き出してほしい。

まだまだ不安そうな顔をしていたけど、少しでも意識が変わってくれるといいな。よし、私は自分の仕事を頑張ろう。

◇

午前中は集落周辺に魔物が潜んでいないかしっかりと見回った。結果として魔物はおらず、今すぐ難民たちの周りに危険がないことが確認できた。

午後からは集落から離れたところを見回ろう。さて、昼食の時間だけど今朝は町に行っておらず食事を買っていない。だけど大丈夫、昨日の内に食事を買っておいてマジッグバッグに入れておいたから。

今日の昼食は川のそばで食べよう。集落内で食べてもいいけど、一人だけ違うものを食べていると他の難民たちを刺激してしまうからやめておく。

いつも水汲みでやってくる場所まで移動してくると、マジックバッグから枯れ木を取り出す。枯れ木を組んで焚火の用意をすると、今度は骨組みだけのコンロを取り出す。

それを枯れ木を囲うように置くと焚火の準備が完了した。後は魔法を使って火をつけると、じわじわと枯れ木が燃えていく。

次に鍋の用意だ。マジックバッグから鍋とスープが入った入れ物を出すと、鍋の中に冷めたスープを注ぐ。その鍋をコンロの上に置くと、これで準備が完了した。

ふふふ、なんとなく買っておいたものだけど結構役に立っている。今日のように町にいかない日は前日に食事を買っておいて、こうやって温めて食べるようにしていたから。

あとはパンを取り出して、そこら辺で拾った枝にパンを千切って串刺しにする。それから、火に近づけて地面に立てて温めていく。

温かくなっていくスープとパンの匂いが立ち込める。そろそろいいだろう、鍋をコンロから外す。

スープを入れ物に入れ直して、マジックバッグからスプーンを取り出す。

「よし、いただきます」

パン、と手を合わせて昼食の開始だ。温かくなったスープから肉と野菜の煮込まれたいい匂いが漂ってくる。スプーンですくってスープを飲んでみると、旨味がふわっと口の中に広がった。

一口サイズの肉を頬張る、ホロホロに崩れてその感触だけでほっぺが落ちそうだ。一口サイズの野菜を口の中に放り込んで食べる、優しい野菜の旨味と甘みが広がって幸せな気分になる。

今度は温かくなったパンを食べる。うん、香ばしくて美味しい。パン、スープ、パン、スープと交互に食べていく、永久機関だ。

黙々と食べていくと、あっという間に食べ切ってしまった。今日の昼食も美味しかったな。

「ごちそうさまでした」

はー、お腹いっぱい。少し休憩してから、仕事を開始しよう。

午後の魔物捜索が始まった。今度は集落から離れた場所からスタートする。
森の中を歩き回り魔物がいないか確認をする。時々立ち止まって聴力強化をするが、魔物らしき声は全く聞こえない。
歩いては立ち止まり聴力強化、その繰り返しをしてひたすら森の中を歩き続けた。時々、生き物らしき音を拾うが、小動物の音ばかりだ。
集中力を切らさないで見回るのはとても大変だ。時々ボーッとして歩いてしまう時があって、その都度頭を振るったり頬を叩いたりして気合を入れ直した。

なので、少し遅い駆け足で森の中を進むことにした。これだと移動が早い利点があり、尚且つ見逃さないように集中力が維持できる。

そうやって、森の中の捜索を続けていった。すると、時間が立つのは早いものであっという間に夕方前になってしまう。今日の仕事の終わりだ。

今日は何事もなく終わって良かった。もし魔物が見つかっていたら、難民たちが危ないことになっていたかもしれない。

仕事は終わりだけど最後にやることがある、冒険者ギルドへの報告だ。これは毎日しないといけなくて、その日どれだけの魔物を倒したのかを報告しないといけない。

たとえ魔物を討伐できなくても報告義務があり、怠ると報酬が貰えないそうだ。魔物捜索を切り上げて、町へと向かう。慣れた道を歩いて進むと、夕暮れの時には町に辿り着いた。

大通りを歩いて進んでいくと冒険者ギルドが見えてくる。今日はいつもよりも遅い時間になっちゃったな。

中に入るとピークが過ぎたのか、冒険者は少なかった。冒険者が並ぶ列に並び、自分の順番を待つ。今日は沢山歩いたからか、足がとてもだるいな。今日はマッサージをして寝よう。

「次の方どうぞ」

「はい」

呼ばれてカウンターに行くと、冒険者証を差し出す。

「今日はどういったご用件ですか？」

「今受けているクエストの報告にやってきました」

「ただいまお調べしますのでお待ちください」

受付のお姉さんが後ろを向き何やら作業をしている。しばらく待ってみると、お姉さんがこちらを向く。

「お待たせしました。難民集落周辺の魔物掃討のクエストですね」

「はい」

「本日の魔物捜索の範囲と討伐した魔物の数を教えてください」

「今日は集落内の捜索と、近い場所の捜索を行いました。魔物は見当たらず、今日の魔物討伐はゼロになります」

「集落の付近の捜索ですね。魔物討伐はゼロっと」

お姉さんは報告を聞くと紙に何かを書いて記録した。

「分かりました。今日の任務は以上となりますね、お疲れさまでした。明日もよろしくお願いします。報酬は最終日にまとめてお支払いしますね」

「はい、ありがとうございました」

やりとりは終了した。お辞儀をしてその場を離れると冒険者ギルドを出て行く。簡単なお仕事だけど、気が抜けない一日で疲れちゃったな。

夕食を食べて、明日の昼食を買いに行こう。あとは魔法を使っていないから、今日の夜は魔法の訓練もしよう。そのためにもしっかりと食べておかないとね。

◇

二日目が始まった。いつも通り朝に起きて、着替えて家を出る。広場に行くと、すでに配給が始まっていた。しまった、今日はちょっと遅かったな。

「おはようございます」

「おはよう、リルちゃん」

「配給手伝いますよ」

「今日は大丈夫よ。先に食べていて頂戴」

「ありがとうございます」

お言葉に甘えることにした。でも配給を受け取る順番は守らないとね、列の最後に並んで自分の順番を待つ。

そういえば、昨日の家族は来ているかな。周囲を見渡したり、列に並んでいる人を見てみるがそれらしい人たちはいなかった。

キョロキョロと周りを見渡しながら、列を乱さないように進んだ分だけ前に行く。う～ん、いないなぁ。ちょっと強引過ぎたのかな。

配給を受け取って、いつもの女衆の場所へ行ってからもどこかにいないか周りを見渡した。でも、やっぱり見つからない。

「どうしたの、さっきからキョロキョロして」

「えっと、実はですね」

挙動不審だったのか声をかけられた。だから昨日出会った家族のことを話す。子供がいること、働こうか悩んでいたこと。

するると、女性たちは感慨深いような雰囲気で話し出す。

「はじめの頃はそういうものだったわね」

「私もずっと悩んでいたわ」

「懐かしいわー」

どうやら、あの家族の話は共感できるようなものだったらしい。しみじみといった感じで、何度も頷いていた。

「その家族が今日来ないのも分かる気がするわ。まず一歩を踏み出すのが勇気いるのよね」

「そうそう。私なんて一週間くらい悩んじゃったんだから」

「はじめの一歩が中々ねー」

誰もが通る道なんだな、と思った。私の時も本当に勇気が必要だったし、色んな事を悩んでいたと思う。

「あの家族は来てくれないんでしょうか？」

来てほしいと思う。ここは思った以上に温かい場所で、みんなで協力し合って難民脱却を目指している。その道のりは険しいけど、何もしないよりは断然いい。

「今は見守るしかないわよ。無理に引き込んでも、嫌な思いをするだけ」

「大丈夫。子供がいるんだから、子供のためを思ったら立ち止まってはいられないわよ」

「もし来たら、しっかりと面倒を見てあげるわ。任せなさい」

頼もしい言葉ばかりだ、なんだか胸の奥が温かくなる。そうだよね、信じて待つしかできないよね。来てくれたら不安がないって思ってくれるくらいに面倒をみてあげればいいんだよね。

「そうですね。その時はよろしくお願いします」

「みんな同じだったからね」

「その家族が前に進めればいいね」

ここにいる人たちはこの話を他人事だと捨てておかない。でも、意思がない人を無理やりこちらに引き込もうとはしない。こちら側に一歩進み出てきてくれることをみんな待っているのだ。

来た時には温かく迎え入れる、その心は誰にでもあった。どんな理由があれど故郷を追われた同じ仲間だ、見捨てたりはしたくなかった。

待つのってこんなにももどかしいんだね、みんなこんな気持ちで待っていたんだ。今は待つしかできないけど、信じて待とう。

◇

二日目の任務は集落から離れたところから始まった。少し小走りに森の中を移動して、立ち止まって聴力強化をして周囲の音を探る。魔物がいないと分かると、また移動する。

午前中はそうやって同じことを繰り返しながら捜索範囲を広げていった。結果として動物はいたけど魔物はいなかった。

魔物が見つからなくて安心した。集落から離れているとはいえ、この辺りから魔物が出始めていたらいずれ集落に魔物が現れたということになりそう。

昼食を食べ、午後はさらに捜索範囲を広げて森の中を彷徨った。普段は歩かない場所まで移動してきて、新しい森の雰囲気に少しだけ戸惑う。

少し速度を落として、今度は丁寧に捜索を始めた。それでも聞こえてくるのは動物の音だけで、魔物の声とかは聞こえない。東の森って本当に動物が多い場所なんだね。

そうやって森を歩き回ること数時間、森に入る光が減ってきた。夕方前には切り上げないといけないから今日はここまでだ。

それから森を抜けて、町へ行き、冒険者ギルドへと報告をしに行った。今日も魔物ゼロだ、そのことを報告しても受付のお姉さんは表情を変えずに受け入れてくれた。

魔物討伐の依頼といいながら魔物を討伐しないことに不安を覚える。だけど、本当なら魔物がでてこないことが一番いいんだよね。楽できていいんだけど、ちょっと不安がある。

そうやって二日目も終わった。夕食を食べて、次の日の昼食を買い、集落へと戻る。戻ったら魔法の訓練をして、洗濯をして、その日は寝た。

◇

三日目の朝、いつも通りに朝起きて広場まで行く。今日はまだ配給が始まってないみたい、なら配るお手伝いをしよう。

鍋に近寄って挨拶をすると、お玉を受け取った。完成するのを待ち、いつも通りの声掛けをする。

「配給をします、並んでください」

その言葉を待っていた難民たちが鍋の前に列を作る。私はお椀にスープを入れて渡していき、それを何度も繰り返していく。

挨拶をしながら次々にスープの入ったお椀を渡していくと、列がどんどん短くなっていった。そして、配り終えると今度は自分の分のスープを入れて、芋を貰う。

私も輪の中に入って食べよう……そう思った時、離れたところにいた人を見つけた。遅く来た人かな、と視線を向けるとそれは先日仕事に誘った女性だった。

思わず駆け寄ってしまう。

「おはようございます、来てくれたんですね！」

「え、えぇ」

見たところ女性一人で来たらしく、旦那さんと子供は見当たらない。とりあえず、話を聞きに来たって感じなのかな。

「どうですか、朝の配給食べますか？」

「それはいいわ。お昼にみんなと食べるから」

「そうですか、分かりました。あ、こっちに来てください。一緒に話しましょう」

「え、えぇ」

どうやら本当に話だけ聞きに来たみたい。私が誘うとようやく動き出してくれた。そのまま円になって座っている女衆のところまで連れてくる。

「あら、リルちゃん。その人は」

「先日話した人ですよ」

「あー、仕事の話を聞きにきたのね。どうぞ座って」

「失礼します」

みんながにこやかな表情でその女性を受け入れてくれた。その女性は少しオドオドしながらもその場に座る。

「来てくれてありがとうございます。ここへ来たのは、働こうと思ったからですか？」

「えぇ。このままではいけないとは思っていたから。でもどうすればいいのか分からなくて」

「私もはじめはそうでした。何をしたらいいのか分からなくて、信用もなくて、ひたすらお手伝いばかりしてました」

「そうだったの」

今にして思えば、最初の頃は大変だった。信用もなくて、話を聞いてもらえない。信用してもらうためにお手伝いを沢山した。

私の場合は信用を得るところからだったから大変だったけど、この人はそんなことはなさそうだ。だったらすぐに話を進めることができるよね。

私が話そうとすると、他の女性たちが早速と話し始める。

「まずは冒険者ギルドで冒険者登録が必要だね。仕事はね、冒険者にならないと受けられないんだよ」

「だけど、その前に冒険者に登録するお金と町に入るお金を稼がないといけないの」

「そうそう。町の門の近くにね、難民相手に商売をしてくれるおばあさんがいるから、その人の話を聞くといいよ」

機会を得たとばかりに、女性たちは必要なことを一気に話し始めた。そんなに一度に言っても大丈夫なのかな？

話を聞く女性を見てみると、やはり圧倒されていた。それでも話を真剣に聞き、一つ一つ確認しているように話しだす。

「では、私がはじめにやることは難民相手に商売をしてくれるおばあさんの話を聞くところなのね」

「そうです。そのおばあさんからお金を稼ぐのに必要な仕事を依頼されます。薬草取りや動物狩りのことですね」

「そうやってお金を稼いで、町に入り、冒険者ギルドで冒険者に登録。それから仕事ができる、という流れでいいのかしら」

「はい、その通りです」

良かった、話の内容を理解してくれたみたい。だけど、まだその女性の表情が優れない。どうしたんだろう？

「あの、子供がいるのですが……」

「子供なら大丈夫だよ。働けない年齢なのかい？」

「……はい。今も旦那に様子を見てもらっているんです」

「そうかい、やっぱり子供のことは心配だよね」

女性たちはにこやかに笑って話を続ける。

「子供たちならあそこを見てごらん」

「……あ」

女性が指さした方向を見てみると、子供たちは一つに固まって配給を食べていた。こうやって働けない子供はみんなで固まって遊んだりして親の帰りを待っている。

その中で仕事が休みだった親が付き添いもしているから問題はない。小さい子供たちはとても逞しくて、集落の中で元気に過ごしている。

「子供たちはあーやって一緒に固まっているから心配ないさ。なんだったら、親と一緒にいるよりも楽しそうにしてくれるよ」

子供の話を聞いた女性はそこでようやく安心した顔をした。最後まで子供が心配だったようだ。

「あの、これからよろしくお願いします」

女性は決意した目をして頭を下げた。周りにいた女性たちはにこやかな笑顔でそれを受け入れる。

女性は女衆に連れられて町へと向かっていった。どうやら門の傍で商売をしているおばあさんに会わせるようだ。そこが始まりだからね、頑張ってほしいな。

私は行く場所が違うからついていけなかった。でも、私がいなくてもみんながいるから大丈夫だよね。もし困ったことがあったら手助けをしてあげよう。

これでしばらくしたらあの子供がお腹いっぱいに食べられるようになるよね。お父さんお母さん、頑張れ。

みんなを見送った後、私は自分の仕事を開始した。みんなが安全に暮らしていけるように、魔物を捜索して討伐しないとね。

今日は森の端から捜索を開始した。新しいところだからじっくりと捜索しないとね。早歩きくらいの速度で森の中を進み、ある程度進むと聴力強化をして周りを探る。

うん、やっぱり動物の音と声しか聞こえない。でも、いないということはみんなの脅威となる存在がいないっていうことだから良いことだ。そのまま捜索を続けていく。

そして、今日も何事もなく捜索は終わった。集落の周りが平穏なのはいいことだよね、このまま魔物が現れないといいんだけど。

冒険者ギルドに行って報告をして、夕食を食べて集落にまた戻ってくる。後は魔力を消費して、今日も一日が終わった。

四日目の朝。いつも通りに朝を過ごして仕事へと出かける。

今日は昨日の女性はいなかった。聞いた話によると、昼の配給を食べながらお金を稼ぐために薬草摘みを家族総出でやるらしい。

子供は慣れさせるためにも今の内に子供だけの集団の中に入れたらしい。子供は不安そうにしていたらしいけど、他の子供が一緒に遊びに誘うと嬉しそうに輪に加わったみたいだ。

今だったら薬草摘みの間に子供の様子も見に行けるし安心だ。少しずつ子供の不安がなくなって、町の中で働ける時までには慣れてくれればいいね。

私も安心して自分の仕事に集中することができる。今日も頑張って森を巡回して魔物がいないか捜索をしよう。

集落を出発してまずは森の端まで進んでみる。集落から森の端まで歩くのに午前中いっぱいはかかってしまう。道中で魔物の姿は見当たらなかった。

今日もこのまま魔物が見つからないのかな、と思いながら昼食を食べる。食べ終えると今度はルートを変えて集落までの道を歩く。

森の中を早歩きで進み、時々立ち止まっては聴力強化で周囲を探っていた。その時だ、ゴブリンの声が微かに聞こえた気がする。

神経を集中して声が聞こえた方を探ると、ゴブリンがいそうな方向を見つけた。思わず駆け足でその場所へと向かっていく。

近づいていくとゴブリンの気配を感じて、歩みを遅くした。こちらが見つからないように静かに近づいていく。

木に体を隠しながら少しずつ進んでいくと、木々の隙間からゴブリンの姿がチラッと見えた。もう少し近づいて覗いてみると、そこにいたのは普通のゴブリン一体だ。

目的もなく森を彷徨っているみたいで、その歩みは遅かった。本当に西の森にも魔物が現れていたんだ、その時そんな実感がようやく湧く。

姿を隠しながら剣を抜き、切りかかるタイミングを計る。木の裏から覗き見てゴブリンが後ろを向いている時、木の裏から飛び出していく。

走る音を聞き、ゴブリンはこちらを向いて驚いた顔をした。だが、すぐにこん棒を構えて振り上げてくる。

それを見て剣を下に構えると、振り下げてくるこん棒目がけて剣を振り上げた。

「ギャッ」

ぶつかったこん棒は弾かれた。その隙をつき、剣を振り下ろす。

「グギャーッ」

ざっくりと切り捨てる。深い一撃により絶命したゴブリンは後ろに倒れて動かなくなった。

うん、身体強化なしでも余裕で勝てるようになっている。力もゴブリンよりも強くなっているし、これもDランクの魔物と沢山戦ったお陰かな。

剣を鞘に納めると、ナイフを取り出してゴブリンの右耳を切り取る。それから腰にぶら下げていた袋の中に耳を入れた。大事な討伐証明だ、無くさないようにしよう。

もしかしたら、他にも入り込んでいる魔物がいるかもしれない。集落に着くまで注意しながら進んでいこう。

◇

結局ゴブリンは一体だけだった。あの後どれだけ注意して進んでもゴブリンの気配はなくて、気がついたら集落に辿り着いていた。

今日の仕事もこれで終了だ。町へと向かって、冒険者ギルドへと寄る。丁度ピークの時間だったので、冒険者はいっぱいいた。

一番少なそうな列に並び、ボーッとしながら自分の順番を待つ。一人、また一人と冒険者が減っていきようやく自分の番がきた。冒険者証を差し出す。

「Dランクのリル様ですね。今日はどういったご用件でしょうか？」

「今受けている難民集落周辺の魔物討伐の件です」

「はい、ではお話を聞かせてください」

私はいつも通りに捜索した範囲を伝えた。そして、今日は討伐したゴブリンの耳を提出する。すると、受付のお姉さんがより一層真剣な顔付きになった。

「西の森に魔物が現れたのですね」

「はい。午後になってすぐに見つかった魔物です」

「そうですか。他の場所から流れ着いた魔物だと思われます。放置していたらいずれ集落に現れたことでしょう、討伐ありがとうございます」

西の森で魔物が見つかるのは本当に稀なことだったんだ。お姉さんの態度を見て、改めてそう思った。

「もしかしたら、まだいるかもしれません。明日が最後のクエストになりますが、気を引き締めて魔物捜索に当たってください」

「はい、もちろんです。みんなの平和は私が守ります」

「よろしくお願いします。集落に住んでいる難民は魔物には無力な存在です。最後までよろしくお願いします」

そう言ったお姉さんは座りながら深々とお辞儀をした。真摯な態度を受けてなぜか私が嬉しくなる。難民のことをこんなにも考えてくれるなんて、なんて嬉しいことだろう。

「はい、頑張ります！」

明日はもっと頑張ろう、そう強く思った。集落に住むみんなのために、対応してくれる受付のお姉さんのために、そして何よりもこのクエストを出してくれた領主さまのために。

強い決意を胸に私は冒険者ギルドを後にした。

◇

最終日がやってきた。朝から気合を入れて着替えると、元気よく広場までやってきた。気合の入りようが分かりやすかったためか、周りの女衆からは不思議がられた。

「リルちゃん、今日はどうしたの？　いつもとなんだか様子が違うわ」

「はい、今日で集落周辺の魔物討伐が最終日なので気合を入れて魔物の捜索をしようと思ってます。絶対に魔物を見逃したりしません！」

ふん、と気合を入れる。話を聞いた女衆は笑いながらも応援してくれた。うん、みんなが平和に暮らしていけるように今日は今まで以上に頑張っていこう。

気合を入れて配給して、気合を入れて配給を食べた。お腹も満たされたし、気合を入れて魔物の捜索をしよう。

午前中は森の外側まで歩いて捜索、午後は外側から集落がある内側に向けて捜索をする感じだ。一日で森の全部は調べられないのが残念。

ここは私の運頼みでいこう。お願いします運様、森に魔物がいたら遭遇させてください。むむむ、よし行こう。

私は気合を入れて森の外側に向かって歩き出した。

「ようこそ、冒険者ギルドへ。冒険者証をお願いします」

受付のお姉さんに言われて冒険者証を差し出す。お姉さんはそれを受け取って話を進めた。

「今日はどういったご用件ですか？」

「難民集落周辺の魔物討伐についての報告です」

「はい、ではお話を聞かせてください」

ここ五日間と同じやり取りをして私は話し始める。

「今日の午前中は森の端まで行き、しばらく端を捜索しました。昼食後、ルートを変えて集落までの道で捜索を続けました」

「魔物と遭遇しましたか？」

「魔物とは遭遇しませんでした」

「そうですか、ただいま確認を取りますので少々お待ちください」

気合を入れて魔物捜索に挑んだが、魔物を見つけることができなかった。いや、本当にいなかったのかもしれない。懸命に捜索した結果だから、この結果を受け入れよう。

不安なら集落のお手伝いの日に周辺を捜索してみるのも手だろう。そしたら近くに魔物がいれば自分が討伐すればいいだけのことだから。うん、そうしてみよう。

「お待たせしました。今日が最後の魔物掃討クエストでしたね。五日間、このクエストを受けてくださってありがとうございます。集落に住む難民たちも安心して暮らせることでしょう」

「はい、こちらこそクエストを紹介してくれてありがとうございます」

「では、こちらが報酬の十万ルタになります」

「全額貯金でお願いします」

「かしこまりました」

手持ちのお金はまだあったから報酬は貯金した。貯金の処理が終わり、お姉さんが冒険者証を返してくれる。

「また、よろしくお願いしますね」

「はい、こちらこそお願いします」

頭を下げてお辞儀をした。うん、このクエストは今度あったらまたやりたい。自分の手でみんなを守れるんだ、こんなに強いやりがいはないから。

そのまま冒険者ギルドを出ようとした時、出入口から見知った人が現れた。難民集落の代表者だ。

「お、リルか。今日の仕事が終わったのか？」

「はい、今日で難民集落周辺の魔物掃討が終わったんです」

「そうか。良かったら夕食を一緒に取りながら話を聞かせてくれないか？　代表者として聞いておきたい」

「大丈夫ですよ。待合席にいますね」

「なら、ちょっと待っていてくれ。報告してくるから」

そう言った代表者は受付の列に並んだ。私は待合席に行き、イスに座って終わるのを待った。

◇

夕食は代表者がいつも行っているお店になった。そこで五日間の魔物掃討のお話をしつつ、食事をする。代表者は終始真剣な顔で聞いてくれた。

魔物を一体仕留めたという話をすると、代表者はとても驚いた顔をする。西の森で魔物が現れることは稀だから、そんな反応をするんだろう。

広い森の中で遭遇できたのはもしかしたら運が良かったのかもしれない。今更ながらそう思う。

話と食事が終わり、その後の会計で夕食の代金を奢ってもらった。なんだか申し訳ない気持ちになったけど、厚意を無駄にするわけにもいかず素直に奢られる。

夕暮れに染まった町を歩いて、集落までの帰路につく。誰かとこうして帰るのは初めてでなんだか落ち着かない。

「リルのお陰でみんなが安心して暮らせる。ありがとな」

「いえ、私はクエストを受けただけなので」

「そうだな、本当に感謝をしないといけないのは領主さまだな」

このクエストは領主さまが直々に出してくれたクエストだ。本当なら見捨てられてもおかしくはないはずなのに、居座っている邪魔な存在でも気にかけてくれる。

配給をするだけじゃなくて、町の外にしかいられない存在なのに魔物のことまで考えてくれている。領主さまのお陰で私たちは生きていられるんだ。

「難民になった理由は人それぞれだが、みんな住んでいるところを追われた」

代表者が突然語りだした。顔を見ているとその顔はとても真剣で思わず口を噤む。

「ろくな助けもなく、本当なら野垂れ死にしそうなところをなんとか寄せ集まって生き永らえてきた。普通なら寄せ集まったとしても、上手くはいかなかっただろうな」

理由は様々あれど、みんな住んでいるところを追われた身だ。途中で救いの手を差し伸べられた人もいたかもしれない、だがそれがなかった人たちはあの集落に辿り着いた。

あの集落の始まりがどんなものだったのかは分からない。ただの寄せ集めで集落を形成するのはとても大変なことだったろう。でも生きたいという強い願いが上手く重なってあの集落はできたんじゃないかな。

「なんとかみんなで集落を完成させた時に領主さまからの使者が来たらしい。本当ならそんなものを作られると困るから潰される。だけど、領主さまは許してくれた」

そうだよね、町の近くに集落を作るとバレないわけないもん。領主さまの土地で許しも得ずに勝手に住むところを作っているっていうことだもんね。

町でも村でも土地で暮らすために税金を払っているのに、住む場所がないから集落を作っていいわけじゃない。税金を支払っていないのは不公平だ。

普通なら集落の撤去を求められる。だけど、領主さまはこの集落を存続してもいいと言ってくれた。

「集落をそのまま使ってもいいと言ってくれたんだ。しかも、それだけじゃない。この集落に住んでいる時は税金が免除され、生きていくのに最低限必要な食料を分け与えてくださった」

当時の難民の人たちは驚いただろう。本当なら撤去されてもおかしくない集落を存続させてくれるだけじゃなくて、最低限の配給まで手配してくれたんだから。

しかも、住むだけで税金が取られる世なのに、その税金まで免除してくれているんだから。普通なら捨て置かれる存在なのに、領主さまのお陰で集落にいる難民は生きていける。

「領主さまの考えはそれだけじゃ収まらなかった。我々が普通に暮らしていける日を真剣に考え、冒険者という道を指し示してくれたんだ。冒険者ギルドにわざわざ掛け合って、我々が働いても大丈夫な環境を整えてくださった」

そっか、領主さまが私たちの道を整えてくれたんだ。だから冒険者ギルドへ行っても変な目で見られないし、しっかりと対応してくれていたんだね。

私たちは領主さまに守られていた存在だったんだ。住むところを追われて行き場のない私たちだったのに、こんなに手厚く保護してくれた。

領主さまの力添えがなかったら、先のない難民生活を今頃過ごしていただろう。でも、難民脱却への道を整えてくれたから今の私たちがいるんだ。

「そんな領主さまのために俺ができることを少しでもやろうと思っている。集落のためになることは、きっと領主さまのためになることだと思う」

「そうですね。私も今の話を聞いて、なにか領主さまのためにできることはないかって考えてました」

「難民が減り町に住む住民が増える事が領主さまのためになると思っている。そのことについて、他のみんなにも協力してもらっているんだ。お陰で働く人がどんどん増えてくれて嬉しいよ」

そっか、他の難民の人たちが積極的に色々と教えてくれていたのは、代表者の働きかけがあったからなんだ。それにみんなが同調して、それぞれが面倒を見てあげていたんだね。

難民としての居場所も、食べ物も、脱却の道も……全て領主さまの働きかけのお陰だったんだ。分かっているようで、分かっていなかったな。

なんだか胸の奥が熱くなってきた。私もこの人のように、何か領主さまのために動いてみたい。いや、動くんだ。

そうだ、私は難民だけど冒険者だ。領主さまの困っている依頼を受けて、完璧に達成したら少しは領主さまのためになるかな。そうと決まったら明日から領主さまの依頼をこなしていこう！

年下の冒険者
～ロイ～

tensei nanmin syojo ha
shiminken wo ZERO karamezashite
hatarakimasu!

俺は夕日に照らされた街道を歩いていく。悔しい気持ちがいっぱいで、道に転がっている石を蹴とばして歩いていた。

「くっそー、いい場所なのに俺一人じゃ無理だ」

魔物討伐で稼ごうと森に入ったのはいいが、魔物を探すのに時間が掛かって思うように稼げなかった。だから、いい狩場がないか森の中を探し回った。そして、俺は見つけたんだ。瘴気の合流地点っていう魔物が沢山出るような場所を。

瘴気は目に見えない無味無臭の気体で魔物がいる場所に多く発生しているものだ。その瘴気が濃ければ現れる魔物が増えるらしくて、今回見つけた狩場は魔物が増える条件が揃った場所だった。

いい場所を見つけた、そう思ってその場所で戦ってみたが、結果として逃げ帰ってきてしまった。とにかく魔物がどんどん現れて対応しきれなくなったからだ。一人ではさばき切れない。

「折角いい場所を見つけたのに……諦めきれない！」

折角すげー稼げそうなところを見つけたのに、諦めきれるか！　でも、どうしたらあそこで戦えるようになるんだろうか。俺一人では無理だから、人数を増やせばいいんだ。

「そうだ、パーティを作ろう！」

そうと決まれば、冒険者ギルドに戻ってパーティー申請をしよう。俺は町へと続く道を駆け出していった。

◇

冒険者ギルドでパーティ申請をしてから数日が経った。すぐに見つかるであろうと思ったパーティーの仲間はすぐには見つからない。同じランクの奴らがいっぱいいるのに誰一人として組んではくれなかった。

　申請書の書き方が悪かったのか、それとも依頼者を嫌厭(けんえん)しているのか、理由が全く分からない。どうしてこんなに美味しい話を受けてくれないのか全く分からなかった。

　このまま美味しい狩場を見過ごしたままでいるのか、そんな悔しさで胸がいっぱいになった頃、朗報が舞い込んできた。

　パーティー申請者が現れた！　年齢は俺よりも三個下の女の子だ。どんな子が不安だけど、これを逃したらダメな気がする。受付のお姉さんに明日会うことを伝えた。これでようやくあそこの狩場で戦える、楽しみだ！

　その翌日、いつものように森で魔物討伐をした後に冒険者ギルドに戻ってきた。今日はパーティー申請者と会う約束があるからいつもよりも早く戻ってきた。待合席で座って、その人が来るまで張り紙を持って待つ。

　しばらく待っていると声がかかった。

「あ、あの」

「ん？」

「Eランクパーティー募集の代表の方、ですか？」

　顔を上げるとそこにいたのは茶髪の女の子。確か同じランクだったよな。それなのに装備しているものが上級なものばかりで目を奪われた。グローブとブーツの皮は上級者がよく使っている素材だ。剣だって俺たちみたいな初心者が使う剣じゃない。

一見して分かるくらい、その子が持っている装備は上級者向けのものが多かった。えっと、本当に同じランクの子……なのか？

とりあえず席に座らせてみた。その子はちょっと不安そうな顔をしてこっちを見てきている。しまった、悪い印象与えちゃったかな？　せっかくパーティーの申請をしてくれたんだ、いい印象を残しておきたい。

「早速自己紹介をしよう。名前はロイ、Eランク冒険者だ。武器はメイスで力業が得意。年は十四歳になって、えーっと大工の息子だ」

「あ、名前はリルです。Eランク冒険者で、武器は片手剣と魔法を少々。力業というよりどちらかというと速度重視の戦い方です。あと一か月で十二歳かな。えっと……西の森に住んでいる難民です」

「えっ、難民？」

この子があの難民？　難民ってあれだよな、スタンピードとかで住む場所を追われた人たちで、町の外に集落を作ってそこで生活しているって人たち。

そんな人たちの中にいる子がどうして上級者向けの装備をしているんだ？　もしかして集落の人って金持ちだったりするのか？　いや、そんな話は聞いたことがないぞ。

しまった、また困った顔になっている。

「驚かせてごめんな、気分悪くしたか？」

「ううん、大丈夫です」

ほっ、良かった。あんまりジロジロ見たら失礼だしな、あんまり見ないでおこう。でも、いいなー……俺もそういう装備をつけてみたい。俺よりも稼げていたからそういう装備も買えたんだろう、羨ましい。

おっといけない、肝心のことを話していなかった。お互いの戦闘スタイルについて話した。俺は力業が得意だけど素早い動きが苦手だ。今回一緒に戦ってくれる人はそんな素早い動きをしてくれる人を探していた。

リルの話を聞いてみると、丁度俺が欲しかったタイプの冒険者だ。最悪、欲しいタイプじゃなくても一緒にパーティーを組もうと思っていたから幸先良いな。

その日は時間も遅いから話し合いはそこで止めた。お互いに握手をして、明日の待ち合わせ場所を確認すると解散する。俺はとうとう明日から狩場で戦えることに嬉しくなって駆け出す。

走ったまま家につき中に入ると、お母さんが夕飯の支度を終えたところだった。つい、パーティーができたことが嬉しくて話してしまう。

「聞いてくれよ、とうとうパーティーができたんだ。明日、あの場所で討伐するんだ！」

「パーティーができたの？　どんな子なの？」

「三個下の女の子」

「ちょっとそれ大丈夫なの？　魔物が沢山出てくる場所で小さい子なんて引き連れて」

「その子も同じ魔物を討伐しているから大丈夫だよ！」

「同じ魔物を倒しているからって、あんたに付き合えるかどうかも分からないじゃない。その子が怪我したらどうするのよ」

あー、嬉しくてつい話しちゃったけど、うるさくなってしまった。確かに俺よりも年下でしかも女の子だから心配する気持ちは分かるけど、その子も同じ魔物を討伐しているから大丈夫だって。

なんていうけど、お母さんは信じてくれない。その子の心配をするように小言が多くなる。そういうのが聞きたいわけじゃなかったのにな。

しばらくお母さんの小言を聞き流していると、兄貴たちが戻ってきた。

「どうしたんだ、母さん」

「ちょっと聞いてよ、この子ったら！」

お母さんの小言が兄貴たちに逸れた。兄貴たちはなんでもないような顔で聞いていたけど、その表情が少ししかめっ面になる。

「おい、ロイ……本当に大丈夫なのか？」

「大丈夫だって、ちゃんと討伐履歴見たんだって！」

「討伐履歴を見たって言っても、その子がどれだけ戦えるのかも分からないんだぞ？」

「ギルドのお姉さんもこの子なら大丈夫だって言ってくれたんだ！」

兄貴たちも俺の話を信じてくれない。信頼できるギルドのお姉さんが言ってくれたんだから、大丈夫だ。早く明日になってくれねぇかな、そしたらリルの実力も分かるのに。

◇

翌朝、朝食を食べた俺は冒険者の装備を整えて家を出た。ようやくこの時が来た。今日こそあの狩場を攻略してみせるぞ！　気が逸って朝早くに出たのに、待ち合わせ場所にはすでにリルがいた。

軽く挨拶をして少し話すと東の森に向かって歩き出した。歩いている最中、昨日話せなかったことを話したりした。

今から行く狩場は瘴気の合流地点だということを伝えると、分かりやすく不安な顔をした。まぁ、確かにそれを聞いたら不安になるよな分かる。

でも、やってみる価値はあると思うんだ。危なくなったら逃げられるし、そんなに深刻には考えていない。二人でやってダメなら、また募集をして挑戦すればいいしな。そのことを話すとリルの表情が少し柔らかくなった、少しは納得してくれたかな？

そうだ、大事なことを聞き忘れていた。

「そうだ、今どれくらいの討伐数だ？　俺は大体三百体くらいは倒しているんだけど」

「Eランクの魔物は討伐し始めたばかりなので、まだ百体くらいですかね」

「まだやり始めだったんだな、でもそれだけ倒していれば感覚も掴めているから大丈夫そうだな」

百体くらいか、大丈夫そうだな。それだけ戦っていれば、魔物の力量を掴んでいるはずだし、戦い方も分かるはずだ。三つも年下だからちょっと不安に思ってたけど、しっかりと戦えているじゃん。これはいけそうな気がする。

「ちなみにどうやって魔物を倒しているんですか？」

魔物の倒し方か、そう聞かれて俺は正直に話した。俺はメイスを使って力業で魔物を倒す感じだ。リルはどんな風に戦うんだろう？　聞いてみると素早い動きで戦い、魔法も使うと言った。

見せてもらうと本当に魔法が使えていた。いいなー、魔法か。俺も使いたかったけど、あんまり魔力がないっていうから諦めちゃったんだよな。実際に見てみるとかなり羨ましい。

魔法の話で盛り上がっていると東の森が見えてきた。東の森に入る前にやっておきたいことがある。ホーンラビット狩りだ。大事な俺の昼食だから毎日欠かさず狩っておかないとな。

「東の森が見えてきたぞ。そうだ、ちょっとホーンラビットを狩っておいてもいいか？」

「ランク上げの討伐ですか？」

「違う違う。いつも昼ごはんはパンとホーンラビットの丸焼きを食べているんだ。毎日ホーンラビットは狩っておいて、次の日に食べるようにしているんだ」

「そっか、自分で食べるっていう手がありましたね」

なんだか凄く驚いた顔をしているぞ。当たり前のことを言ったと思うんだけど、どうしたんだろうか？　なんだか悲しい顔に変わっているし、よく分かんねぇなぁ。

話を聞いてみると、狩ったものを食べる、と考えが至らなかったことにショックを受けているみたいだ。そこまで落ち込むことか？　と思ったけど、リル本人はかなり気にしているみたいだ。まぁ、そんなに落ち込むなよ、冒険前だぜ。

俺が言う前にリルは立ち直った、そして自分もホーンラビット狩りをしたいと言い出した。もちろん、いいぜ。それで機嫌が直るなら安いもんだ。二手に別れて、東の森に入る前にホーンラビット狩りを始めた。

草むらを歩いてホーンラビットの姿を探す。辺りを見渡していると白い姿を見つけた、ホーンラビットだ。俺はホーンラビットの前に飛び出すと、向こうも俺を認識してくれた。

俺がメイスを背中から取り出すと、ホーンラビットは姿勢を低くしてこちらに駆け出した。メイスを構えて飛んでくるのを待つ、するとホーンラビットは地面を蹴って跳び上がってくる。

タイミングを合わせて、メイスを振りかぶった。メイスは頭を的確に捉えて、ホーンラビットの体は飛んだ。これで一体目、ぶっ飛んだホーンラビットを回収すると、あともう一体探し出す。

　しばらく歩いていると、ホーンラビットを見つけた。先ほどと一緒でホーンラビットの前に飛び出して、向こうが飛び掛かってくるのを待つ。飛び掛かってくるとメイスで一発で仕留める。これで明日の昼食の準備は完了だ。

　仕留めたホーンラビットを背負い袋に入れるとリルの姿を探す。地面に座っているリルがいたので、近づいて声をかけてみた。

「そっちは終わったかー？」

「はい、終わりました」

　傍まで近寄って手元を見てみると、仕留めたホーンラビットを袋に入れている最中だった。だがおかしい、ホーンラビットを入れているのにその袋は膨らまない。どうしてだろう？　そう思った時、あることを思い出した。

「もしかして、それってマジックバッグか？」

「はい、そうですよ」

「マジか！」

　本当にマジックバッグだったのか！　まさかリルがマジックバッグを持っているなんて思ってもなかったから、すげー驚いた。近くでまじまじと見ると、面白い形をしていた。入口が大きくて、物の出し入れがしやすそうだ。

　そのマジックバッグは三つ折りにされ、リルの背中に背負われた。うわー、いいなー、マジックバッグかー、俺も欲しい。

「ロイさんもマジックバッグに興味ありますか？」

「あるある！　いつかは買おうと思っていたくらいだ」

「そうなんですね、高いですがとても楽ができるのでオススメです」

「やっぱりそうか？　上位冒険者が持っていて、羨ましかったんだよな。てか、リルはすげーな。まだ下位の冒険者なのにマジックバッグを持っているって」

「半年間町の中で働いていたので、その時に貯めたお金で買ったんです」

半年間か、長いな。でも、それくらい働かないと買えないくらいに高いんだな。俺も今までのお金を貯めていたら買えたのかな、それとも買えなかったのか。でも休みの時の買い食いは止められないし、欲しいものだってあるし……。

「ロイさんもお金を貯めれば、いずれ買えるようになりますよ」

「うーん、それは分かっているんだけどさ、マジックバッグを買えるようになるまでのお金を貯めるのが大変というか」

「まぁ、確かに大変でしたね。私の場合は働いていたから、働いていたら時間があっという間に過ぎちゃってました」

「気づいたらお金が貯まっていたってことか？　その感覚が羨ましい、俺は今欲しいってなっちゃうから、そこまで待てないかもしれない」

お金を貯めるのが大事なのは分かっているんだけど、目の前の欲に負けてしまうんだよな。まずはそこからどうにかしないといけないよな。はぁ……明日になったら一気に貯まってくれねぇかな。

◇

あれから東の森に入り、狩場を目指した。そこで狩場のことを詳しく説明したらリルがやる気になってくれた。一日で三万も稼げるようになるのはやっぱり魅力的らしい。下位冒険者ではそこまで稼げないからな。

話しながら進んでいくと、魔物の気配がして立ち止まった。二人で武器を構えて辺りを見渡してみると四体のドルウルフが現れる。四体か、多いな。でもこちらは二人いるからなんとかなるか。リルのお手並み拝見だな。

「とりあえず、お互いに実力を見せ合うってことで」

「分かりました」

そう言い合うと、ドルウルフが襲い掛かってきて、二対二に分かれた。目の前から駆け寄ってくるドルウルフに標準を定めてメイスを構える、そして跳んだところを見計らって強く振りかぶった。

「ギャンッ！」

顔面を殴られたドルウルフは吹き飛ばされる。だが、残った一体は俺の脛にかぶりつく。長いブーツを履いているので、革が邪魔をして歯を立てられない。

「ロイさん、足！」

「大丈夫、ドルウルフの顎の力は弱い！　革の装備で牙を防ぐのが俺の戦闘スタイルだ」

そう、ドルウルフは革の防具を引き裂くほどの顎の力はない。わざと噛ませておいて、その間に他の魔物を討伐するのが俺の戦闘スタイルだ。

吹き飛ばしたドルウルフを確認すると、動く気配はない。ということは、残りはこいつだけになる。

一応リルの確認をするが魔法を放っていて、加勢は必要ないように見える。そこまで確認してからメイスを構えると胴体目掛けて横に振った。

「ギャッ！」

脛にかじりついていた口を開き、少しだけ吹き飛ばす。飛ばされた距離を縮めて近寄ると、今度は頭の上にメイスを振りかぶって、力の限り振り下ろした。何もできなかったドルウルフは頭を潰されて絶命する。これで戦闘終了だ。

「ロイさん、足は大丈夫ですか？」

「大丈夫、あいつら革の防具を引きちぎるほどの力はないし平気だ」

流石に革のない部分だったら危なかったかもな。お互い怪我もなかったし、一度に二体も対応できたし、あの狩場でもなんとかやっていけそうだ。

リルの聴力強化の魔法で辺りにいる魔物の配置を確認しながら狩場へと急いだ。しばらく歩いていくと、目的地である狩場に辿り着く。ちょっとした広場になっていて、戦いやすそうな場所だ。

背負い袋を地面に置き、中に入っていた鍋と棒を取り出す。

「早速、やるか」

棒で鍋の底をガンガンと鳴らす。こうやって音を鳴らすと、周辺にいる魔物が気づいてこの場所までやってくる。そしてそれで戦っていると、その音に釣られてまた他の魔物がやってくるっていう感じだ。

音を鳴らしていると、遠くからゴブリンの声が聞こえてきた。よし、もういいな。鍋と棒を地面に置き、メイスを構える。すると、二体のゴブリンが現れた。さーて、狩場の戦闘の始まりだ。どこまで持ちこたえらえるか、二人の力にかかっている。絶対にこの討伐を成功させるぞ！

次々と現れる魔物たちを討伐していった。なんとか二人でさばき切れていて、この狩場での戦闘をこなせることが分かった。これだったらいける！　と思っていたのに、問題はすぐにやってくる。

午前中の魔物討伐は順調にいったのに、午後になると襲ってくる魔物が減った。終わってみれば目標の三万ルタに届かないくらいの魔物しか討伐できなかった。

帰り道、そのことを二人で話しながら町に向かう。何かいい案がないか、そう思って話しているとリルがいい作戦があると言ってきた。どうやら匂いで魔物をおびき寄せる作戦みたいだ。

過去にそうやって魔物をおびき寄せて戦ったことがあったみたいで、これは期待が持てる作戦だ。明日の討伐が楽しみになってきたな。

翌日、午前中は昨日と同じように忙しく討伐をした。さて、問題は午後の討伐だ。ホーンラビットの肉を沢山焼いて、その匂いを森の中に漂わせる。その時、リルが風魔法を使って匂いを遠くに飛ばしてくれた。こういう時って魔法はいいよな。

ホーンラビットの肉が焼けるまで、匂いを周りにばらまき続けた。そして、肉が焼けると作戦は終了だ。大人しくホーンラビットの肉を食べ始める。

「この匂いに釣られて、魔物が集まってきたらいいんですけど」

「こんだけ匂いをバラまいたんだ、気づかない魔物はいないと思う。絶対に成功するって」

「そうですね、森の中にはない匂いだから気になってここまで来てくれますよね」

不安そうなリルを励ますと元気になってくれた。二人でホーンラビットの肉を食べ終わると、少し休憩した後に立ち上がる。さて、魔物は集まってくれたかな？

「私の聴力強化で周りを探ってみますね」

「頼む」

リルが耳に手を当てて辺りの音を拾っていく。その様子を見ていると、リルの表情が明るくなった。

「周辺に魔物が集まっているようです」

「やったな！　作戦は成功だ！」

「はい！　これで午前中同様に多くの魔物を討伐することができます」

「リルの作戦のお陰だ、ありがとな。さて、じゃあ次は俺の出番だな」

地面に置いておいた鍋と棒を手に取ると、鍋の底を叩いてガンガンと音を鳴らした。遠くにも聞こえるようにできるだけ強く叩き続ける。

「周りにいる魔物がこちらに気づいたみたいです。近づいてきます」

「よし、武器を持って戦闘準備だ！」

「はい！」

二人で武器を構えると早速ゴブリンが現れた。これからどんどん現れるから、早めに倒しておかないとな。俺はメイスを構えてゴブリンと戦い始めた。

それから次々と現れる魔物を討伐していった。午前中と変わらない数が現れて大変だったけど、さばけない数ではない。俺一人では無理だけど、今は仲間のリルがいるから平気だ。

リルは素早い身のこなしでどんどん魔物を討伐してくれるから、俺との相性がいい。力押しの俺だけではさばき切れない魔物を相手にしてくれている。俺のやりたかった討伐の形ができて、討伐は順調に進んでいった。

　ほぼ休みなく戦い続けていく。体は疲れていくが無理のない範囲だ。お互いの体調を確認しながら戦い続けていくと、急に魔物が現れなくなった。周囲にいた魔物をあらかた倒し終わったのだろう。そこでようやく一息つくことができる。

「聴力強化で周りを探りましたが、周りに魔物はいないようです」

「そうか、なら今日はここで終わりになるな。早速、討伐証明の切り取りをしていくか」

「そうですね、はじめましょう」

　周りに魔物がいないのであれば、絶好の討伐証明刈りの時間だ。武器をしまうとナイフを手に取って、周囲に散らばった絶命した魔物に近づいていく。

「しっかし、本当に午前中と変わらない数が現れたな。魔物の餌作戦は大成功だ」

「この作戦が成功して良かったです。今後も使えそうな作戦ですね」

「そうだな、毎日こんな数を討伐していったら、すげーお金が稼げそうだぜ」

「こんな数を討伐するのは初めてですからね。今日の討伐料も初めての額になりそうです」

　二人で雑談をしながら討伐証明を切り取っていく。お互いが自分が討伐した魔物の証明を切り取っていき、袋に入れていく。切り取った後の魔物の体は森の中に投げ捨てる、明日には森の掃除屋がやってきて綺麗になくなっている。

　そんな作業を続けていくと、全ての魔物の討伐証明を切り取ることができた。

「凄い量になったな。こんなに切り取ったのは初めてだ」

「私もです。これは今日の討伐料は期待できますね」

「あぁ、とうとう三万ルタを超える日がきたかもしれないな」

袋は討伐証明が入っていてずっしりとして重い。期待が持てる量を手に持って嬉しさがこみ上げてきた。これだよ、これ、俺が求めていたのはこれくらいの量なんだ！

「く～、とうとうやったぜ。リル、付き合ってくれてありがとな！」

「こちらこそ、こんないい狩場を教えてくれてありがとうございます。私も一緒に稼げて良かったです」

「そうか、リルも嬉しいか！　よし、冒険者ギルドに戻るか！」

「はい、換金が楽しみですね。あ、その前にホーンラビットの解体も済ませないといけませんね」

「そうだった、忘れるところだったぜ」

リルに言われるまで明日のことなんてすっかり忘れていた。二人で狩っといたホーンラビットの解体を済ませると、冒険者ギルドに戻っていく。早く換金をしたくて二人で足早に帰り道を進んでいった。

早く進んだお陰か、凄い速度で森の中を移動してすぐに森を抜けた。それから町に向かって行き、町に入ると真っすぐに冒険者ギルドに向かう。冒険者ギルドに近づくのが分かると、つい駆け足になってしまった。

二人で駆け足で冒険者ギルドに入ると、すぐに列に並んだ。

「とうとう報酬ですね、ドキドキしてきました」

「俺もそうだ。三万ルタいっているといいな」

「はい、高額報酬が楽しみです」

とうとうこの時がきた、嬉しすぎて緊張してきた。二人でそわそわしながら待っていると、先に並んでいたリルが呼ばれた。固唾をのんでやり取りを見守っていると、とうとうその時がくる。

「今回の討伐報酬ですが、三万千二百ルタです」

「やったな、リル！」

「やった！」

やった、目標額に届いたぜ！　嬉しすぎて二人でハイタッチを交わす。リルの換金が終わると今度は俺の出番だ。ドキドキしながら討伐証明と素材を渡すとしばらく待った。

「今回の討伐報酬ですが、三万二千ルタです」

「やりましたね、ロイさん！」

「あぁ！」

どうやら俺の方が一体分多かったみたいだ、それでも誤差みたいなものだから勝った気はしない。またリルとハイタッチを交わして喜びを分かち合う。

「お二人とも素晴らしい結果でしたね。でも、無理はしていませんか？」

「沢山の討伐をして大変でしたけど、危険な場面はなかったです」

「二人で協力し合って戦っていたから、危ない場面はなかったな。いいパーティーメンバーで本当に良かったよ」

「そうでしたか、二人でしっかりと協力しあえているからこの結果になったんですね。できれば無理はしてほしくなかったのですけど、怪我もないようですし少しだけ安心しました」

受付のお姉さんが心配そうな顔をした。そうだよな、こんなに討伐証明を持ってきたんだから普通はそうなるよな。沢山いる中の冒険者の内の一人なのに、気をかけてくれるのがありがたいな。

「討伐も大切ですが、一番大切なのは体ですよ。無理な場面が出てきたら、すぐに退避してくださいね」

「分かりました」

「そうするぜ」

「活躍してくださるのは嬉しいので、二人で協力して頑張ってくださいね」

受付のお姉さんと少し会話をして二人で列から離れていった。それから冒険者ギルドを出ると、今まで感じていなかった疲労がどっと押し寄せてくる。

「気が抜けたら、なんだか疲れてきたな」

「私も疲れが急に来ました」

「ほとんど休みなく討伐してたからな。体でおかしなところはあるか？」

「おかしいところはないので大丈夫ですよ。疲労が強いだけです」

今まで気張っていたんだな、気が抜けると疲労を感じてしまう。戦っている最中なら気張っているから疲労は感じないけど、終わった時に感じるのはちょっと辛いな。

「今日一日討伐してみてどうだった？　やっぱり辛かったら止めるか？」

「止めるほどの辛さはないです。それよりも、討伐報酬をあんなに稼げた喜びのほうが強いです」

「そうだよな、あんな金額を稼げたんだ。喜びのほうが強いよな」

確かに疲労はあるけれど、それに比べたら討伐報酬で得た喜びのほうが強く感じる。俺もそう思っていたから、リルも同じように思ってくれてホッとした。

「今日戦ってみて不安に思ったことはあるか？」

「しっかりと二人で協力しあえていたので不安はないです。危険な場面もなかったですし、これからも協力して討伐していきたいです」

「俺も今日一日戦ってみて不安なことはなかった。それどころかリルと一緒に戦えて良かったと思えるぜ。俺たちって相性がいいよな！」

一緒に戦ってリルに不安がなくて俺は嬉しくなった。

「これからも一緒に戦ってくれるか？」

「はい、こちらこそよろしくお願いします」

リルも俺も同じ気持ちだ、それを知ってますます嬉しくなった。二人で握手をすると、これからも一緒に戦うことが決まる。それが何よりも嬉しい、つい握手した手をブンブンと上下に振ってしまった。

「よーし、これから毎日三万ルタを稼いでやるぞ。一緒にやってやろうぜ、リル！」

「はい！　どれだけ疲れていても、頑張ります！」

明日への気合を入れて二人で声をかけあった。俺たちの快進撃はこれからだ！

小さな冒険者の急成長
～ギルドの受付のお姉さん～

tensei nanmin syojo ha
shiminken wo ZERO karamezashite
hatarakimasu!

冒険者ギルドで働いていて、気になる冒険者ができた。色恋の関係ではなくて、冒険者ギルドの受付嬢として立場で気になる感じだ。その冒険者の名前はリルちゃん。長い仕事を終えてまた冒険者ギルドにやってきた。

「今日はどういったお仕事を希望されますか？」

「外のクエストを受けたいと思っているのですが、どういったクエストがあるか聞いてもいいですか？」

こんなに小さな子が外のクエストを受けたいですって。今まで通りに町の中で安全に仕事をしたほうがいいと思うのだけれど。本当にリルちゃんが外のクエストができるのか不安だ。

止めたい気持ちを抑えて、私は詳しい説明をした。久しぶりに会ったリルちゃんはとても真剣な顔をして説明を聞いてくれる。やっぱり、こんな子が外の危険なクエストを受けるのは心苦しいわ。でも、立場的にそれを止める権利は私にはない。

だから、せめてリルちゃんが外のクエストを受けたとしても、できるだけのことはしてあげたい。

「初心者冒険者限定で討伐のための講習がありますので、ぜひそちらを受けてください。それと合わせて一万ルタをお支払いしていただければ、武器を使った訓練も受けることができますよ」

戦闘経験がなさそうだったから講習の案内をしてみた。できればリルちゃんにはこの講習を受けてもらって、ある程度戦う経験をしてから外に行ってほしい。そうじゃないと見守るのも不安になってしまうわ。

強い心の目でリルちゃんに念を送ると、表情を明るくした。

「二つとも受けます」

良かった、講習を受けてくれたわ。これで少しでも怪我をする機会が減ってくれたら嬉しい。確かこれからすぐに講習があったはずだわ、すぐにでも受けてもらえるように話すと了解してくれる。

話はそれで終了となり、リルちゃんを待合席で待たせておく。その間に私は講習の講師を務める男性を探して接触した。

「今日の講習に一人追加になりました。リルちゃんっていう女の子です」

「分かった。これから講習が始まるんだが、その子はどこにいる？」

「待合席で待っていますので、声かけてください。あの、その子がとても心配なので、しっかりと講習してくださいね」

「珍しいな冒険者に肩入れするなんて。分かった、しっかりと講習はさせてもらうからそんなに心配そうにするな」

「本当にお願いしますね」

その男性は苦笑いしながらもしっかりと頷いてくれた。どうか、リルちゃんの力に少しでもなりますように。その男性に強く願っておき、私は仕事に戻った。

その翌日も普通に仕事を続けていく。と言っても、リルちゃんのことが気になり過ぎて落ち着かない。確か今日は初めての訓練の日だと思ったけど、上手くできていたかな？　才能がないって言われたりしていないかな？

気になることが多すぎて、仕事への集中力が減っていった。いけない、こんなことじゃ仕事に集中できない。でも、気になりすぎてダメかもしれないわ。

一人でそわそわしながら仕事をしていると、教官役の男性が戻ってきた。堪らずに私は話しかけにいく。

「あの、確か今日はリルちゃんが訓練を受ける日でしたよね」

「ん、あぁそうだが？　あぁ、どうだったか気になるのか？」

「はい、そうなんです。戦ったことのない子だったので、訓練が上手くいっていないんじゃないかって不安で」

「あー、確かにそうだな。戦ったことのない子ではあるな」

やっぱり、一度も戦ったことがないんだわ。そんな子が本当に外のクエストを成功させられるのか、考えただけで不安になる。

「説明したことは過不足なくできていたし、話もよく聞いていた。心配なのは体力面だな。あと体が細いから力がないところが心配でもある」

「そうですよね。あの子、難民の子だから栄養のあるものが食べられなくて、体が細いんですよね。それでも昔よりは改善したんですけど、でも外の冒険者をやるほどの体力はないんじゃないかって思って」

「確かにそこが重要だからな。体力も力もないからその点の心配は尽きない。でも、頭の悪い子じゃなかったから、その辺りは自分でも分かっているんじゃないか？　無理をするタイプには見えないから心配しすぎるのもな」

リルちゃんは頭が悪いわけじゃない、むしろいい方だ。だから、私たちが心配している部分だってリルちゃんも分かっているはずだと思う。分かっていながらも外のクエストに挑む理由は分からないけれど、見守るしかないのは本当に辛い。

「体力回復ポーションも渡したし、後は自分でなんとかするだろう。それに訓練はあと二日は続けるつもりだからな、安心しろ」

「良かった、訓練は一日だけじゃなかったのね。そうしたら、あなたがしっかりと基礎の部分を教えてあげてくださいね」

「教えがいのある子だから手は抜かない、安心しろ」

「それならいいんですけれど、なんだかまだ心配だわ」

心配は尽きない、次々と色んな心配事が浮かんできては頭を悩ませた。こんなところで私が悩んでいても仕方がないのは分かっているんだけれど、黙っていることもできないのでそれが辛い。

「はぁ、何か力になってあげられればいいんだけど、何もできないっていうのは歯がゆいわね」

「なんだったら、お前が訓練をしてあげればいいんじゃねぇのか？」

「そんなことやったらリルちゃんのためにはならないわよ。私が教えてもろくなことにならないし」

「そういう場面がきたらいいいな。まぁ、訓練は任せておけ、しっかりと教えてやるからさ」

教官役の男性はそう言うとその場を去っていった。今ここであーだこーだ言うことはできるけど、リルちゃんのためにはならない。リルちゃんのためになるには、その時々でしっかりとしたアドバイスをしてあげることだ。

「今はどうすることもできないわね。その時々で私がしっかりと仕事をすればいい話よね」

そうと決まれば心を切り替えて仕事をしないとね。心配は尽きないけれど、できることはやったはずだ。あとはリルちゃんが困ったことになったら助言できるように気を付けるだけ。その時を見逃さないように、私がしっかりとしないとね。

◇

その数日後、いつものように受付の仕事をしていると、見慣れない恰好をしたリルちゃんが冒険者ギルドに現れた。一目見て分かった、装備している物は全て上級者向けの装備だということを。

初心者だと初心者向けの装備のセットみたいなものがあって、冒険のはじめの頃はみんなそれを装備している。だけど、リルちゃんの装備は違っていた。Cランクの冒険者が装備しているような革防具と武器だったから驚いちゃった。

普通なら資金の問題もあって初心者は初心者装備を買うのが通例だけど、リルちゃんはその前に半年間も町の中で働いていたから装備を買う資金はあったのだろう。背中にはマジックバッグも背負っているみたいだし、稼いだお金を装備品につぎ込んだみたい。

まさか、後先のことを考えずにお金をつぎ込んだんじゃないのかな。お店の人にいいようにされたんじゃないだろうか。人当たりがいいから、お店の人の話につい流されて買っちゃったんじゃないのかな。

しっかりしてそうでもまだ子供だもの、そういう場面では押し負けちゃうかもしれない。何があったか気になるわ。

リルちゃんを目で追うと、クエストボードに張られた討伐対象の張り紙を見ているみたいだ。あのリルちゃんが本当に外の冒険に出ていくのね、やっぱり心配だわ。

「ねぇねぇ、リルちゃんって外の冒険に行くみたいだよね。装備品も揃えちゃっているし」

「そうみたいなの。あのリルちゃんが外に行くって心配よね、事前に講習とか訓練は受けてくれたんだけど、それだけじゃ物足りないっていうか」

「講習と訓練も受けてたんだ、気合入っているね。私はてっきり町の中での仕事しかしないと思ってたから、今日のリルちゃんの姿見て驚いちゃった」

「私もそう思っていたんだけど、違うみたいね。外で魔物が討伐できるか心配だわ」

他の受付嬢とリルちゃんのことを話すけど、やっぱり心配は尽きない。二人でリルちゃんを見て、しばらく考えた後に重いため息を吐く。

「本人が希望しているのなら、私たちは止められないわよね。リルちゃんには安全な町の中で働いていてほしかったけど」

「それができないのが辛いところよね。リルちゃんの年齢でも外の冒険に出ている子たちはいるけれど心配よ」

「上になんの用が？」

張り紙を見ていたリルちゃんはそのまま外に出ていかずに階段を上っていった。

「図書室をよく利用しているみたいなの。きっと、冒険に出ていく場所を調べたり、魔物のことを調べたりするんじゃないかしら」

「あー、そういうこと。しっかりしているわよね。普通ならすぐに外に行きそうなところをしっかりと下調べしちゃうんだから」

「しっかりとしている子だから、私たちが過剰な心配をする必要はないんだけどね。分かっているんだけれど、心配しちゃうわ」

「分かるわー。あ、仕事に戻らなきゃ」

二人で雑談をした後はそれぞれの仕事に戻っていった。仕事をしていると出ていくリルちゃんの姿は確認できなかったけど、心の中で応援しておいた。初めての外の冒険、頑張れ。

それから仕事に集中していった。時々、リルちゃんのことを思い出すことはあるけれど、今は信じて待つことに決めた。きっと無事な姿を見せてくれる、心から強く信じて一日の仕事に集中する。

集中するとあっという間に時間は経つもので、冒険者が集まる夕方時になった。忙しく冒険者をさばいていると、見慣れた姿が目に入る。リルちゃんが戻ってきた。

「次の方どうぞ」

声をかけるとリルちゃんが目の前にやってきた。見た感じ怪我をしている様子はなくてホッと一安心する。

「お疲れさまでした。討伐証明か本体をお出しください」

「はい」

そういうとリルちゃんはマジックバッグの中から袋とホーンラビットの本体を出してきた。私はそれを受け取り報酬を計算していく。一人でこんなに倒したんだね。初めての冒険にしては上出来じゃないかな。

報酬を計算して提示すると、一部を貯金に回し一部を受け取りにした。受け取りの金額を差し出すと、リルちゃんがそれを受け取る。

「今日は初めての外の冒険でしたね。いかがでしたか？」

「はい、初めて尽くしで驚いたことがいっぱいありました。でも、こうして無事に戻ってこられて本当に良かったです」

「相手にした魔物はFランクでしたが、怪我がなくて本当に良かったです。危ない場面とかありませんでしたか？」

「危ない場面は……少しありました。でも冷静に対応ができたので、怪我無く戻ってこられました」

少しの会話をすると、穏やかな表情で受け答えをしてくれる。先ほどまで緊張していたのか、気が抜けた顔が可愛らしくてこちらが和んでしまった。

「しばらくは討伐のお仕事をされるのですか？」

「はい、装備品も買い揃えましたし、こちらの仕事もメインにして活動していくつもりです」

「そうですか。リル様はしっかりしているので大丈夫かと思いますが、くれぐれも気を付けてくださいね」

「はい、体が資本なので大事にしていきます。心配してくださってありがとうございます」

最後はにっこりと笑ってくれて、今まで心配していたことが消えていくようだ。可愛い笑顔を見ただけで心配事もなくなるなんて、なんだか可笑しいわね。

「明日も頑張ってくださいね」

「はい、ありがとうございます」

手を小さく振ってあげると、リルちゃんも手を振り返してその場を去っていった。とにかく、何事もなくて本当に良かった。無事な姿を見るまでは気持ちが浮ついていて落ち着かなかったからな。

今日の心配事もなくなったし、残りの仕事を片づけていきましょうか。

◇

リルちゃんの魔物討伐は順調に進んでいった。休みの日以外は全部魔物討伐をしているらしく、怪我もなく頑張っているみたいで本当に良かった。はじめはどうなるかと思ったけど、無理はしていないみたい。

魔物討伐のはじめはそれなりの数しか討伐できていなかったけど、日に日に討伐数が増えていくのをみるとこっちが嬉しくなる。なんだか体もたくましくなっていっているみたいで、頼りなかった風貌が徐々に変化しているのが良かった。

それなりに気を付けてみているお陰か、ちょっとの変化にも気づけるようになった。ある日を境に討伐数がぐっと増えたのだ。無理はしているようには見えないし、一体どうしてだろう？

「最近、討伐数が増えているみたいですね。何かあったのですか？」

「討伐数を稼ぐために討伐のやり方を変えてみたんです。そしたら、それが大当たりしてこんなに稼げるようになりました」

「そうだったのですね。それはいいやり方を見つけられましたね」

「はい！　偶然にみつけたものなので、本当に良かったです」

頭がいい子だとは分かっていたけれど、ほんのちょっとのきっかけで討伐数が増えるなんて凄いわ。他の冒険者よりも数を稼げているみたいだし、しばらくは安泰だわ。

難民の子だから頼るものがない中、収入が増えるのはとてもいいこと。少しでも多めに報酬を渡したいけど、これればかりは嘘をついてあげることはできない。だから、毎日歯がゆい気持ちで報酬を渡している。

でも、これからは少し多めに渡せるからそんな気持ちも薄らいでいく。装備品でなくなったお金だったけど、これからは多く減ることはないから貯まっていくことになるわね。お金が貯まったら何か自分のものでも買うのかしらね。

　収入が上がってしばらく経った日、珍しくリルちゃんがお願いをしてきた。

「あの、ステータスを確認したいんですけど……いいですか？」

「もちろん、大丈夫ですよ」

　何か気になることがあったのだろうか？　鑑定の水晶を取り出して、リルちゃんの前に出す。リルちゃんが鑑定の水晶に手をかざすと、鑑定結果が浮き出てくる。

「えーっと、あ！　上がってる！」

「ステータスが上がったんですね、おめでとうございます。ステータスは上がりづらいので、とても珍しいです」

「そうなんですね。最近、体の動きとか以前よりもスムーズになって、もしかしたらって思ったんです。そっかー、ステータス上がったんだー」

　とても嬉しそうな顔をして喜んでいた。そういえば、体つきもしっかりしてきたように見えるし、少し太くなっているような気がするわ。そう、沢山討伐をして体が鍛えられたのね。

「以前に比べたら体がしっかりしてきたように思います。体が鍛えられている証拠ですね」

「そうですか？　なんだか頼りない体つきだったと思ったんですが、お姉さんが言うのなら間違いないですね。なんだか、逞しくなった気がします。これだったら、そろそろEランクの魔物と戦えるかも」

「Fランクの魔物討伐はおしまいですか？」

「はい。戦い慣れてきましたし、そろそろ上のランクの魔物と戦おうと思いまして。お姉さん的にはどう思いますか？」

なるほどね、最近の体の成長を感じてきたからステータスを確認したんだわ。そして、これをきっかけにして上のランクの魔物と戦おうって考えていたのね。本当にリルちゃんは色々と考えて行動しているのね、感心するわ。

「ステータスが上昇して、しっかりと魔物討伐も経験してきましたね。リル様は上のランクの魔物と戦ってもいいと思いました」

「そうですか、良かった。上の魔物と戦う気持ちが固まりました、ありがとうございます」

リルちゃんはそういうとお辞儀をしてその場を離れていった。はじめは心配だったけど、着実に強くなっているみたいで安心したわ。そうよね、色々と考えながら戦っているんだもの、危険は少ないはずよね。

でも、上のランクと戦うことになるのか。Eランクの魔物と言えばゴブリンとドルウルフね、Fランクの魔物に比べたら好戦的だし体格だって大きいわ。戦うのが難しくなるのは間違いない、リルちゃんは大丈夫かしらね。

翌日、朝早くにリルちゃんは冒険者ギルドにやってきた。クエストボードに張られた張り紙を確認して、図書室に向かっていく。今日から上のランクの魔物と戦うらしい。戦う前に色んな情報を得ているのは偉いな。

「今日からリルちゃんが上のランクの魔物と戦うことになるみたいなの」

「そうなんだ。しっかりとFランクの魔物と戦っていたし、下準備は整っていそうだね」

「ステータスも上がったみたいだし、大丈夫だとは思うんだけど、それでも心配だわ」

「まぁ、そうよね。一つランクが上がっただけで魔物の強さは変わるから心配だよね」

隣にいる受付嬢と話しながら朝の仕事をさばいていく。

「リルちゃんが強くなっているのは分かるけど、安全に戦ってほしいわね」

「魔物討伐だから安全っていうのもおかしな話だけどね、その気持ち分かるわー」

「とにかく、今日は怪我なく帰ってきてほしいって願ってるわ」

「それが一番よね。無事に帰ってきてほしいわね」

無理なのは分かっているけれど、安全に戦ってほしい。帰ってくる時を待って、自分の仕事を終わらせていく。仕事に集中しているとあっという間にお昼になり、夕方になった。冒険者たちが帰ってくる時間だ。

いつものように冒険者をさばいていると、見慣れた姿が列に並んでいるの見つけた。一見して怪我をしてなさそうでホッと安心する、無事に帰ってきてくれたみたいだ。

「次の方どうぞ」

冒険者をさばくと、次に並んでいたリルちゃんが前に出てきた。改めて見た姿を見ても怪我をしてなさそうだ。

「こちらをお願いします」

そう言ってリルちゃんは討伐証明とポポを差し出してきた。私はそれを受け取って報酬額を計算していく。

「今日から上のランクの魔物と戦っていたのですね、無事に戻ってくれて嬉しいです。怪我がありませんでしたか？」

「怪我はありませんでした。危なげなく魔物と戦えたと思います」

どこか嬉しそうに語るリルちゃんを見てこちらも嬉しくなった。手早く換金を済ませて、もう少しだけ会話をする。

「はじめが上手くいって良かったですね。ですが、気を付けてくださいね。気を抜いた時に怪我をしてしまうかもしれません」

「はい、調子に乗らずに討伐を頑張りたいと思います。報酬額も上がったので、やる気がいっぱいです」

「ふふ、その調子なら大丈夫そうですね。活躍楽しみにしてますね」

「はい！」

元気な返事をして、リルちゃんは手を振ってその場を離れた。去っていく姿を見送って、すぐに違う冒険者の対応を始める。今日の憂いがなくなってすっきりしたみたいだ。あのリルちゃんなら大丈夫だろう、そう思えることができた。

◇

あれからしばらくが経ったけど、リルちゃんは順調に討伐数を稼いでいた。毎日怪我もなく帰ってきて、元気な姿で換金している姿を見続けていくと心配もなくなった。

慎重なリルちゃんはゆっくりとだが着実に力を付けているみたいで、月日が経っていくと討伐に慣れてきたのか余裕の姿も見受けられた。子供の成長は早いな、少しずつ成長していく姿を見てそんなことを思った。

そんなある日、とある依頼が出た、パーティー結成の募集だ。リルちゃんと同じEランクの冒険者でそれなりに戦い慣れた男の子からの募集だ。どうやら魔物が多く発生している場所を見つけたので、足りない人手を求めての募集らしかった。

この募集、リルちゃんに丁度いいんじゃないかな？　魔物が多い場所での討伐になるのは心配だけど、最近余裕が出てきたほど強くなっているみたいだ。だから、このパーティー募集を勧めてみることにした。

リルちゃんが戻ってきた時、そのパーティーの募集を教えてみた。すると、リルちゃんは興味深そうに話を聞いて、パーティー募集の張り紙を見に行った。しばらくするとカウンターに戻ってきて、パーティー募集を受けると言ってくれる。

後日、パーティー募集をかけたロイ君とリルちゃんの初顔合わせがあった。待合席で二人は顔合わせをして話をする。どんな話をしているのか分からなかったけど、見た感じいい雰囲気で話が進んでいるようだった。

しばらくすると、リルちゃんは冒険者ギルドから出て、募集をかけたロイ君がカウンターまでやってくる。

「パーティー結成の申請にきました」

「メンバーが決まったのですね、おめでとうございます」

「お姉さんが勧めてくれたお陰だね。本当にありがとう、これで目的だった討伐ができるよ」

ロイ君は嬉しそうな顔をしてそう言ってくれた。どうやらお互いに話がまとまったみたいで、すぐにでもパーティーで討伐をしにいくみたいだ。

「魔物が多い場所だと伺いました。怪我をしないように協力して討伐してくださいね」

「うん、そうするぜ。絶対にこの討伐は成功させたいから、気合入れてやっていく」

「二人で協力して頑張ってくださいね。はい、パーティー申請は受理されましたよ」

「ありがとー」

ロイ君はそんなことを言いながらカウンターを離れ、冒険者ギルドを出ていった。二人のパーティーがどうなるのか気になるけれど、きっと大丈夫よね。その後は頭を切り替えて他の冒険者をさばいていった。

翌日、いつものように仕事をしていく。忙しい朝が終わり、暇な昼はのんびりとして、また忙しい夕方がやってきた。冒険者ギルド内は帰ってきた冒険者でごった返して、とても賑やかになっている。

普段通りに仕事をしていると、次の冒険者がリルちゃんたちだった。初めてのパーティー討伐から戻ってきたみたい。前の冒険者をさばくと、リルちゃんたちを迎え入れる。

「こちらの討伐証明をお願いします」

「はい、かしこまりました」

受け取った袋を開けると沢山の討伐証明が入っていた。数えてみると全部で二十四体分があり、その数の多さに驚いた。

「凄いですね、こんなに討伐してきたんですか？」

「はい、でもこれでも目標数まで届かなかったんです」

「これ以上の討伐をする予定だったんですか？」

「目標は三十体です」

一日で三十体も、今までそんなに討伐してきた人はいなかった。そんなに魔物が出る場所で討伐しているだなんて、ちょっと心配になってくる。でも怪我もないようだし、さばき切れる数だっていうことだよね。

「目標数までいかなかったのは残念ですが、この数も凄いですよ」

「ありがとうございます。でも、明日は対策をして三十体を倒してみせます。ですよね、ロイさん」

「あぁ、明日はあの作戦で目標の討伐数を目指そうぜ」

二人はやる気を漲らせている、本当に三十体も可能なのだろうか？　ここは無理をしないように注意したほうがいいのか、それとも背中を押したほうがいいのか悩むわ。二人の雰囲気を察するに余裕に見えるし、ここは背を押すことにしましょう。

「目標数にいければいいですね、怪我がないように頑張ってくださいね」

「はい、頑張ります」

「明日は三十体以上だ！」

二人を応援すると二人は明るい表情をしてカウンターから離れていった。本当に危険がないのよね、大丈夫よね。ちょっとだけ膨らんできた心配を感じながらも、他の冒険者の対応を始めていく。

応援した翌日の夕方、昨日の二人のことを考えながら仕事をする。今日は本当に三十体いったのか気になるな、早く帰ってこないかな。そう思いながら夕方の忙しい時間を過ごしていく。

集中しながら冒険者をさばいていくと見慣れた姿が目に入った。リルちゃんたちだ。前の冒険者の対応が終わると落ち着かない様子でリルちゃんがカウンターに近づいてきた。

「討伐と素材です、よろしくお願いします」

袋から討伐証明を取り出すと、数えきれないほどの討伐証明が現れた。その数の多さは目を引くもので、周りの冒険者が覗き見て声を上げるほどだ。ちらっとリルちゃんたちを窺うと自信に満ち溢れた顔をしている、やり遂げた感じがする。

私は討伐証明をしっかりと数え、その報酬額をリルちゃんに伝えた。

「今回の討伐報酬ですが、三万千二百ルタです」

「やったな、リル！」

「やった！」

二人は嬉しそうにハイタッチをした。周りがその金額を聞き驚きの声が上がっているが、そんなことは気にせずに二人は喜びあっている。この二人が本当にこんなに討伐を稼いでくるなんて驚きだわ、頑張ったのね。

はじめはどうなることかと思ったんだけど、二人が驚くような活躍ができて本当に良かった。このままこの二人が活躍することを願っているわ。

◇

それからリルちゃんたちの快進撃が始まった。毎回三万ルタを超えるほどの討伐をこなして、冒険者ギルド内で低ランク冒険者の中で注目度を上げていく。二人は報酬しか興味はなさそうで、周りの目は気にしてなさそうだった。

とにかく毎日嬉しそうに換金にやってくるのが見ていて気持ちのいいものだ。怪我もしておらず、体力も余裕がありそうで無理はしていない様子だったのが一番良かったこと。

同じランクの冒険者たちから相談を受けることもあり、二人の周りには人が集まっていた。それを二人は誠実に受け答えをして、他の人にも知識を分け与えているような感じだ。

でも、一つだけ懸念があった。そんなに多くの魔物が登場するのであれば、上のランクの魔物も出てくる可能性があるということ。二人はその可能性に気づいているのだろうか？　ここは受付嬢として注意をしないといけないね。

ある日、帰ってきた時にそのことを伝えてみた。上位種のゴブリンが出ることを伝えて、見たことがあるかと問うと二人は見たことがないという。まだ遭遇していないのであれば、強く注意をしないといけないね。

「あの東の森の奥には時々上位種のゴブリンが姿を現します。もし姿を見かけた時はこちらに報告してもらえませんか？」

二人は了解したように頷いてくれた。でも他にも懸念がある。

「でも、もし他の方が追われている状況でしたら助けていただけませんか？　きっとお二人の真似をされて奥地まで行ってしまい、遭遇してしまう可能性がありますので」

最近二人の真似をしている冒険者がいるから、その冒険者たちにも上位種のゴブリンと出会うことになりそうだ。そのことも話すと二人は了解してくれた。ここまで注意をすればきっと大丈夫だろう。

二人は上位種のゴブリンを調べるために図書室まで行った。流石はリルちゃんだ、事前に情報を集めるのは頼りになるね。とにかく、東の森で上位種のゴブリンが現れないように祈るしかない。

そんな私の心配は数日後に当たってしまった。ある日の昼、暇な時間を過ごしていると珍しい時間にリルちゃんたちが姿を現す。一体何があったんだろう、疑問に思いながら対応を始める。

「今日はどうされましたか？」

「実は東の森でDランクのゴブリンが現れました」

とうとう東の森にDランクのゴブリンが出てしまった。一瞬、かける言葉を見失うけれど、すぐに会話を続ける。どうやら逃げることができなくて、やむなく戦ってきたみたいだ。

詳しく話を聞いてみると最初に襲われたのは他の冒険者パーティーで、そのパーティーを助けるために戦ったみたい。そのパーティーの冒険者たちは怪我はしているみたいだが、リルちゃんたちは怪我をしていなかった。

とにかく大きな怪我がなくて本当に良かった。みんなが無事に戻ってこれたのもリルちゃんたちが頑張ってくれたお陰だわ、上位種のゴブリンに勝てるくらいに強くなったのね。

リルちゃんはなんと三体もの上位種のゴブリンを倒したみたいだ。一人で戦って勝てるなんて、リルちゃんに実力がついてきた証拠よね。あのリルちゃんがここまで成長するなんて、最初の頃を知っているから信じられないわ。

それに今回でDランクにランクアップした。一年前からは想像がつかないほどに逞しくなったわ。頼りなかった子がこんなに成長するなんてすごいわ。これもリルちゃんが今まで頑張ってきた証しね。

Dランクになってこれからどんな活躍をするのか、楽しみになってきたわ。次はどんな仕事をしていくのかしら、考えただけでも楽しみになってきちゃったわ。私はそんなリルちゃんを陰ながら応援できれば、それだけで満足よ。

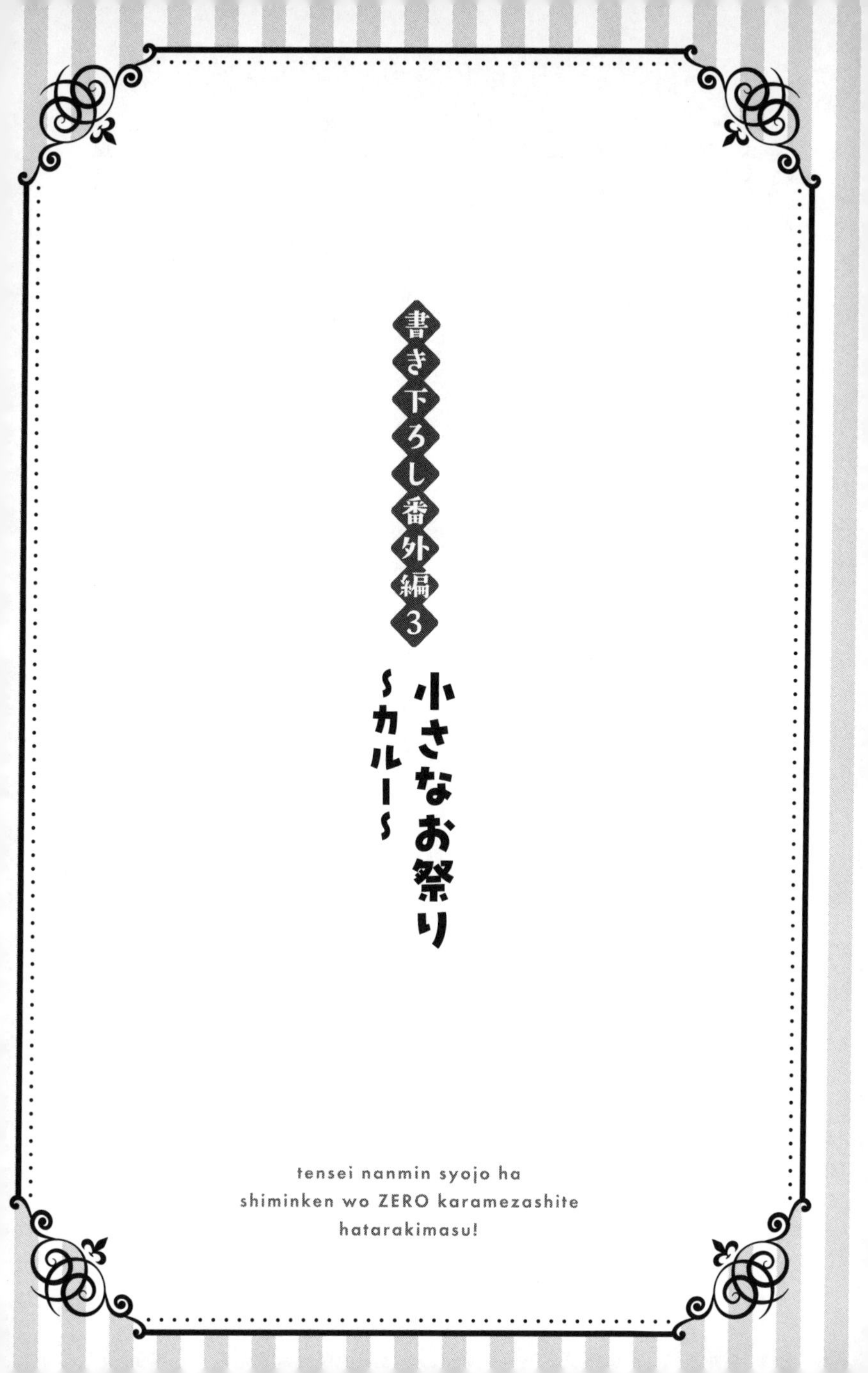

書き下ろし番外編3

小さなお祭り

～カルー～

tensei nanmin syojo ha
shiminken wo ZERO karamezashite
hatarakimasu!

道具屋で住み込みの仕事を始めてからしばらくが経った。仕事も順調に覚えて、一人で店番ができるようになったわ。ご主人ともいい関係が築けているみたいだし、全く問題はなかった。

今までお世話になった孤児院に少しでも恩返しがしたかったから、働いた給金の一部を寄付している。シスターは遠慮したんだけど、私が無理やりお金を手渡している。こうでもしないと、恩を返しきれないからね。

そんな孤児院の経営は決して良くはない。孤児院の経営費は町の偉い人からの寄付頼りで、その金額は多くもなく少なくもなく、といった微妙な感じだ。もっとくれてもいいと思うのだけれど、そう簡単にはいかないよね。

実は他にも孤児院の収入源がある。それは時折開かれる孤児院のバザーで、その時に作った物を出して買ってもらうことで孤児院の収入としているところがあった。そのバザーが近々あるので、暇な時間を見つけて手仕事をしている。

今は小さなお人形を縫っていて、これを沢山作ってバザーに出すつもりだ。縫う場所が沢山あって大変だけどやりがいはある。できるだけお人形を作ってバザーで沢山売ろう。

道具屋の奥にあるカウンターの前に座りながら手仕事をしていると、扉が開いた音がした。お客さんだ、縫いかけのものを棚にしまうとお客さんを迎え入れる準備をする。

「カルー、こんにちは」

お客さんだと思っていたのはリルだった。その姿を見てホッと一安心すると、話しかける。

「よく来てくれたわね、リル。今日はお買い物かしら？」

「はい、使っている袋が汚れちゃったので新しいものに買い換えようと思ってきました」

「いくつ必要なの？」

「二つほど見繕ってくれませんか？」

「分かったわ」

リルからの話を受けて、私はカウンターから出ると店の中を歩き始める。目的の袋を手に取るとカウンターに戻り、会計を済ませた。

「いつもありがとうございます」

「これが仕事だからいいのよ。今日も少し話していく？」

「はい、そのつもりで来ました」

リルは袋をマジックバッグの中に入れると、嬉しそうな顔をして話したいと言ってくれた。そこでリルをカウンターの内側に移動させて、空いているイスを渡すと私の隣に座った。

「最近どうなの？　魔物討伐とか順調にいっている？」

「はい、順調に進んでますよ。普通に働くよりも多くの報酬を貰えるので、そこは気に入っています」

「それでも魔物と戦うのは大変よね。まぁ、怪我がないのならいいんだけど無理はしないでちょうだいね」

「分かってますよ。体が資本ですからね、自分の身が一番大切ですから」

そっか、魔物討伐は順調に進んでいるのね、怪我もなくて本当に良かったわ。リルみたいな年齢でも魔物討伐ができるのだから、もしかしたら自分もできるかもしれないわ。それでも魔物は怖いから私は町の中で働くのが性にあっている。

二人でお喋りをしていると、ちょっと手元が寂しくなってくる。棚にしまった縫いかけのお人形を手に取ると、お喋りしながらお人形を縫い始めた。

「何をしているんですか？」

「孤児院のバザーで出すお人形を作っているの？」

「孤児院のバザーってどういったものですか？」

「みんなで作った物を売りに出すイベントよ。このバザーは孤児院の収入源にもなっていて、しっかりと稼がないといけないからね」

リルは興味津々に聞いてきて私は説明をした。できるだけ数を作っておかないと収入が減っちゃうから頑張らないとね。

「バザーって物を売るだけですか？　他にイベントごととかないんですか？」

「そうよ、物を売るだけね。それがどうかしたの？」

「他のイベントがあれば、それが収入源になるんじゃないかなって思いました」

「他のイベントねぇ……例えばどんなものをやればいいの？」

リルは腕を組んで真剣に考え始める。

「そうですね、体験型のイベントがいいと思います。ちょっとした遊びみたいなものをやってみたらどうでしょう」

「遊びをしてどうするの？」

「お金を取るんです」

「お金を取れる遊びってあるわけ？」

なんだかリルがおかしなことを言い始めたわ。遊びがお金になるわけないじゃない。そんな簡単にお金を稼げたら凄いことよ。でも、それに成功したら普通にバザーをやるよりもお金を稼げそうだわ。

「やってみないと分かりませんが、こういうイベントごとってこの町に少ない気がします。だから、やってみたらウケると思うんですよね」

「みんながこぞってやるイベントとかあるのかしら？　私は全然思いつかないわ」

「そうですね、どんなイベントができるか確認しないといけません。そうだ、一度孤児院に連れて行ってもらえませんか？」

「リルを孤児院に？」

「はい。孤児院の様子を見てからできるイベントを考えたいと思います」

リルがバザーに協力してくれるってことよね。どうしてリルは協力してくれる気になったのかしら。

「ねぇ、リルはバザーに協力してくれるってことよね。どうしてそこまでしてくれるの？」

「カルーにはお世話になっていますし、友達が頑張っていることに協力したくなりました。少しでも孤児院の収入が増えるように頑張っているのであれば、私も微力ながら力になりたいです」

リルの優しさが胸に染みるわ。こんな素敵な友達ができるなんて思ってもみなかったから、本当に嬉しい。私のことだけじゃなくて孤児院のことも考えてくれるから、本当に嬉しいの。

「リル、ありがとう」

「カルーがお世話になった孤児院ですからね、少しでも恩返しの足しにしてもらえると嬉しいです」

「うん、嬉しいわ。それじゃ、次のお休みの時に一緒に孤児院に行きましょう」

「はい！」

リルが協力してくれるのは心強いわ。それに一緒に孤児院に行けるのも楽しみだし、リルに孤児院のことを色々と教えてあげなくっちゃ。ふふ、今から孤児院に行くのが待ち遠しいわ。

休みの日、道具屋の前で待ち合わせをした。道具屋の前で待っていると、通りからリルが走ってきたのが見える。

「おはようございます。待たせてしまってすいません」

「そんなに待っていないから平気よ。さあ、行きましょう」

「はい」

合流すると二人で並んで通りを歩いていく。通いなれた道をお喋りしながら進んでいくと、孤児院が見えてきた。孤児院は教会に併設された施設で孤児のみんなは併設された場所で暮らしている。

「ここが孤児院よ」

「ここで暮していたんですね」

正面には教会、裏手には孤児院がある。教会を素通りして裏手に回ると、二階建ての建物と大きな庭があった。その庭では孤児たちが楽しそうに遊んでいる。そこに近づいていくと、孤児たちがこちらに気づいた。

「あ、カルーだ！」

「久しぶりー！」

「おーい、カルーが遊びに来たぞー！」

私が姿を現すとみんな声を上げて近寄ってくる。みんな元気にしていて安心した。抱き着いてくる子もいてそういう子は抱きしめ返してあげる。ちょっと遠慮がちの子もいるけれど、その子には頭を撫でてあげた。

「あれ、カルーが知らない子を連れてきている」

「外でお友達になったリルよ」

「リルです、よろしくお願いします」

「へー、そうなんだ。よろしくー」

リルを紹介するとみんな興味深そうに覗いてくる。そんなことをしている内に孤児院の中から他の子たちも現れた。

「カルーじゃん、久しぶり」

「何々、遊びに来たの？」

「久しぶりだからゆっくりしていってよ」

「ありがとう。今回はバザーのことで寄ったのよ」

あっという間に孤児たちに囲まれる。久しぶりにあった孤児院の子たちはみんな元気そうにしていて、安心した。しばらくみんなと話していると、建物からシスターが現れた。

「カルー、お久しぶりですね。今日はどういった用で来たのですか？」

「シスター、こんにちは。今日はバザーのことで来たわ」

「孤児院を離れてからもここのことを考えてくれて嬉しいです。そちらの方は？」

「この子の名前はリル。バザーの話を聞いて力になれることがあるかもっていうことで連れてきたの」

「そうですか。リルさん、協力してくれてありがとうございます」

「こちらこそ、受け入れてくれてありがとうございます」

シスターとリルが挨拶を交わした。他の子たちもリルに興味を持ったのか、色々な質問をし始める。

「カルーの友達なんだよな。どこで出会ったんだ？」

「ごみの回収の時に会ったんです。いつも一緒に仕事をしていたんですよ」

「へー、そうなんだ。外でのカルーってどんな感じ？」

「とてもしっかりしていて、頼りになる感じですよ。私も何度か助けられたことがあります」

「流石はカルーだな」

私のことを話題に出されてなんだか恥ずかしいわ。そうやって色々と話していると距離が近くなって、孤児院の子たちもリルを受け入れ始める。

「さぁ、バザーの話をしよう。シスター、孤児院の中で話しても大丈夫かしら？」

「はい、大丈夫ですよ。では、行きましょうか」

「お邪魔します」

シスターと一緒に孤児院の中に入っていく。他の孤児院の子たちは外で遊んだり、後をつけてきたりして自由に動いている。バザーの話を気になる子は一緒についてくるから、バザーの話が広がりそうね。

そうして孤児院の中に入ると、テーブルとイスがいくつも並んだ大広間にやってきた。ここではみんなで食事をしたり、お勉強をしたりする場所だ。その場所にシスターが座ると、私たちも座り、気になってついてきた孤児院の子たちも座った。

「近々孤児院でバザーが開かれます。バザーは孤児院の子たちが作った物を売り出すことを目的にしています。そして、そこで得た金銭を孤児院の運営費に当てることができます」

「今もそこで売り出す物を作っているんだ。お人形とかおもちゃとか、布の物とか木の物とか色んなやつ」

バザーは物を売るイベントだ、だからリルの言っていた体験型のイベントがどんな効果を出すのか分からない。というか、どういうことをするのかも分からないわ。真剣に話を聞いていたリルが口を開く。

「バザーを物を売るだけで終わってしまうのは、とても惜しいと思います。だから、私が考えた体験型のイベントを追加してみませんか？」

「体験型のイベントですか？　それはどういったものでしょう？」

「遊びの延長にあるものですが、例えば的当てのイベントにしましょう。的を当てれば、当てた分だけの商品が貰えたり、他の人と競って一番的を当てた人が商品を貰えるようにします。そして、ここからが重要なのですが、このイベントに参加するために参加費を取ります」

「商品を購入するお金を集めるんじゃなくて、参加費を取るということですか？」

「そうです。商品をそのまま購入して貰うよりもそのほうがお金を多く集めることができると思います」

リルが言っていた体験型のイベントがどんなものか分かったような気がするわ。普通なら商品を買うだけで終わらせるんじゃなくて、イベントを起こしてそれに参加させて参加費を取ることだったのね。そうしたら一つの商品を売るよりも多くのお金を集めることができそう。

「こういった催しをすれば、参加した人は楽しいです。楽しくなると色んなことをしたくなります。だからつい参加費を払ってでもイベントに参加したくなると思います」

「なるほど、そうですか。それだと一つの商品をそのまま売るよりも、多くのお金を集めることができそうですね。それに参加者が楽しんでくれるのが一番いいと思います」

「なんだか楽しそうだな。俺たちも協力させてくれ！」

「イベントかー、色んな遊びしたいなぁ」

リルの話を聞いてシスターも孤児院の子たちも乗り気になってくれた。私も話を聞いてなんだかワクワクしてきちゃった。どんなイベントをやろうか、て考えるだけで楽しくなるのってすごいわね。

「じゃあ、みんなで実施するイベント考えましょう。私もいくつかイベントを考えてきたので、ぜひ話を聞いてください」

「そうですね、みんなで考えればきっと素敵なイベントになることでしょう」

「そしたら、外にいる子たちも呼んでくるね！　みんなで考えたほうが楽しいと思うから」

話が大きく動き出した。わっとなって孤児院の子たちが動き出して、外にいる子たちを呼びに行った。楽しいことはみんなと一緒にやりたいものね、今度のバザーは大成功間違いなしね！

◇

それから、リルと私の休みの日には孤児院に集まってバザーの話を進めていった。まず、バザーで何をするか決めていき、その後で必要なものを作ったりする。

その中でリルの出すアイディアはどれも素晴らしいもので、バザーの出し物ほとんどがリルが出したアイディアになった。リルって不思議よね、難民らしくない発想をするというか、こんなに頼りになるとは思わなかったわ。

いつの間にかバザーの話はリルを中心に進んでいて、リルはテキパキと適切な指示を出す。指示を出された孤児院の子たちが動いて、必要な物を作ったりしている。リルも指示を出すだけじゃなくて、一緒になって必要な物を作っていた。

「ねぇねぇ、リルー。こんな感じでいい？」

「はい、大丈夫ですよ。その調子で頑張ってください」

「ここが難しいんだけど、どうすればいい？」

「ここですか？　ここはですね」

バザーの中心人物となって色んなお手伝いをしてくれていた。孤児院の子たちは遠慮なくリルに頼り、自分たちの仕事を進めていく。リルは嫌な顔をせずに受け答えをして、問題なく準備は進んでいった。でも、休みがないのはいただけないわ。

「そろそろ休憩したら？　ここに来てからずっと作業ばかりじゃない」

「あぁ、そうですね。なんだか夢中になってやってしまいました」

「バザーの準備が楽しいのは分かるわ。でもそれで疲れちゃったら翌日の仕事に響くでしょ。何事もほどほどがいいわよ」

話しかけるとようやく手を止めて休憩に入った。孤児院の子たちも休憩に入り、各々が散らばって好きなことをし始める。私はリルの隣に座って話を続けた。

「リルが協力してくれたお陰で今度のバザーは素晴らしいものになると思うわ」

「私の力が役に立って本当に良かったです。カルーにはいつもお世話になっていますし、その恩返しに力になれて嬉しいです」

「嬉しいことを言ってくれるわね。でも、いつもお世話になっているのはこっちも同じよ」

外の冒険に出始めたリルと過ごす時間は少なくなっちゃったけど、いつも空いた時間に雑貨屋まで来てくれるリルには助かっている。一人で仕事をしているのは寂しいからね、少しでも顔を出しに来てくれて嬉しいのはこっち。

お互いに違う仕事をしているから一緒にいられる時間は少ないけど、暇さえあれば顔を出してきてくれる。それがどれだけ私の助けになっているのか、きっとリルは知らないでしょうね。

いつも助けられているのに、今回のバザーも助けられてしまった。私はリルに何かしてあげられることはないだろうか？

「ねぇ、リルにはいっぱい感謝をしているの。だから、何かお返しができないかしら？」

「お返しですか？　そんな、気を遣わなくても大丈夫ですよ。私は好きでやっていることですから」

「そうだとしても、こちらの気が収まらないわ。なんでもいいから、私のできることでお返ししたいの」

「うーん」

リルは腕を組んで悩み始めた。しばらく俯きながら難しい顔をして悩んでいると、何かを思いついたように顔を上げる。

「一つだけお願いしたいことがあります」

「なんでもいって」

「一緒にバザーを歩いてもらえませんか？」

「どういうこと？」

一緒にバザーを歩く？　一緒に参加するのにどういうことだろう？

「参加者側としてバザーを見て回りたいんです。ちょっとしたお祭りみたいで楽しそうですし」

「そういうことなのね。それだったらいいわ、一緒に回りましょう」

「ありがとうございます」

そっか、リルは参加したかったのね。それくらいなら私にできそうだわ、でもこんなことでいいのかしら？　リルは嬉しそうにしているし、私の考えすぎかしらね。

「バザーがもっと楽しみになってきました。バザーを絶対に成功させて、楽しい時間を過ごしましょうね」

「そうね。準備も順調だし、このままだったら無事にバザーを開催できそうね」

「休憩も終わりにしましょう。バザーを成功させるために準備を完璧にしないといけません」

リルが張り切って両こぶしを握った。リルのためにはならないことなのに、こんなに頑張ってくれて本当にありがたいわ。リルが動き出すと、遊んでいた孤児院の子たちが集まってバザーの準備が始まった。

こんなに頑張って準備しているんだもの、絶対に成功するに決まっているわ。

◇

バザー当日。朝早くに孤児院に行くと、すでにシスターと孤児院の子たちが広い庭にバザーの準備を始めていた。

「あら、おはよう」

「おはようございます、シスター」

「シスター、おはよう」

「みんな待ちきれなくて先に準備を始めているわ。といっても、昨日にあらかた準備が終わったからやることも少ないんですけどね」

シスターと話をしていると、孤児院の子たちが集まってきた。みんな表情は明るくて楽しそうな雰囲気をしている。

「カルーとリル、遅いぞ。もうほとんどの準備が終わっちゃったぞ」

「今日は楽しみだね。沢山の人がきたらいいなー」

「この日のために、周辺の人たちにはバザーのことを話してありますので、気になった方々が来てくれると思いますよ」

みんなが集まって話し出すとわいわいと騒がしくなる。いつものバザーの時にはない楽しい気持ちが溢れているみたい。私もその気持ちに引っ張られるように気持ちがわくわくし始めた。

「今日は来た人に楽しんでもらおう。それと、沢山の人に遊んでもらって孤児院の寄付を多くもらおうね」

「そうですね。色んな人に色んなゲームをしてもらって、楽しく寄付を募りましょう」

孤児院のためにこんなに尽力してくれたリルには感謝しかない。リルの考えたゲームはどれも真新しくて楽しいものだった。しかも、このバザーが終われば孤児院でもゲームで遊べるから、退屈している暇がないのもいい。

今日は一日孤児院のために働いて、孤児院のみんなのため、シスターのために頑張ろう。リルの調子が乗り移っちゃったみたいね。なんだか可笑しいわ。

「それでは、私はシスターと一緒に昼食の準備をしてきますね」

「作るのはクリームシチューっていうスープよね。あのスープなら完売間違いなしだわ。頑張って作ってきてね」

「はい、任せてください！」

昼食時に孤児院で作った昼食を食べてもらう、これもリルが発案した。でも、普通の食事が特別な感じがしないから、リルが思いついた料理を提供することになった。

その料理はクリームシチューっていうスープで、白いドロッとしたスープだ。試食の時に初めて見たけど、不思議なスープだった。だってスープはみんな水みたいにさらさらしているんだもの。ドロッとしたスープなんて初めて見たわ。

スープを恐る恐る口にすると、濃厚なスープでとても美味しかった。試食をした他の孤児院の子たちもシスターも美味しさに驚いた後、夢中になってみんながスープを飲み干した。

私たちでも美味しく感じられるスープなんだから、他の人たちもきっと美味しく感じてくれるはずだ。このスープならいける、みんながそう思った。リルってばとても凄いことをしているのに、普段は全然そんな気配なんてないのに……本当に不思議な子。

いけない、こんなことを考えている暇はなかったわ。私も早くバザーの準備に加わらなきゃ。お客さんがくるまでそんなに時間がないから急いで準備をしよう。

あれからみんなで手分けをしてバザーの準備をした。色んなゲームを体験できるバザーだ。孤児院

の庭には目新しい物が溢れかえっている。きっとこれから来てくれる人が満足してくれるだろう。

準備が終わるとシスターが現れた。

「それではみなさん、バザーの開始です。みんなで協力しあって、今回のバザーを成功させましょう」

シスターが声をかけると、孤児院の子たちはいっせいに声を上げてシスターに応えた。そして、シスターが孤児院の門を開けに行く。

「なぁ、どれくらいの人が来てくれるのかな？」

「少なかったらどうしよう」

「んー、五人くらい？」

「いや、八人くらいだろ」

一体何人くらいの人たちがくるのかドキドキしちゃうわね。どうか十人以上来ますように、心の中で念じてみる。すると、離れたところから人の歩く音と話し声が聞こえてきた、どうやら来たみたい。

「おー、本当に色々なゲームがあるぞ」

「わー、楽しそう！」

「お母さん、早くー！」

「どれをやろうかな」

孤児院の敷地にやってきたのは、子供連れの家族が沢山だ。ぞろぞろとやってきて、孤児院の庭に設置された様々なゲームを見て目を輝かせていた。まさか、こんなにくるなんて……はじめは呆気に取られたけど、気を引き締めないとね。

孤児院の子たちと目を合わせると、みんな真剣な目をしていた。うん、とみんなで頷くと早速声を上げた。

「ようこそ、孤児院のバザーへ！　今回のバザーは色んな催しがあるよ！」

「ゲームに参加すると景品が貰えるよ！　欲しい景品があったら、ぜひ参加していってね！」

「ゲームも色んなものがあって楽しいよ！　どれもやったことのないゲームばかりで、全部やってみてね！」

「もちろん、いつものバザーもやっているぜ！　欲しい商品があったら、売り子に話しかけてな！」

孤児院の子たちが思い思いの言葉をやってきたお客さんに投げかけた。すると、お客さんたちは色んなゲームに引き寄せられて散らばっていく。その後ろからは新しいお客さんも現れて、庭は一気に賑やかになった。

私も負けじと声を上げる。

「さぁさぁ、寄っていって！　ここにあるのはやったことのないゲーム、その名もゲートボールだよ！　家族みんなで楽しめることができる遊びだから、気軽に寄っていってね！」

リルが考案したゲートボールというゲーム。ハンマーのようなものでボールを打って、ゲートを潜って最後にゴールポストに当てれば上がりというゲームだ。これらの道具は全て孤児院の子たちで作ったもので、みんなで一生懸命木を削って作成した。

「家族でできるゲームが楽しそうだな。三人家族なんだが、できるか？」

「はい、できます。おひとり三百ルタになります」

「じゃあ、これで」

「ありがとうございます。それでは説明しますね、スタートラインから始まって順番にゲートを潜り抜けて、最後にボールに当たったら終了です。最後のボールに当たるまでの打数が少ない人が勝ちです」

スティックとボールを手渡すと簡単に説明をした。短い説明だったけど、問題なく伝わったようで分かったように頷いてくれた。

「ルールは簡単なんだな、よしまず先にお父さんが打つぞ」

父親がスタートラインにつくと、地面にボールを置いてスティックを構えた。狙いを定めてボールを打つと、ボールは一番ゲートから離れた位置で止まってしまう。

「あれ、もっと飛ぶはずだったんだけどな」

「次は僕がやる！」

子供が前に出て同じようにボールをスタートラインに置き、スティックでボールを打った。今度も一番ゲートより離れた位置で止まってしまう。

「あれー？　力が足りなかったのかな？」

「ふふ、次はお母さんね」

最後にお母さんがボールをスティックで打つ。すると、どのボールよりも遠くに転がっていき一番ゲートのすぐそばまで辿り着いた。

「やったわ。先に見本を見せてくれたおかげで、力加減の調節が上手くいったわ」

「えー、お母さんずるーい」

「次は負けないからな」

それから楽しそうな声を上げて、家族内での勝負が始まった。上手くいけば歓声が上がり、下手に打てば気落ちした声が聞こえる。そんな楽しそうな雰囲気でゲームは続いていった。

そして、一番にポールに当てた人はお母さんだった。

「やったわ、私が一番ね」

「そんな、負けたなんて……」

「ずるーい。もう少しで勝てたのにー。ねぇねぇ、もう一回やろうよ」

「そうだな、もう一回やってみようか」

この家族はゲートボールを気に入ったみたいで、もう一度体験してくれるみたいだ。リルの言っていた通りだ、楽しいゲームだと何度も挑戦してくれる。この調子で沢山ゲームをやってもらおう。

「それじゃ、もう一回頼む」

「はい、お金受け取りました。もう一度プレイしてください」

「次は負けないからねー」

「次もお母さんが勝つわ」

「いいや、次はお父さんが勝つぞ」

三人の親子は楽しそうな会話をして再びゲームを再開した。そんな楽しそうな声に釣られてやってきたのか、違う親子がこちらに近づいてくるのが見える。早速売り込みをしないとね。

「ここはゲートボールが楽しめる区画になっています。ちょっとだけでもいいので見ていってください」

「ゲートボール、聞かない名だな。ちょっと見ていくか」

四人組の親子連れが傍で見学を始めてくれた。今プレイしている人は色んな声を上げながらとても楽しそうにプレイしてくれている。その様子はとても微笑ましくて、見ているこっちが楽しくなってくるみたいだ。

私もただ見ているだけじゃなくて、ゲームの説明をしておく。簡単なゲームのルールを聞いて、興味が引かれたように他の親子のプレイを見てくれている。すると、子供が声を上げた。

「やってみようよ、楽しそうだよ」

「やろうよ、ねぇやろうよ」

「んー、そうだな。これをやってみるか」

「楽しそうでいいわね」

「ありがとうございます。おひとり三百ルタになります」

やった、次の組もやってくれた。お金を受け取り、前の人のプレイが終わるのを待つ。そして十分後、プレイが終わった。

「最後は僕の勝ちだね」

「上手だったぞ、流石だな」

「次は他のやってみようよ！」

「そうね、他にもたくさんあるからやってみましょう」

「参加ありがとうございました。他にも楽しいゲームが沢山ありますので、ぜひ参加していってくださいね」

ゲートボールをプレイしていた親子から道具を受け取ると、その親子は違うゲームを求めて離れていった。

「お待たせしました、こちらが道具になります」

「やったー！　早くやろうよ！」

「一番は私ね！」

「えー、じゃあ二番ー」

子供が率先して進んでいくとその後ろから親がついていく。スタートラインに辿り着くと、早速ボールを置いてスティックを構えた。ボールを打つと先ほどと同じように楽しそうな声が上がりゲートボールに夢中になっていく。

今までとは違うバザーの様子にちょっとは戸惑ったけど、この楽しげな雰囲気はとても好きだ。こんなやり方があるなんて、全然想像もしていなかったし思いつかなかっただろう。これを発案してくれたリルには感謝してもしきれない。

周囲を見渡してみると、どこも楽しそうにゲームをプレイしているのが見える。今日一日この雰囲気が続きますように、心から願った。

「孤児院名物、クリームシチューはいかがですか⁉」

ゲームを見守っていると、リルの大声が聞こえてきた。振り向いてみると、外に移動されたテーブルの上に二つの寸胴が乗っていた。その傍にリルがいた。どうやら昼食の準備ができたみたいだ。

「他にはない食感のスープでとろけるような美味しさです！　濃厚な味をぜひ堪能していってください！　一杯六百ルタ、付け合わせのパンは百五十ルタですよ！」

リルが大声で周囲の人に話しかけた。すると、その話に惹かれた二人組がテーブルに近寄っていく。

「二人分のスープとパンを頼む」

「ありがとうございます！　合計で千五百ルタになります」

金銭の受け渡しをすると、すぐにスープの入った器とパンが手渡される。二人組はテーブルを離れて、草むらの上に座り込んだ。周囲がひっそりと盗み見る中、二人はクリームシチューを食べ始める。始めは不思議そうな顔をしてスープをスプーンですくってみたが、すぐにそれを口の中へと運んだ。口に運んだ瞬間驚いたように目を見開いて固まる。微動だにしない姿に周りの人が固唾をのんで見守っていると、突然声を上げた。

「美味い、なんだこれ！」

「こんな濃厚な味わいは初めてだわ！」

驚きの声を上げると、スプーンでスープをすくい夢中で食べ始めた。とそこへ、リルが声をかける。

「パンを千切ってスープに浸して食べても美味しいですよ」

リルの言葉を聞いた二人は顔を見合わせると、持っていたパンを千切ってスープに浸して食べ始めた。

「なんだこれ、すごく合うぞ」

「パサついたパンにとろみのついたスープが良く合うわ」

頬が緩んだ美味しそうな顔をして二人が夢中でクリームシチューとパンを頬張った。その光景を見ていた周りのお客さんたちは一斉にテーブルに集まった。テーブルの前にはすぐに長蛇の列ができて、ゲームの周辺に人がいなくなる。

今ゲートボールをプレイしている人もその光景を見て、急いでゲームを終わらせて列に並んだ。この調子だとしばらくゲームには人が集まらないかもしれない。ここはリルの手助けにいくべきよね。

私もその場を離れて、リルに近寄った。

「リル、大変ね。手伝いに来たわよ」

「あ、カルー。助かります、お願いできますか」

「もちろん、任せないさい」

リルが注文を聞き金銭のやり取りをして、私がスープをよそって、他の子がパンを手渡す。他の手の空いた子たちは列の整列に手を貸してくれたお陰で、スムーズに流れ作業ができた。

どんどん注文をさばき、商品を手渡していく。お客さんの気が変わらないうちに、スピード勝負で売買を成立させていく。みんなで集中して作業に当たったお陰か、とくに大きな問題も起きずにお客をさばくことができた。

「美味い！」

「なんて美味しいの」

「うわー、なにこれ美味しい」

「こんなの初めて！」

周囲からは美味しそうに食べる声が沢山上がった。年齢問わずみんなが美味しいと感じるものを作れるって本当にすごいわ、リルって本当に何者なの？　ゲームの発案といい、新しい料理の知識といい、とてもじゃないけど難民とは思えないわ。

そんなことリルに聞いても仕方ないわね、リルはリルなんだから。今はお客さんをさばくことに集中しましょう。列の最後が見えてきたから、あともう少しで終わりそう。

余計なことを考えずにお客さんを全てさばくとようやく落ち着くことができた。用意していた寸胴は一つ目が空になって、二つ目は残り半分となっている。

「それじゃあ、私たちも食べましょうか」

「そうね。手の空いている子がいたら、昼食にしましょう」

「わーい、昼食だー！」

「お腹減ったー」

声をかけると、ゲームのところに待機していた子たちが一斉に駆け寄ってきた。その子たちに順番にクリームシチューとパンを手渡すと、みんな一塊になって芝生の上に座って食べ始めた。みんなお腹が減っていたからか、ものすごい勢いで食べ始めている。

「私たちも食べましょうか」

「そうですね」

自分たちの分を皿に盛ると、孤児院の子たちの傍に座ってクリームシチューを味わう。濃厚なトロトロのスープはとても味わい深くて、うま味を凝縮したような味だ、一口頬張れば幸せがにじみ出てくる。

「やっぱり、このクリームシチューは美味しいわ。リルは素敵なスープを考えつくなんて本当に凄いわね」

「えっ、あはは……」

なんか控えめな笑顔ね、何か深い理由があるのかしら？　まぁ、美味しい食事をしているんだから、そういうのを考えるのも無粋よね。んー、それにしてもこのスープは本当に美味しいわ。

あっという間に食事が終わると、すぐにリルが立ち上がった。

「食べ終わった食器を回収します！　こちらのテーブルまで持ってきてください！」

食べ終わったと思ったらすぐに仕事を始めた。リルの言葉を受けたお客さんたちがお皿をテーブルまで運んでくれる。リルは一人ずつに感謝の言葉を言ってお皿を回収した。

「ゲームはもう少ししたら始めますので、それまで休憩していてください！」

声をかけると、次にリルは食器を孤児院の中に運び出した。私も手伝わなきゃ。他の孤児院の子もリルに続いて食器の片づけを始める。食器を孤児院の台所へ運んでいくと、リルがそれに気づいてくれた。

「みなさん、お手伝いありがとうございます」

「当たり前よ」

「そうだよ、みんなのバザーなんだから」

「早くお片付け終わらせてゲームを再開しないとね、お客さんがいなくなっちゃうよ」

みんなで協力すると、使い終わった食器はあっという間に台所へ移動が完了した。外にあった寸胴やテーブルも孤児院の中に移動を終えて、残りは食器を洗うだけとなった。

「じゃあ、僕はゲームを再開してくるね」

「私も行く！」

「俺も！」

「それじゃ、私はリルの手伝いをするわ。誰かゲートボールの係をお願いできるかしら」

「任せてー」

孤児院の子たちが外へ駆け出していく、これでゲートボールは大丈夫だ。

「さて、一緒に片づけちゃいましょうか」

「そうですね。早く終わらせてしまいましょう」

二人で台所に立つと汚れた食器を洗い始めた。黙々と大量の食器やスプーンを洗っては、水をふき取って台に乗せて重ねていく。汚れは簡単に落ちていき、そんなに力を入れなくても良かった。

集中して作業を続けていくと、大量にあった食器がだんだんと減っていく。そして、とうとう食器洗いが終わった。そこにシスターが現れる。

「終わりましたね、お疲れ様でした。さて、午前中のバザーは終わりましたし、後はこちらが引き受けますので自由になさってもいいですよ」

「いいですか？」

「はい、孤児院のバザーですからね、孤児院にはいないあなたたちをこれ以上拘束するのは申し訳ないと思うのです。頑張ってくださったので、これからはこのバザーを楽しんでもらいたいと思っています」

「シスター、ありがとう」

気を遣わせちゃったかな、でもそんな様子もなくシスターはニコニコと笑って出ていってしまった。ということは、これからは自由っていうことかな。リルとの約束を守れそうだわ。

「それじゃあ約束してたし、一緒にバザーを回りましょうか」

「はい、楽しみです」

嬉しそうなリルを見て私も嬉しくなってくる。こんな気持ちでバザーに参加できるとは思ってもなかったわ、全てリルのお陰よね。

いつものバザーは静かな内に終わっちゃうから、こんな賑やかで楽しいバザーは初めて。迎え入れ

る側として楽しめただけじゃなくて、参加者として楽しめる時がくるなんてね、本当に嬉しいわ。

「リル、ありがとね」

「カルー？」

「こんなに楽しいバザーは初めてよ。リルが発案をして、実行をして、私を誘ってくれたお陰ね」

「少しでも力になれたのなら嬉しいです。カルーにはいつもお世話になっていますし、いつものお返しです」

「それなら私も同じよ、いつもリルが雑貨屋まで来てくれるから寂しい思いをしなくてすんだわ、ありがとう」

二人で顔を見合わせて感謝を言い合った。それだけで胸の奥が温かくなって、とても気分が良くなる。

「さぁ、行きましょう。まずはどんなゲームをしましょうか」

「ボウリングなんてどうかしら。二人でやって、対決しましょう」

「楽しそうですね、負けませんよ」

「こっちこそ、負けないわよ」

駆け出して孤児院から出ていった。今度は参加者としてバザーをリルと一緒に思いっきり楽しもう。

リルと一緒ならなんでも楽しいと思うんだけどね、それは言わないでおこう。きっと言わなくても分かっているからね。

あとがき

「転生難民少女は市民権を0から目指して働きます！」二巻を手に取っていただき、本当にありがとうございました。作者の鳥助といいます。またこうして機会を頂けたこと、皆様とここで出会えたこと、本当に感謝をしています。

さて、今回のあとがきでは主人公のリルのことを語りたいと思います。今のリルになる前は違う性格をしていました。

一番初めのリルは良い生活をするために創意工夫をする頭脳を使うタイプでした。難民の生活を整えるために自らが動いたり、他人の力を使ったり、生活が良くなるためだったら何だってする貪欲な感じでした。性格も今よりはもっと明るいタイプで、おちゃらけたところもある愛嬌のある性格をしていましたね。

次に考えたのはやられたらやり返す、攻撃的な性格を考えていました。その時は前回のあとがきで書いていた世知辛い話ばかりでしたので、その世知辛さに対抗するために結構強気なタイプになっていました。

でも、話が変わっていく中でリルの性格も変わっていきました。辛かった話ばかりの展開から優しさのある話の展開に変わると、今までのリルでは合わないなと思い、リル自身を変えるきっかけにもなりました。

どんなリルがいいだろう、話を考えながらリルの造形を考えていきました。辛い状況から脱出をする、という話の展開から前向きな性格がいいと考えました。一人で行動していくような話の展開でしたので、うじうじと悩んでいては話の展開にも支障が出ると思い、話をスムーズに進めるためにも前向きな性格でどんどん話を展開させていこうと思いました。

　そんなリルを作っていく中で主人公として必要なものは何か、ということを考えました。このリルという主人公にはどんなものを持たせたらいいのか考えた結果、共感を大切にしようと思いました。

　主人公が辛い目にあっていると、読者も辛い思いになってしまう。主人公が悲しい気持ちになっていると、読者も悲しい気持ちになってしまう。そのことに気づき、読者にそんな思いばかりをさせるのは良くない。読むのであればもっと良い気持ちになってもらったほうがいい、そう思いつきました。

　前向きなリルの描写する上で読者の気持ちを考えつつ、共感に気を付けつつ書き進めました。リルは読者、読者はリル。その強い意識をしつつ書いていきました。

　すると感想で「リルの頑張る姿を応援したい気持ちになった」というコメントを沢山頂けました。前向きに頑張るリルを書きつつ共感を大切にした結果、多くの読者の方がリルを優しく見守ってくださる、そんな愛され主人公になりました。私もそんな感想を頂けて、この話を作って良かったな、と心から思いました。

　始めの頃からを思うとリルの造形は変わってしまいましたが、一つだけ変わらないものはありました。状況を良くしようとする向上心、これをリルは変わらずに持っています。私もリルに負けないよう、向上心を持ちつつ読者のための話を書いていければと思いました。

「転生難民少女」に関わってくださったTOブックスの関係者の皆様、編集担当のH様、素敵なイラストを描いてくださったnyanya様、本当にありがとうございました。

　本を購入してくださった皆様、ならびに小説投稿サイトの読者様、「転生難民少女」を読んでくださり厚くお礼を申し上げます。三巻で会えることを楽しみに待ってます。

次回予告

なかよしのお友だちと
はじめての馬車の旅
わくわくするなー!!

「一緒に行こう! リル!」

モンスター退治でも大活躍中のリルに
舞い込んだ新しいクエストは行商人の護衛!?
異世界のんびり冒険ファンタジー第3弾!

転生難民少女は市民権を0から目指して働きます！2

2024年2月1日　第1刷発行

著　者　**鳥助**

発行者　**本田武市**

発行所　**TOブックス**
〒150-0002
東京都渋谷区渋谷三丁目1番1号　PMO渋谷Ⅱ　11階
TEL 0120-933-772（営業フリーダイヤル）
FAX 050-3156-0508

印刷・製本　中央精版印刷株式会社

ISBN978-4-86794-066-2